HARALD SCHNEIDER

Totgebabbelt

MUNDART TRIFFT MORD Kurz vor den Veranstaltungen der Pfälzer Mundartwettbewerbe in Dannstadt und Bockenheim sowie des BABBEL-DOCH!-Mundart-Festivals in Fußgönheim werden mehrere Jurymitglieder auf teils skurrile Art und Weise ermordet. Kommissar Palzki muss sich nicht nur mit den Herausforderungen der rätselhaften Mordserie, sondern auch mit den Absurditäten seines Arbeitsalltags herumschlagen: Ein exzentrischer Erfinder, ein chaotischer Chef und neugierige Journalisten erschweren die Ermittlungen zusehends. Erst ein weiterer Leichenfund bringt Licht ins Dunkel des Falles, bei dem sowohl Verdächtige als auch Mordmotive fehlen. Während Palzki versucht, die Puzzlestücke zusammenzusetzen, wird deutlich, dass die Ereignisse offenbar mit persönlichen Verbindungen und der lokalen Kultur verknüpft sind. Ist Palzki einem Serientäter auf der Spur?

Harald Schneider, 1962 in Speyer geboren, wohnt in Schifferstadt und arbeitete 20 Jahre lang als Betriebswirt in einem Medienkonzern. Seine Schriftstellerkarriere begann während des Studiums mit Kurzkrimis für die Regenbogenpresse. Der Vater von vier Kindern veröffentlichte mehrere Kinderbuchserien. Seit 2006 hat er in der Metropolregion Rhein-Neckar-Pfalz den skurrilen Kommissar Reiner Palzki etabliert, der, neben seinem mittlerweile 25. Fall »Totgebabbelt«, in zahlreichen Ratekrimis in der Tageszeitung Rheinpfalz und verschiedenen Kundenmagazinen ermittelt. Schneider erreichte bei der Wahl zum Lieblingsautor der Pfälzer den 3. Platz nach Sebastian Fitzek und Rafik Schami. 2023 wurde er in den PEN Deutschland berufen.

HARALD SCHNEIDER

Totgebabbelt

KRIMINALROMAN

Personen und Handlung sind frei erfunden.
Ähnlichkeiten mit lebenden oder toten Personen
sind rein zufällig und nicht beabsichtigt.

Bei Fragen zur Produktsicherheit gemäß der Verordnung über die allgemeine Produktsicherheit (GPSR) wenden Sie sich bitte an den Verlag.

MIX
Papier | Fördert gute Waldnutzung
FSC® C083411

Besuchen Sie uns im Internet:
www.gmeiner-verlag.de

Im Ehnried 5, 88605 Meßkirch
Telefon 07575/2095-0
info@gmeiner-verlag.de

1. Auflage 2025

Lektorat: Claudia Senghaas, Kirchardt
Satz: Mirjam Hecht
Umschlaggestaltung: U.O.R.G. Lutz Eberle, Stuttgart
unter Verwendung eines Fotos von: © demarco / stock.adobe.com
Druck: CPI books GmbH, Leck
Printed in Germany
ISBN 978-3-8392-0913-4

Wenn ich jemanden vergraben muss, pflanze ich stets ein geschütztes Gewächs oben drauf

Thomas, 53, bisher unbehelligter Serienmörder und Hobbygärtner

INHALT

UFFZÄHLUNG VUN DE LEIT IM KRIMI

Stammpersonal

Reiner Palzki	Kriminalhauptkommissar und stellvertretender Dienststellenleiter der Kriminalinspektion Schifferstadt
Klaus P. Diefenbach	Palzkis Chef, Spitzname KPD
Gerhard Steinbeißer, Jutta Wagner, Jürgen	Kollegen Reiner Palzkis
Stefanie Palzki	Reiner Palzkis Ehefrau mit den Kindern Melanie, Paul, Lisa und Lars
Frau Ackermann	Palzkis Nachbarin, die Frau, die schneller spricht als ihr Schatten
Dietmar Becker	Krimischreibender Student
Doktor Matthias Metzger	Not-Notarzt
Alexander Schärf	Investigativer freiberuflicher Journalist
Jacques Bosco	Erfinder und letzter Allgemeingelehrter der Menschheit

*

Realpersonen

Ute Zimmermann	Mundartautorin und Jurymitglied des Pfälzischen Mundartdichter-Wettstreits in Bockenheim
Heike Benß	Geschäftsführung des Förderkreises Mundart Bockenheim
Uli Valnion	Sänger und Liedermacher
Ralf Frohnhäuser	Rektor der Grundschule Rödersheim-Gronau
Christina Frohnhäuser	Ehefrau von Ralf, Hobby: Seifensieden
Monji El Beji	Musiker, Initiator des Babbel-Doch!-Festivals
Michael Landgraf	Moderator des Mundartwettbewerbs Dannstadter Höhe
Volker und Sigrid Spiegel	Inhaber einer Brennerei in Venningen
Günter Wallmen	Gehilfe von Doktor Metzger
Steffen Boiselle	Cartoonist, 100% PÄLZER! – Inhaber des Neustadter Agiro Verlags

GEHN MER MOL ÄHNER TRINKE

Es hätte so ein schöner Tag werden können.

Meinen Tod hatte ich mir angenehmer vorgestellt: diskreter, geschmeidiger, in einer ruhigen Umgebung voller Hoffnung und Pietät. Ich liege auf einem frisch gemachten Bett, die vollzählig erschienene Verwandtschaft schaut mich tränenunterdrückt unter großer Anteilnahme an, während ich meine letzten tiefen Atemzüge genieße und zufrieden in Gedanken auf mein gelungenes Leben zurückblicke. Und das alles ohne Lärm, Stress und sonstige Ablenkungen während des allmählichen Übergangs ins Jenseits.

Das Leben ist wie der Tod kein Wunschkonzert. Wunsch und Wirklichkeit sind häufig nicht sonderlich kompatibel. Mein momentanes Sterben ist sogar das krasse Gegenteil. Gefühlt ist es sogar mehr als das krasse Gegenteil, was ein paar Klugscheißer sofort als unlogisch und daher übertrieben abtun werden. Aber just in diesem Moment weiß ich es besser: Es gibt eine Steigerung des Gegenteils, und die ist brutal, unmenschlich, bestialisch, blutrünstig und mit dem Leben eindeutig unvereinbar.

Das gigantische und zentnerschwere Stahlmonstrum, das mir wie ein klingonisches Raumschiff frontal entgegenknallte, hätte meinen irdischen Körper in einen Experimentierkasten für Chemie verwandelt, wenn es sich die todbringende Eisenwand nicht wenige Millimeter vor meinen Augen anders überlegt hätte und nach oben abgedriftet wäre. Glück im Unglück, könnte man meinen, doch die Hoffnung war trügerisch. Von beiden Seiten schossen wahre Blechkolosse auf mich zu. An ein Entrinnen war nicht zu denken, nur wegen einer unvermuteten zusätzlichen Beschleunigung schlugen die beiden tonnenschweren Giganten direkt hinter meinem Rücken ein und verschmolzen aufgrund der kinetischen Energie zu einem unteilbaren Ganzen. Da nach den physikalischen Gesetzen, die selbst bei meinem Tod gültig zu sein schienen, Energie nicht einfach verschwinden konnte, ging die Reise weiter nach vorne, nur leicht nach rechts versetzt. Das, was ich sah, war aber mitnichten ein hell erleuchteter Tunnel. Der Tod wollte bei mir auf Nummer sicher gehen und nahm seinen dritten Anlauf in Form von Bäumen, Hecken und anderem Naturkram: Die Natur gewann immer, das wusste jeder, der einen eigenen Garten besaß.

Ich sah den dicken Baumstamm direkt auf mich zukommen, nicht in Zeitlupe, sondern in gefühlt annähernder Lichtgeschwindigkeit. Der Rest ging noch schneller: Ein kurzes Ruckeln, und schon war es vorbei. Die metallische End-Explosion kam zwar nicht von einem Holzgewächs, doch das änderte nichts am Resultat. Ich war tot, alles andere war undenkbar.

Es musste die Hölle sein, in der ich mich befand. Zumindest in einem Vorraum der Hölle. Von Hitze kaum eine Spur, lediglich eine erhöhte Temperatur konnte ich wahrnehmen. Dafür wurde ein anderer Sinn aufs Brutalste gefordert: Es stank bestialisch.

»Reiner!«, dröhnte es mir dumpf aus scheinbar weiter Entfernung entgegen. Gab es in der Hölle so etwas wie einen persönlichen Empfang? Wurden dort die Neuankömmlinge geduzt?

Nur sehr schleppend meldeten sich auch meine anderen verwirrten Sinne zurück. Warum lag ich in einem Berg voller Klamotten? Während ich verzweifelt versuchte, logisch zu denken, drang auf einmal Tageslicht zu mir.

»Er lebt!«, rief jemand. Mehrere Hände tauchten in den Kleiderbergen auf. Die Hände gehörten den Kollegen Jutta und Gerhard, die wie Wühlmäuse hektisch irgendwelches Zeug zur Seite warfen.

»Ich bin tot«, entgegnete ich ihnen im Delir, »ich muss tot sein«, stammelte ich weiter, allerdings zunehmend unsicherer geworden.

»Das wäre das erste Mal«, stichelte Gerhard und lachte für einen winzigen Augenblick, bis er sich über den Ernst der Lage klar wurde. »Das hätte trotzdem böse ausgehen können«, ergänzte er.

»Kannst du mal versuchen aufzustehen?«, mischte sich Jutta ein. »Blut oder irgendwelche Wunden kann ich nicht sehen. Was allerdings ein großes Wunder wäre nach dieser Suizidaktion.«

»Schau mal, Jutta«, fuhr Gerhard fort. »Reiners Unterkörper ist zur Hälfte in ein versifftes Federbett eingewickelt. Das nenne ich mal Glück. Aber stinken tut es hier, als hätte der Satan persönlich in dem Kasten gewohnt.«

Die Kleiderberge und speziell das stinkende Federbett interessierten mich im Moment wenig bis gar nicht.

»Hat KPD überlebt?«, fragte ich Jutta, ohne auf eine bestimmte Antwort zu hoffen.

»Der Airbag auf der Fahrerseite hat bei ihm sofort ausgelöst, er ist wohl mit ein paar Kratzern davongekommen, die Kollegen kümmern sich um ihn. Keine Ahnung, warum der Airbag bei dir auf der Beifahrerseite nicht funktionierte. Angeschnallt warst du auch nicht.«

»Wegen der paar Meter?«, verteidigte ich mich. »KPD wollte nur vom Parkplatz im Hof auf die Stellflächen vor der Inspektion fahren, damit die Kollegen einsteigen können. Das sind keine 20 Meter.«

Meine Kollegen schwiegen, was kein gutes Zeichen war. Trotz meiner multiplen Nahtoderlebnisse und einem Blutdruck jenseits messbarer Bereiche gelang es mir aufzustehen. Ich registrierte zahlreiche Schmerzquellen an den unterschiedlichsten Stellen meines Körpers, die sicherlich in blaue Flecken übergehen würden, mehr schien mir nicht passiert zu sein. Meine Gelenke, Muskeln und Sehnen hatte die kurze martialische Reise unbeeindruckt gelassen. Ich nahm mir Zeit, auf das Meer von Kleidern zu starren und meinen Körper und Geist zu regenerieren.

»KPD behauptet, dass das Gaspedal blockiert hat.« Ohne dass ich es bemerkt hatte, war Gerhard hinter mich getreten.

»Nicht das Gaspedal, sondern sein Hirn hat blockiert«, antwortete ich angekratzt. »Wenn er überhaupt eins hat.« KPD hieß mit vollem Namen Klaus Pierre Diefenbach und war als Dienststellenleiter der Schifferstadter Kriminalinspektion mein direkter Vorgesetzter. Um ihn und seinen Charakter zu beschreiben, genügte es, ihn als Ebenbild von Donald Trump zu outen. Vor ein paar Jahren war das noch viel schwieriger. Immer wenn man auch nur einen kleinen Teil seiner schlechten Eigenschaften und Charakterschwächen hervorhob, erntete man ein Kopfschütteln mit der Bemerkung, dass es solche verrückten und wahnsinnigen Typen nicht gab. Und schon gar nicht in der Rolle eines Vorgesetzten. Inzwischen hatte es wie zum Beweis solch ein Evolutionsexperiment bis zum Präsidenten der USA geschafft. Auch auf die Gefahr hin, dass mir niemand glauben wird: KPD war schlimmer, extremer, trumpiger. »Was ist überhaupt passiert?«, fragte ich Gerhard. »Das ging alles so schnell …«

»Das fragst du mich?« Die Stimme meines Kollegen überschlug sich beinahe. »Du warst live dabei.«

»Ich weiß nur, dass KPD in den neuen Polizeitransporter stieg und mich aufforderte, mich neben ihn zu setzen. Er wollte nur vor die Dienststelle fahren, damit ihr und die Kollegen einsteigen können, die vor dem Gebäude warteten. Vielleicht hat das Gaspedal wirklich blockiert?«

Gerhard schüttelte vehement den Kopf. »Der neue Transporter hat einen E-Antrieb mit Automatikgetriebe und beschleunigt aus dem Stand heraus mit vollem Drehmoment. Nicht so wie unsere alten Karren, die eine halbe Minute brauchen, bis sie eine angemessene Geschwindigkeit erreichen.« Seufzend fügte er hinzu: »KPD muss das Gaspedal voll durchgedrückt haben, anders lässt sich diese Schneise der Verwüstung nicht erklären.«

Inzwischen wimmelte es in unserer unmittelbaren Umgebung von Beamten. Unübersehbar war auch die hohe Zahl der Gaffer, die nach wie vor aus den nahen Supermärkten strömten, in der Hoffnung, dem Dreh eines neuen James-Bond-Films beiwohnen zu können.

Das Gebiet der Verwüstung war größenmäßig recht überschaubar. Unser Polizeitransporter hatte mit exorbitanter Gewalt das den Hof der Inspektion sichernde Schiebetor aus der Verankerung gerissen und in die Luft geschleudert. Zehn Meter weiter standen mitten auf dem Waldspitzweg die Überreste zweier frontal verkeilter SUVs, was man lediglich an der Zahl der sichtbaren Räderreste abschätzen konnte. Das kleine, nur wenige

Meter breite Wäldchen auf der anderen Straßenseite war wie von einem Hurrikan niedergemäht.

Die Vivererreihe der überfüllten Altkleidercontainer, die das Wäldchen zum dahinterliegenden Supermarktparkplatz abgrenzten, waren der rettende Prellbock des zerstörerischen Kurztrips. Während die Altkleiderberge die meiste Bewegungsenergie des Transporters aufgenommen hatten, lagen die Blechteile der Container zerstreut im weiten Umkreis auf dem Parkplatz und auf so manchem Fahrzeug.

»Keine Toten und keine Schwerverletzten«, vermeldete Jutta. »Nicht mal in den SUVs, was für ein Wunder.«

»Palzki!«, schallte es laut und aggressiv aus Richtung Straße. »Warum haben Sie mich nicht gewarnt?« KPD hatte mich entdeckt und stapfte mit bösem Blick auf mich zu. Auf seiner Stirn klebte ein winziges Pflaster. »Und wie Sie wieder aussehen!«, ergänzte er, als er mich erreicht hatte. »Ich habe trotz des außerordentlich wichtigen Termins von Ihnen nicht einmal verlangt, in Uniform zum Dienst zu erscheinen. Aber überall diese Flecken auf Ihren Kleidern, das geht so nicht.« Er kam näher und schnüffelte an mir. »Und unangenehm penetrant riechen tun Sie auch. Ich werde mir erlauben, in dieser Angelegenheit mit Ihrer Frau zu telefonieren.«

Gegen Beleidigungen dieser und noch schlimmerer Art meines Chefs war ich längst immun. Da half nur, den Ärger runterzuschlucken, ruhig zu bleiben und sich auf keine Diskussion einzulassen.

»Gut, dass Sie Ihre Fehler einsehen«, behauptete KPD, der mein Schweigen als Schuldeingeständnis wertete. »Woher sollte ich wissen, dass der neue Transporter so rasant beschleunigt? Als guter Chef kann ich schließlich nicht alles wissen.«

Diefenbach schaute sich um und seufzte. »Das wird eine Weile dauern, bis meine Untergebenen alles aufgeräumt haben.« KPD sprach stets von Untergebenen, niemals von Mitarbeitern. »Die Freiwillige Feuerwehr wird bald kommen und helfen.« Er drehte sich um und ging zurück in Richtung Dienstgebäude. Nach wenigen Metern blieb er stehen: »Was ist, Palzki? Wollen Sie Wurzeln schlagen? Ziehen Sie sich um, in ein paar Minuten fahren wir los.«

Mit solch einer Ansage hatte ich nicht gerechnet. »Sie wollen doch nicht etwa …«

»Natürlich fahren wir.« KPD fixierte mich. »Ich lasse mir doch durch Sie nicht meine Pläne konterkarieren!«

»Sie stehen bestimmt unter Schock«, stammelte ich.

»Ich?«, kreischte Diefenbach. »Ich weiß überhaupt nicht, was ein Schock ist.« Er tätschelte seine Stirn. »Ich bin lediglich über meine missliche Verletzung erbost, die ich Ihnen zu verdanken habe, weil Sie mich nicht gewarnt haben. Mein Antlitz ist fürchterlich entstellt.« Er schnaufte zwei-, dreimal durch. »Unseren Termin werden wir trotzdem wahrnehmen, er ist äußerst wichtig für mich und meine Reputation.«

Ich versuchte zu retten, was zu retten war. »Der Transporter ist kaputt.«

KPD blitzte mich mit tödlichen Augenstrahlen wie in alten Doktor-Mabuse-Filmen an. »Das gibt einen satten Eintrag in Ihre Personalakte, Palzki. Wenn die Versicherung Ärger macht, können Sie das selbst ausbaden. Und dieses Chaos gleich mit.« Mit einer ausladenden Armbewegung zeigte er auf das Trümmerfeld. »Mein Untergebener Steinbeißer wird unseren alten Transporter fahren. In genau zehn Minuten ist Abfahrt.«

Ich überlegte, mich langfristig krankzumelden, meine Frühpension zu beantragen oder meinen Vorgesetzten zu ermorden. Da alle Alternativen mit mehr oder weniger großen Nachteilen verbunden waren, beschloss ich, in den sauren Apfel zu beißen und mitzufahren. Immerhin kannte ich das Ziel, das potenziell ein interessantes und lohnendes sein konnte. Nur mit KPD leider nicht.

Im Büro hatte ich immer ein paar Kleidungsstücke zum Wechseln im Spind, da ich bei externen Ermittlungen hin und wieder in unangenehme und körperlich anstrengende Situationen geriet, die oft auch meine Kleidung in Mitleidenschaft zogen.

»Das haben Sie nun davon«, raunte mir KPD zu, als wir wenig später in den Transporter einstiegen. »Sie müssen nach hinten zu meinen anderen Untergebenen. Ich sitze vorne bei Herrn Steinbeißer und erkläre ihm den Weg.«

»Schnall dich besser an«, flüsterte ich Gerhard zu, bevor dieser mit einem dämlichen Grinsen die Fahrertür von innen schloss.

Gerhard zelebrierte schon von jeher einen flotten Fahrstil in grober Anlehnung der gesetzlichen Anforderungen an die Straßenverkehrsordnung. Nicht immer harmonierte sein Fahrverhalten mit eben dieser Verordnung. Trotzdem fühlte ich mich im Innern des Transporters wesentlich besser aufgehoben, als wenn unser Chef fahren würde, frei nach seinem Motto: »Der Verkehr bin ich.«

Die halbstündige Fahrt war einigermaßen erholsam. Während wir über die A65 an Neustadt vorbei bis zur Ausfahrt Edenkoben/Venningen fuhren, stichelte das halbe Dutzend Kollegen, die mit mir im Fond saßen, über den Totalschaden unseres neuen E-Transporters. Mehrfach versuchte ich ihnen zu erklären, dass ich keineswegs ein Attentat auf den Chef unternommen hatte, da ich ja selbst in Lebensgefahr schwebte, dann gab ich auf. Insbesondere die drei Kolleginnen waren nicht von ihrer Meinung abzubringen, dass ich schon seit einiger Zeit mit halsbrecherischen Maßnahmen versuchte, KPD zu beseitigen, um an seiner statt Dienststellenleiter zu werden. Ich musste zwar zugeben, dass mir die Rolle als Chef einer Dienststelle gefallen könnte. Immerhin durfte ich in den letzten Jahren mehrmals vertretungsweise den Chef spielen, leider immer nur für kurze Zeit, da sich KPD stets hartnäckig zurück zum Dienst melden konnte.

Wir bemerkten unsere Ankunft erst, als KPD von außen die Schiebetür aufschob und fragte: »Haben Sie während der Fahrt meinen detaillierten Ausführungen zur heutigen Veranstaltung gelauscht, und gibt es noch Fragen zu diesem Themenkomplex?«

Weder ich noch meine Kollegen hatten bemerkt, dass KPD während der Fahrt des lauten Transporters mit uns im Fond gesprochen hatte.

KPD ergänzte: »Dann können wir bei der Führung darauf aufbauen und müssen nicht bei Adam und Eva anfangen.«

»Besser hätte ich es selbst nicht erklären können, Herr Diefenbach, mein Kompliment zu Ihrer rhetorischen Meisterleistung.« Damit rettete ich für alle die Situation und erhielt dankbare Blicke. Gerhard, der im Hintergrund stand, war sichtlich bemüht, einen Lachkrampf zu unterdrücken. Dann brach sein Lachen von einer Sekunde auf die andere ab. »Schaut euch mal die Sau an!«, rief er und zeigte auf einen kleinen Dorfplatz neben unserem Transporter. »Der Sau geht's gerade an den Kragen!«

Zentral auf dem Platz befand sich ein kleiner gepflasterter Teich, in dem ein Felsbrocken lag. Über dem Felsen hing wie an einem Galgen eine Wurst, aus der sich ein Wasserstrahl seinen Weg über den Felsen nach unten bahnte. Daneben stand eine aus rostigem Metall geschmiedete Figurengruppe. Ein Kind jagte die von Gerhard entdeckte Sau. Etwas unheimlich wirkte ein Mann, der wohl einen Metzger darstellte und ein entsprechendes Schlachtbeil in der Hand hielt.

KPD blickte verunsichert zu Gerhard: »Herr Steinbeißer, warum tun Sie so überrascht? Ich habe Ihnen und den anderen während der Fahrt doch über diesen *Venninger Worschdezibbel*-Brunnen berichtet.«

»Ich habe mich aufs Fahren konzentrieren müssen«, nuschelte Gerhard zur Entschuldigung.

Unser Chef schüttelte den Kopf. »Dann noch einmal für Sie zum Mitschreiben: Der *Worschdezibbel*, oder hochdeutsch Wurstzipfel, ist das Wahrzeichen von Venningen. So wie der Rettich in Schifferstadt, auch wenn in Schifferstadt seit längerem kaum noch Rettich angebaut wird.« Er drehte sich zu uns: »Und Sie? Haben Sie wenigstens zugehört?«

Das vielstimmige, aber nichtssagende Gemurmel und Nicken beruhigte ihn. »Na dann«, sagte er und zeigte auf ein Hoftor gegenüber dem Platz. »Dann wollen wir mal zur Besichtigung schreiten.«

In diesem Moment öffnete sich das Tor. »Herzlich willkommen«, rief uns ein Mann entgegen. »Mein Name ist Volker Spiegel, und das ist meine Frau Sigrid.« Das Ehepaar winkte uns freundlich zu. Um auf unnötige

Zurechtweisungen unseres Chefs zu verzichten, ließen wir ihm den Vortritt. Wie ein stolzer Gockel ging er vor und schüttelte den beiden die Hand. »Es freut mich, dass Sie sich bereit erklärt haben, das von mir initiierte Projekt zur Bekämpfung der Alkoholsucht zu unterstützen. Vielen Bürgern ist der Unterschied zwischen Genuss und Sucht nicht klar. Hier will ich als guter Chef ansetzen. Das Innenministerium hat bereits Zuschüsse für mein Projekt avisiert. Und einen Orden soll ich auch bekommen.« KPD streckte die Brust heraus, was ein heftiges Klimpern auslöste. Wie stets trug er eine maßgeschneiderte Uniform, an der absurd viel Metall in Form von Orden und Abzeichen hing.

»Kommen Sie doch erst einmal rein«, sagte Sigrid Spiegel und gab den Blick frei auf einen geräumigen Innenhof, der auf drei Seiten von Gebäuden eingerahmt war. Im Hof waren mehrere Bierzeltgarnituren aufgebaut, auf denen ich neben einer Vielzahl von Getränken auch Schalen mit leckeren Snacks entdeckte, was mein Körper sofort mit reichlich Magensäureproduktion quittierte.

»Wir haben gedacht, dass wir bei dem schönen Wetter draußen sitzen können«, erklärte Volker Spiegel. »Nach einer Einführung in das Thema zeige ich Ihnen die beiden Brennereien und unseren Verkaufsraum.«

KPD setzte sich ungefragt auf den einzigen vorhandenen gepolsterten Campingstuhl, während wir es uns auf den Holzbänken bequem machten.

»Sie können sich die Erläuterungen zu den historischen Bezügen Ihrer Brennerei sparen«, sagte KPD frech, als Volker Spiegel zu einer Rede ansetzen wollte. »Als guter, auf Effizienz bedachter Chef habe ich die Fahrt genutzt, um meine Untergebenen darüber zu informieren, dass Sie bis vor 20 Jahren in der Nähe ein Weingut betrieben haben. Gemeinsam mit Ihrer Frau haben Sie dann in Kempten ein Feinkostgeschäft eröffnet, während Sie parallel in Venningen eine Brennerei betreiben und damit Ihre Kunden in ganz Deutschland beliefern.«

»Eigentlich sogar zwei«, versuchte Spiegel, das Wort zu ergreifen. Er deutete auf ein längliches Gebäude, das den Hof auf der linken Seite begrenzte. »Im vorderen Raum befindet sich die *Abfindungsbrennerei Volker Spiegel*, im hinteren Raum die *Bayerische Verschlussbrennerei Sigrid Spiegel*, obwohl wir hier in Rheinland-Pfalz sind. Brennrechte werden ausschließlich personenbezogen vergeben oder vererbt, deshalb mussten wir zwei Betriebe …«

»Das ist meinen Untergebenen und mir alles bekannt«, unterbrach KPD. »Ich und mein Projekt zielen darauf ab, dass …«

Nun unterbrach Volker Spiegel verärgert unseren Chef. »Wenn das so ist, zeige ich Ihnen jetzt die beiden Brennereien.« Mit einem tiefen Seufzer öffnete er die Tür zur Destillerie.

Ich hatte mir eine Brennerei viel größer vorgestellt. Zugegebenermaßen kannte ich als Vergleichsmaßstab nur das Sudhaus der Mannheimer *Eichbaum-Brauerei*, bei der ich vor einigen Jahren einen besonders komplexen Fall zu untersuchen hatte. Mit viel Fantasie sah die Destillationsanlage aus wie eine Mondlandefähre. Der zentrale Brennkessel, in den gefühlt eine Badewanne voll Maische passte, war eingebettet in ein Gewirr von Rohrleitungen, Hebeln, Drehrädern und für den Laien unbekannten Elementen.

KPD strahlte. »Genauso habe ich mir die Anlage vorgestellt. Wozu dienen diese Metallfässer, die in der Ecke stehen? Sind das Bierfässer?«

»Bier?« Spiegels Stimme überschlug sich beinahe. »Die Fässer sind gefüllt mit qualitativ hohem Alkohol in verschiedenen Konzentrationen. Bis hin zu 80 Prozent, mehr ist mit solchen Anlagen nicht möglich. Der Inhalt dieser Fässer ist ein kleines Vermögen wert. Den minderwertigen Nachlauf dagegen, der ungenießbar ist und das Zentralnervensystem unwiderruflich schädigt, verkaufe ich zu einem Sonderpreis an zwei befreundete freiberufliche Mediziner. Angeblich nehmen die beiden das Zeug zum Desinfizieren, aber da habe ich so meine Zweifel.« Er merkte, dass er Dinge erwähnte, die er besser für sich behielt. Um abzulenken, fuhr er fort: »Die Maischen für die Befüllung des Brenners befinden sich hinten in der Scheune. Zurzeit stehen dort mehrere Wannen mit Kirschen und Mirabellen, die auf ihre Verarbeitung zu Bränden und Likör warten. Außerdem … äh … das tut jetzt nichts zur Sache.«

Ich sah, wie KPD an allen möglichen Ventilen und Schaltern herumfummelte. Da er keine Ahnung von den Folgen seines Tuns hatte, versuchte ich, ihn abzulenken. Vielleicht rettete ich uns damit sogar das Leben, falls er aus Versehen den Kessel unter Überdruck setzte. »Sieht die Destille Ihrer Frau auch so aus?«

Volker Spiegel nickte mir verbunden zu. Auch ihm war es nicht geheuer, dass unser Chef an den Armaturen des Kessels herumspielte. »Gehen wir einen Raum weiter zur Brennerei meiner Frau, Herr Diefenbach.«

Die Ausmaße des Raums und der Brennerei waren vergleichbar. Mein Kollege Gerhard Steinbeißer wollte wohl für seine Personalakte ein paar Bonuspunkte ergattern und stellte eine Frage: »Herr Spiegel, was ist eigentlich der Unterschied zwischen Ihrer *Abfindungsbrennerei* und der *Verschlussbrennerei* Ihrer Frau?«

Seine Schleimaktion ging nach hinten los. »Darüber habe ich doch bereits während der Fahrt ausführlich referiert«, motzte KPD erbost. »Lesen Sie das selbst bei *Wikipedia* nach, wenn Sie nicht zugehört haben.«

Gerhard schaute beschämt zur Seite und schwieg. Ich sprang für ihn rettend in die Bresche: »Herr Diefenbach, mein Kollege wollte auf etwas anderes hinaus. Selbstverständlich kennt er den Unterschied zwischen den beiden Abschluss, äh, Dings, äh Brennereien. Das ist schließlich Grundwissen jedes Genusstrinkers. Außerdem haben Sie es uns allen vorhin sehr verständlich erklärt. Herrn Steinbeißers Frage zielte eher darauf, ob es qualitative Unterschiede zwischen den beiden, äh, Dingens gibt.«

KPD akzeptierte meine Rettung. »Auf die Antwort zu dieser Frage kann man eigentlich von alleine kommen.« Nervös fingerte er an einem Ventil der Brennanlage herum, während er erfolglos nach einer plausiblen Antwort suchte. »Äh ja, vielleicht sollten wir die Beantwortung Herrn Spiegel überlassen. Schließlich ist er ähnlich kompetent wie ich.«

Der Angesprochene beobachtete ohne Unterlass KPDs Hände. »Bitte passen Sie auf, dass Sie nicht aus Versehen die Plombe lösen, Herr Diefenbach. Der Zoll ist bei dieser *Verschlussbrennerei* äußerst penibel und kontrolliert regelmäßig alle Plomben, insgesamt über 60.«

»Jaja«, brummte KPD. »Mir ist noch nie etwas passiert.«

»Dann werde ich nun die Frage Ihres Mitarbeiters beantworten«, sagte Spiegel erleichtert.

»Mitarbeiter? Welcher Mitarbeiter?«, fragte KPD sofort und schaute sich um.

»Herr Spiegel meint Ihren Untergebenen Steinbeißer«, klärte ich meinen Chef auf.

»Ja, so meinte ich das«, stimmte mir dieser zu, während er zum x-ten Mal die Augen verdrehte.

»Selbstverständlich gibt es bei der Qualität des Brennergebnisses keinerlei Unterschied«, erklärte uns Spiegel. KPD nickte zustimmend.

»Um Ihnen die Ergebnisse vorzuführen, gehen wir am besten in unseren Verkaufsraum.« Er verließ die Destillerie, überquerte den Hof und öffnete den Eingang eines anderthalbstöckigen Fachwerkhauses. Im Flur blieb er stehen. »Gehen Sie bitte alle nach links durch in den Verkaufsraum.«

KPD, der ihm als Erster gefolgt war, stieß einen Schrei aus: »Wow, da steht ja ein Honda Fireblade-Rennmotorrad, wie ich es als junger Erwachsener gefahren bin.«

Tatsächlich stand im Flur an prominenter Stelle ein knallrotes Rennmotorrad.

Gerhard zog seine Jacke aus, weil ihm warm geworden war. »Klasse Idee für eine Garderobe«, meinte er und warf lässig seine Jacke über den Lenker. Weitere Kollegen taten es ihm nach.

Volker Spiegel, der die Szene schockiert und mit offenem Mund beobachtete, schluckte ein paarmal, ließ die Beamten aber gewähren. Er schwor sich bestimmt, dass er nie wieder eine Abordnung der Exekutive in seine Brennerei einladen würde.

Der Verkaufsraum ließ jedes alkoholverwöhnte Herz höher schlagen. Die Regale bestanden größtenteils aus quadratischen Holzrahmen in unterschiedlichen Höhen, die ausgeklügelte Halogenbeleuchtung tat ihr Übriges: Die Präsentation der Flaschen, die optisch so gar nicht nach Supermarktware aussahen, war sehr geglückt. Auch die Vielfalt an Bränden, Likören und Getränken, die man auf den ersten Blick nicht zuordnen konnte, war immens. Williamsbirne, Mirabellenschnaps, Wacholderlikör und einige andere kannte ich zumindest dem Namen nach. Von anderen Produkten, sogar ein Spargellikör war darunter, hörte ich heute zum ersten Mal.

Wir kamen aus dem Staunen nicht heraus, bis KPD zwei unetikettierte Flaschen in der Hand hielt. »Was ist da drin?«, fragte er neugierig.

Volker Spiegel bekam einen roten Kopf. »Das, äh, das ist nichts. Das …« Seine Frau Sigrid reagierte schnell und nahm unserem Chef die Flaschen ab. »Die hat mein Mann versehentlich in den Verkaufsraum gestellt. Das sind Testflaschen, die sind nicht für den Verkauf bestimmt.« Eine Sekunde später war sie mit den Flaschen verschwunden.

»Das, äh, das stimmt«, bestätigte Volker Spiegel stotternd die Aussage seiner Frau. »Ich gebe Ihnen zunächst einen kleinen Überblick über unser Sortiment, danach haben wir die Möglichkeit, die eine oder andere Köstlichkeit zu kosten.«

Die folgenden Minuten wurde zur Farce. Der Brennereiinhaber war aufgrund KPDs endloser Monologe sichtbar gereizt. Keinen Satz konnte Volker Spiegel vernünftig zu Ende bringen, ohne dass sich unser Chef einmischte und die Erklärungen des Fachmanns zu verbessern versuchte.

Volker Spiegel hatte wohl nicht zum ersten Mal einen schwierigen Kunden oder Besucher vor sich, da er nun seine Taktik änderte. »Geschätzter Herr Diefenbach«, sprach er KPD an, »es ist eine Wohltat, einen Fachexperten wie Sie in unserer Brennerei zu Gast haben zu dürfen. Da die Gelegenheit günstig ist, würde ich gerne Ihren höchstpersönlichen Rat einholen.«

KPD bemerkte natürlich nicht, wie er um den Finger gewickelt wurde. Stolz streckte er seine Brust heraus und wippte auf den Absätzen. Selbstbewusst antwortete er: »Man hilft, wo man kann, als guter Chef und Profi.«

»Dann habe ich Sie richtig eingeschätzt«, sagte Spiegel. »Ich habe nämlich ein paar neuartige und innovative Schnaps-Cuvées entwickelt, die ich demnächst auf den Markt bringen möchte. Ich muss natürlich um absolute Geheimhaltung bitten«, ergänzte er. »Die Konkurrenz schläft nicht.«

Der Destilliermeister ging zu einem unscheinbaren Karton, der in der hintersten Ecke des Raumes stand. Er holte ein paar angestaubte Flaschen heraus. Mit einem verschmitzten Lächeln, das mein Chef nicht sehen konnte, griff er nach einem bauchigen Rotweinglas, das als Dekoration auf dem Tisch stand. Den kurzstieligen Blumenstrauß darin ließ er unauffällig hinter seinem Rücken verschwinden. »Damit das Bouquet der alkoholischen Kreationen besser zur Geltung kommt, verwende ich trotz des hochprozentigen Inhalts diese speziellen Probiergläser.« Er schenkte großzügig ein.

Diefenbach war unter Zugzwang. Nicht nur Volker Spiegel schaute ihn interessiert an, auch wir Beamten harrten des Schauspiels, das nun unweigerlich folgen würde.

Unser Chef gab sich keine Blöße. Er betrachtete den Inhalt des Glases aus allen Himmelsrichtungen, hob es in die Höhe, schwenkte es zigmal, schnupperte noch öfters, bis er endlich einen winzigen Schluck nahm und dabei unappetitlich schmatzte.

»Sie sollten einen größeren Schluck nehmen«, forderte ihn Spiegel auf, »damit sämtliche Aromen gleichmäßig und harmonisch von allen Bereichen der Zunge aufgenommen werden können.«

»Das weiß ich selbstverständlich«, erwiderte KPD beleidigt. »Als allgemein anerkannter Fachmann will ich meine verwöhnte Zunge zunächst aperitifieren.«

Spiegels erstaunter Mimik entnahm ich, dass KPD diesen Begriff gerade eben erfunden haben musste. So viel Spontaneität hätte ich ihm nicht zugetraut.

Das Schauspiel, genauer gesagt, das Drama, wurde immer verworrener. Das, was KPD an antischauspielerischer Leistung darbot, war keine Satire, sondern eine Groteske. Er kreierte in seinem Wahn Wortschöpfungen, mit denen viele Generationen an Dudenmitarbeitern ihren Lebensunterhalt verdienen würden.

Irgendwann wurde mir langweilig. KPD zuzuhören war anfangs amüsant, aber mit zunehmendem Lall-Faktor wurde das Verstehen anstrengender und eigentlich nur noch zum Fremdschämen. Ich ging zu meinen Kollegen, die im Hof saßen, Poker um mittlere Geldbeträge spielten und dabei die eine oder andere Flasche mit hauseigenen Produkten leerten. Nur Gerhard war mit seinem Handy beschäftigt und machte permanent Fotos und kurze Videos von KPD aus allen möglichen Perspektiven. Er hatte dazu sogar den offiziellen Auftrag unseres Chefs. Die Aufnahmen waren für den neuen Social-Media-Account unserer Dienststelle auf irgendeiner Dingsbums-App gedacht. Dort machte sich KPD mehrmals wöchentlich mit irgendwelchen Banalitäten zum Affen. Meine 13-jährige Tochter Melanie berichtete mir neulich, dass mein Chef der heimliche Star an ihrer Schule sei. KPDs Kurzvideos waren die Pausenbelustigung der Schüler schlechthin. Vermutlich entstand heute der letzte Beitrag, alternativ würde die Welt untergehen.

ENDLICH MOL Ä LEICH

Als Berufsneugieriger war mir bei unserer Ankunft die Scheune aufgefallen, die den Hof zwischen Brennerei und Wohnhaus zur Rückseite hin begrenzte. Da ich zu Schülerzeiten emsiger Enid-Blyton-Leser war, trieb mich der seit meinen Kindheitstagen manifestierte Erforschungsdrang nebst blühender Fantasie in diese Richtung. In jedem halbwegs unrealistischen Kriminalroman würde der Protagonist in dem Nebengebäude ein veritables unversteuertes Alkohollager finden, zumindest aber eine tennisplatzgroße Hanfplantage zur Steigerung der Rentabilität der arbeitsintensiven Brennerei.

Das Rolltor der Scheune, das sich über die gesamte Breite des Hofes erstreckte, war nur unvollständig heruntergelassen. Zum Boden hin klaffte eine Lücke von maximal 20 Zentimetern Höhe. Vielleicht diente diese Öffnung zur Belüftung oder als Zugang für eine Katze.

Ich hörte kein Katzengejammer, als ich vor dem Rolltor stand. Stattdessen wurde ich Zeuge einer menschengeführten Auseinandersetzung in der Scheune. Weder KPD noch meine Kollegen konnten Partei dieses Streits sein. Ich überlegte, ob ich mich einmischen oder, wie die meisten meiner Mitmenschen, eine passive Strategie verfolgen und das Gehörte ignorieren sollte. Für diese Strategie sprach, dass ich mich mit hohem sportlichem Einsatz unter dem Rolltor hindurchzwängen müsste. KPD würde das sicher erneut zum Anlass nehmen, mir einen allzu leichtfertigen Umgang mit meiner Kleidung zu attestieren.

Ein gellender Todesschrei unterbrach meine Überlegungen. Dem Schrei folgte undefinierbares Gerumpel, dann war Stille.

Als Polizeibeamter war meine persönliche Schrecksekunde im Vergleich zu anderen Personen, die zum ersten Mal mit solch spontan auftretenden Gefahren konfrontiert wurden, recht kurz. Dennoch dauerte es, bis ich mich als semisportlicher Beamter auf das harte Pflaster legen und unter heftigem Baucheinziehen unter dem Rolltor durchschlüpfen konnte. Ich wäre unweigerlich stecken geblieben und zum Gespött meiner Kollegen geworden, wenn das Tor nur einen Millimeter weiter unten gewesen wäre. Ganz ungeschoren blieb ich nicht. Eine klebrige Fettspur, die sich über meine gesamte Körperlänge zog, verdankte ich dem unteren Abschluss des Rolltors.

Ich rappelte mich auf und stürzte ins Innere der Scheune, um im Fall der Fälle den Überraschungseffekt auf meiner Seite zu haben. Ein freier Blick war mir versagt: Direkt vor mir parkte ein Klein-Lkw, rechts daneben ein Traktor. Überall standen oder lagen die unterschiedlichsten Dinge herum, die anscheinend für eine Brennerei unabdingbar waren oder noch nicht den Weg zum Sperrmüll gefunden hatten. Mein Blick nach oben auf einen Zwischenboden im offenen Dachbereich ergab ein ähnliches Bild: überall Kram in dutzendfacher, wenn nicht hundertfacher Ausführung.

Ein Stöhnen aus dem hintersten Winkel der Scheune gab mir den nächsten Hinweis. Meine Sicht wurde nun durch Plastiktonnen, riesige Kanister und Tanks mit Maische behindert. Es roch fruchtig süß und wohltuend angenehm. Ich kämpfte mich durch einen Irrgarten an Behältern in den unterschiedlichsten Größen, dann stoppte ich abrupt, weil ich meinen Augen nicht traute. Ein kleines Männlein, das auf einer Trittleiter stand, zog gerade einen Menschen an den Füßen aus einer offenen Wanne, die die Größe eines Öltanks besaß. Der Mensch, besser gesagt das, was ich von ihm erkennen konnte, sah fürchterlich aus. Der komplette Körper war blutdurchtränkt, so als hätte man ihn komplett gehäutet. In diesem Moment drehte sich das Männlein zu mir um: »Mensch, Reiner, gut, dass du da bist. Hilf mir bitte mal.«

Die Situation war bizarr. Ich erkannte den mutmaßlichen Mörder natürlich sofort. Bevor ich zu einer Reaktion fähig war, fuhr er fort: »Das ist kein Blut, Reiner, sondern Kirschmaische. Der Mann liegt trotzdem im Sterben, jetzt hilf mir endlich.«

Würde auf der Trittleiter der Bundeskanzler stehen oder der amerikanische Präsident oder von mir aus auch David Hasselhoff, der in roter Badehose »Looking for Freedom« sang, würde ich das für realistischer halten als die tatsächliche Realität: Auf der Leiter stand niemand anders als mein alter Freund Jacques Bosco. Inzwischen musste er weit über 80 Jahre alt sein. Er sah auch altersentsprechend aus, allerdings hatte sich sein Aussehen in den letzten 40 Jahren nur unwesentlich verändert. Jaques Bosco war nicht nur genialer Erfinder und der letzte Allgemeingelehrte der Menschheit, er hatte auch, mit Ausnahme der Körpergröße, eine frappierende Ähnlichkeit mit Albert Einstein in dessen letzten Lebensjahren.

In meiner Kindheit wohnten wir in der Nachbarschaft von Jacques. Zum Schrecken meiner Eltern spielte ich regelmäßig in seinem Labor Verstecken. Epochaler waren die vielen physikalischen Kniffe, die er mir während meiner Schulzeit beibrachte und für die eine oder andere Aufregung in der Lehrerschaft sorgten. Beliebt waren Tricks wie beispielsweise die selbstlöschende Kreide und der große Tafelzirkel, der nur Ellipsen zeichnete, was mir den Ruf eines Zauberers verschaffte.

Seit dem Tod seiner Frau lebte Jacques zurückgezogen in Schifferstadt. Nach wie vor erfand er imposante Dinge, die die Menschheit weiterbringen würden, die aber schlichtweg dafür noch nicht reif war. Leider waren Marketing und Vertrieb noch nie sein Ding gewesen. Früher hatte er mir sogar bei der Aufklärung des einen oder anderen Verbrechens mit seinen sehr speziellen Erfindungen geholfen, doch in letzter Zeit hatte ich nichts mehr von ihm gehört. Umso mehr wunderte mich seine Anwesenheit in der Scheune der *Brennerei Spiegel*.

»Bist du zur Salzsäule erstarrt?«, schrie mich Jaques an. »Ich kann den Mann nicht mehr lange halten, er scheint tot zu sein.«

Mit zwei, drei Schritten war ich bei ihm und half, die Person aus dem Maischetank zu ziehen. Ohne Rücksicht auf meine sowieso bereits lädierte Kleidung zu nehmen, griff ich dem Opfer unter die Achseln und legte ihn gemeinsam mit Jacques, der die Beine umklammert hielt, auf den Boden.

»Hast du ihn in den Tank geworfen?«, fragte ich meinen Freund.

»Spinnst du, Reiner?«, erwiderte er. »Ich habe einen Streit gehört und habe nachgeschaut. Der Täter ist durch ein kleines Loch in der Rückseite der Scheune getürmt. Ich habe nur einen Schatten gesehen, für eine Personenbeschreibung reicht es nicht.«

»Und wer ist das?«, fragte ich und betrachtete die Person, deren Gesicht ich mit der Handkante grob von der Maische säuberte.

Jacques schaute mich irritiert an. »Sag mal, du kennst Uli Valnion nicht? Lebst du hinter dem Mond?«

»Ein ehemaliger Fußballspieler vom FCK?«, riet ich. »Oder Politiker oder so was in der Richtung?«

»Banause«, sagte Bosco und begann, den Rest des Körpers vom Fruchtbrei zu befreien. »Uli ist weit über die Region hinaus bekannt für seine Interpretationen von Arbeiterliedern, demokratischen Volksliedern, Friedensliedern und Volksliedern. Mit seiner Gitarre tritt er vor allem bei politischen Veranstaltungen auf und trägt dazu bei, das historische Liedgut lebendig zu halten. Aber auch seine eigenen Lieder sind großartig.«

»Aha«, antwortete ich, da ich nun das kleine Messer entdeckte, das seitlich in seinem Hals steckte. Ich beugte mich vor, und da geschah es: Die bis dahin vermeintliche Leiche hob ruckartig den Kopf, spuckte ein paar Brocken Maische aus und flüsterte in kaum verständlichem Ton: »Fidder bidde die Lola, de Rosalie er Katz.«

Dann sank sein Kopf zurück zum Boden.

»Tot«, meinte Bosco traurig, ohne einen ärztlichen Beweis antreten zu können. »Ich werde ihn vermissen.« Dann schaute er mich an. »Hast du eine Ahnung, was er mit seinen letzten Worten gemeint hat?«

Da ich weder den Toten kannte noch mit seinen letzten Worten etwas anfangen konnte, ignorierte ich seine Frage und stellte stattdessen eine eigene Frage, die meiner Meinung nach viel wesentlicher war. »Warum warst du eigentlich mit dem Sänger in der Scheune?«

»War ich doch gar nicht«, widersprach mein Freund.

»Jedenfalls nicht gemeinsam. Ich hatte in meinem Labor zu tun, als ich den Streit hörte, aber das habe ich dir doch erzählt.«

»Was für ein Labor?«, hakte ich nach, weil mir offensichtlich wesentliche Zusammenhänge fehlten. Zu einer Antwort kam es nicht, da das Rolltor geräuschvoll nach oben fuhr.

»Was ist passiert?«, rief Volker Spiegel, dann entdeckte er uns. Kurz darauf standen er und meine Kollegen staunend vor der Leiche und dem Bottich.

»Was'n los?«, lallte KPD aus dem Hintergrund. Er konnte sich kaum auf den Beinen halten. Torkelnd und unter Ausnutzung von Haltepunkten wie dem Außenspiegel des Klein-Lkws kam er näher. Einen gewaltigen Rülpser, den mein Sohn Paul nicht hätte lauter und abscheulicher ausführen können, konnte Gerhard gerade noch rechtzeitig in einem Video festhalten. »Palschki, was hab, hawwen Sie jetscht widder ange, äh, gestellt?«, sprach er mit schwerer Zunge. »Ischt das Blut?«

»Jacques Bosco hat den Toten gefunden«, versuchte ich es mit einer Erklärung, bevor mich mein Chef für den Täter hielt.

»Boschko? Dess isch de Mörder, Palschki. Uff frischer Tat erdappt.«

Bevor KPD weiteres Unheil anrichten konnte, musste ich ihn beseitigen. Leider nicht für immer, aber zumindest temporär. »Herr Diefenbach, Ihr Scharfsinn in allen Ehren. Aber Herr Bosco wohnt in Schifferstadt. Wie sieht das in Ihrer makellosen Verbrechensstatistik aus, wenn Sie einen Mörder festnehmen, der aus unserem schönen Städtchen kommt? Wir wollen doch nicht, dass Ihr Ansehen als guter Chef beschmutzt wird.«

»Nein?« KPD sah mich mit debilem Blick an.

»Nein«, bestätigte ich. »Ihre Untergebenen werden Sie zu unserem Polizeitransporter begleiten, dann können Sie sich ein bisschen ausruhen, während wir den wahren Täter finden.«

»Aber isch mach dann die Presche, äh, Pressekonfer... enz.«

Zwei Kollegen, die auch nicht mehr ganz nüchtern waren, schnappten sich jeweils einen Arm von KPD und zogen ihn mit sanfter Überzeugungskraft in Richtung Hof.

»Ist Uli tot?« Volker Spiegel stellte die Frage an Jacques Bosco.

»Sie kennen den Toten?«, unterbrach ich überrascht. Dass der Brennereichef meinen Freund, den Erfinder, kannte, sah ich dagegen inzwischen als erwiesen an.

»Uli ist ein alter Freund der Familie. Er kam vorhin zufällig vorbei, um uns zu besuchen. Als er erfuhr, dass eine Abordnung der Polizei kommen wird, verkrümelte er sich in die Scheune. Er wollte warten, bis Sie wieder weg wären.«

»Hatte er etwas zu verbergen?«

»Uli?« Spiegel machte eine verdächtig lange Pause. »Nein, niemals. Warum auch? Uli wollte uns lediglich besuchen, ohne irgendwelche Hintergedanken. Aber wer könnte ihn ermordet haben? Ist das ein Messer, das in seinem Hals steckt?«

»Den Täter würde ich auch gerne kennen«, antwortete ich. »War außer Herrn Valnion und Jacques sonst noch jemand in der Scheune?«

Der Brennereichef schüttelte den Kopf. »Nicht dass ich wüsste, äh, Sie kennen Jacques?«, fragte er verblüfft.

»Wir waren früher Nachbarn«, erklärte der Erfinder. »Ich glaube, wir sollten Herrn Palzki und seinen Kollegen erklären, warum ich bei dir in der Scheune ein kleines Labor aufgebaut habe.« Er blickte zur Leiche. »Das erklärt aber nicht den Tod von Uli. Ich habe nach dem Schrei nur einen Schatten gesehen, der sich durch das Loch in der Scheune verdrückte.«

»Ich weiß auch nicht, wer das getan haben könnte«, sagte Volker Spiegel. »Ich bin ratlos.«

»Kennen Sie eine Rosalie? Sie könnte eine Katze mit dem Namen Lola haben.«

Seinem Gesichtsausdruck entnahm ich, dass er nicht wusste, wovon ich sprach. »Sie sprechen in Rätseln, Herr Palzki«, sagte Spiegel schließlich, und mit einem Blick auf meine verschmutzte Kleidung: »Kann es sein, dass Sie das Rolltor am Kopf getroffen hat?«

»Mir geht's gut«, entgegnete ich barsch. »Auch neurologisch ist alles in Ordnung. Ich habe mir bei meiner Frage schon etwas gedacht.« Den Hintergrund klärte ich nicht auf.

Mein Interesse, mich in dieses Kapitalverbrechen einzumischen, hielt sich stark in Grenzen. Da sich KPD außer Gefecht gesetzt hatte, würde ich nun vernünftig agieren und den Kriminaldauerdienst des Polizeipräsidiums Ludwigshafen zwecks Spurensicherung informieren. Solch ein Vorgehen würde Diefenbach zwar niemals akzeptieren, doch das war mir im Moment egal. Ein Mord im Brennereimilieu, damit wollte ich nichts zu tun haben. »Gerhard, rufst du bitte die Kollegen in Ludwigshafen an?«

»Soll ich wirklich?«, hakte er nach. »Wenn das KPD mitkriegt …« Ich sah ihn streng an. »Okay, ich mach's, aber auf deine Verantwortung.«

»Die anderen verlassen bitte die Scheune«, befahl ich den Kollegen. »Vielleicht lasst ihr auf dem Tisch im Hof die hochprozentigen Flaschen verschwinden und spielt eine Runde *Mau-Mau*, wenn nachher die Ludwigshafener aufkreuzen.«

Volker und seine inzwischen ebenfalls herbeigeeilte Frau Sigrid saßen mit versteinerten Gesichtern auf blauen Fässern. Jacques befreite die Leiche von groben Maischeresten. Ohne jegliche Hoffnung ging ich zu der kleinen Scheunenöffnung, die wie ein Notausgang aussah. Ich blickte auf ein etwa 50 Meter tiefes Freigelände, das durch die Häuserreihe der Parallelstraße begrenzt wurde. Der Täter konnte nach allen Seiten getürmt sein, zumal der größte Teil des Geländes wiesenartig zugewuchert war. Nur direkt neben der Scheune sah es gepflegter aus. In Reih und Glied standen dort einige Dutzend mir nur zu gut bekannter Pflanzen. Normalerweise hatte ich es nicht so mit der Natur und konnte gerade so einen Baum von einer Blume und Unkraut unterscheiden. Aber die charakteristischen Blätter der Pflanzen waren zu eindeutig.

Volker Spiegels roter Kopf sprach Bände, als ich mich von der Öffnung abwandte. »Schöne Aussicht«, meinte ich sarkastisch. Sollten sich die Beamten aus Ludwigshafen drum kümmern.

»Das ist alles vorschriftsmäßig«, verteidigte sich Sigrid Spiegel. »Das Hauptzollamt hat uns den Anbau für unsere neue Markenreihe *XTremeBrand by VS-Spiegel* genehmigt. Das Endprodukt wird bald marktreif sein. Wir haben sogar gemeinsam mit unseren Kindern einen Verein gegründet, damit alles legal abgewickelt werden kann.«

Ich war maßlos von meinem Freund Jacques Bosco enttäuscht. Niemals hätte ich gedacht, dass er seine Begabung für die Produktion von solchem Zeug einsetzte. »Spinnst du, Jacques?«, fuhr ich ihn an. »Warum machst du bei so etwas mit?«

Der Erfinder stand auf und wollte gerade etwas sagen, doch Volker Spiegel war schneller. »Er hat mit den Pflanzen nichts zu tun. Jacques forscht zu einem anderen Thema.«

Ich verschränkte meine Arme, um mehr Autorität auszustrahlen. »Da bin ich jetzt aber mal gespannt.«

Mit einem kurzen Blick zum Erfinder begann der Brennereichef mit seiner Beichte. »Ich habe gute Kontakte zu zwei freiberuflichen Medizinern. Seit einer Weile fahren die beiden mit einem Doppeldeckerbus von Weinfest zu Weinfest und bieten vor Ort Schnelldialysen an. Nach reichlichem Alkoholgenuss wird man innerhalb von einer halben Stunde durch die Blutwäsche wieder nüchtern und kann mit dem Auto heimfahren.«

»Sie kennen Doktor Metzger und Günter Wallmen?«

»Sie auch?«, stellte der ebenso überraschte Spiegel eine Gegenfrage. »Hätte ich mir eigentlich denken können, Matthias und Günter sind in der Kurpfalz bekannt wie bunte Hunde. Um auf deren neue Dienstleistung zurückzukommen …«

»Die ist mir nur zu bekannt«, unterbrach ich ihn. Vor wenigen Monaten hatte ich bei einer Ermittlung rund um den Neustadter Saalbau den Bus der beiden Not-Notärzte kennenlernen dürfen. »Was hat das mit dem Labor von Jacques zu tun?«

»Lassen Sie mich doch ausreden. Die Idee von Matthias und Günter ist einfach genial. Leider können die beiden nicht überall gleichzeitig sein. Zumal es auf dem freien Markt viel zu wenig von diesen Dialyseapparaten gibt. Bis ein Franchisesystem aufgebaut ist, wird es noch einige Zeit dauern. Daher haben meine Frau und ich Jacques Bosco um Unterstützung gebeten, um die Grundidee weiter zu perfektionieren.«

»Du baust Dialysegeräte?« Die Frage galt meinem Freund, dem Erfinder.

Er winkte lässig ab. »Viel zu teuer und kompliziert. Das geht einfacher, habe ich mir gesagt. Weißt du noch, wie ich vor ein paar Jahren diese Biertabletten erfunden habe? Die löste man in einem Glas Wasser auf, und die Illusion war perfekt. Das Besondere daran war, dass sich in den Tabletten eine besondere Form von Alkohol befand, der sich im menschlichen Körper innerhalb einer Stunde komplett abbaute. Leider haben sich die Tabletten, obwohl ich die Produktpalette erweitert und zusätzlich Weintabletten produziert hatte, nicht im Markt durchgesetzt. Das habe ich nie verstanden, zumal die Grundzutat bei Wein und Bier ja auch nur Wasser ist. Aber die Tabletten wollte niemand haben. Das Auge trinkt halt mit.«

Ich konnte mich gut an diese Geschichte erinnern. »Du weißt, Jacques, dass du häufig Erfindungen machst, für die die Menschheit noch nicht reif ist.«

»Aber dieses Mal klappt's«, behauptete er. »Wir experimentieren mit einem neuartigen synthetischen Alkohol mit speziell angereicherten Aromapartikeln in flüssiger Form, der sich nach dem Trinken, ähnlich wie damals bei den Tabletten, innerhalb einer Viertelstunde im Körper wieder abbaut. Nur dieses Mal mit perfekt auf den menschlichen Organismus abgestimmten Geschmacksträgern. Die Substanzen sind sogar in der Lage, im Gehirn bestimmte Synapsen neu zu ordnen. Ich bin nahe dran, den perfektesten aller perfekten Brände zu generieren.

Der besondere Clou daran: Alles wird im Labor produziert, also ohne Destille, ohne Zoll und daher auch ohne Alkoholsteuer. Billig, billig, billig sag ich dir. Möchtest du mal ein Reagenzglas voll probieren? Wesentliche Nebenwirkungen sind mir bis jetzt kaum aufgefallen.«

Trotz meines grenzenlosen Vertrauens in Jacques würde ich mich nicht als Tester für dieses Chemiezeug zur Verfügung stellen. Für einen Moment schoss mir der böse Gedanke durch den Kopf, KPD als unfreiwilligen Körperspender anzubieten.

Bevor ich den Rückzug einleiten wollte, beschloss ich, einen kurzen Blick in das Labor meines Freundes zu werfen, um weitere Überraschungen auszuschließen beziehungsweise darüber informiert zu sein. »Befindet sich dein Labor hinter diesen Schiebetüren?«

Im linken Bereich der Scheune befanden sich zwei Nebenräume, die etwa die gleiche Größe wie die Destillerien besaßen. Die Zugänge waren mit raumhohen Metallschiebetüren und schweren Riegeln verschlossen. Zwei gleichlautende Schilder besagten, dass die Räume zur *Verschlussbrennerei Sigrid Spiegel* gehörten.

»Ach was«, meinte der Erfinder. »Mein Labor befindet sich aus Sicherheitsgründen oben auf dem Zwischenboden direkt unter dem Dach. Dort können die zeitweise explosiven Dämpfe leichter abziehen. Wir müssen nur diese Leiter hoch.« Er zeigte auf eine wacklige und elend lange Holzleiter, die schon bessere Zeiten erlebt hatte.

Ich war flexibel genug, um meine Meinung blitzschnell zu ändern. Sollten sich doch die Beamten aus der vorderpfälzischen Großstadt darum kümmern. »Das können wir uns sparen, Jacques«, wiegelte ich ab. »Ich kenne ja dein Labor in Schifferstadt.«

»Schade«, entgegnete der Erfinder. »Du weißt nicht, was dir entgeht.«

»Man muss auch Verzicht üben können«, konterte ich und zeigte auf die verriegelten Räume. »Was befindet sich in diesem Hochsicherheitstrakt?«

»Da lagert der unversteuerte Alkohol meiner Frau«, sagte Volker Spiegel. »Im Moment knapp 20 Hektoliter.«

»Unversteuert? Habe ich das richtig verstanden?« Der Kriminaldauerdienst würde sich über diesen Beifang freuen. Ein Kapitalverbrechen und zusätzlich ein veritables Steuervergehen. Damit dürften die beiden Brennereien Vergangenheit sein.

»Ganz recht«, antwortete Spiegel mit völlig unbedarfter Stimme. »Bevor Sie wilde Theorien aufstellen, Herr Palzki: Das hat alles seine Richtigkeit. Herr Diefenbach hat Ihnen ja erklärt, wie eine *Verschlussbrennerei* funktioniert. Der produzierte Alkohol bleibt so lange unversteuert, wie er in dem verschlossenen Zolllager steht. Erst wenn er verkauft oder weiterverarbeitet wird, muss die Steuer bezahlt werden. Aus diesem Grund sind die Räume verschlossen.«

»Aha«, meinte ich enttäuscht. Sollte hier tatsächlich alles mit rechten Dingen zugehen? Ich atmete tief durch, froh darüber, diese Ermittlungen nicht selbst führen zu müssen.

»Dann war's das für mich«, sagte ich zu Sigrid und Volker Spiegel. »Die Spurensicherung wird gleich hier sein. Bitte verlassen nun auch Sie und Jacques die Scheune, damit die Spusi mit ein bisschen Glück noch etwas Relevantes findet.«

»Du willst doch nicht etwa schon gehen?«, fragte Jacques.

Ich nickte ihm freundlich zu. »Du machst das schon.«

Erst jetzt bemerkte ich, dass mich Gerhard die ganze Zeit mit seinem Handy filmte. »Lass das«, wehrte ich mich, »wehe, ich finde das im Internet.«

Die Verabschiedung am Hoftor war kurz. Das Ehepaar Spiegel überreichte den Beamten, die bereits im Transporter saßen, ein paar Flaschen aus ihrer Produktion. KPD lag zusammengepfercht im Fußraum und schnarchte.

Gerade als ich einsteigen wollte, kam ein Pkw angefahren, der direkt vor dem Tor hielt. Ein junges Paar stieg aus und befreite einen etwa einjährigen Jungen aus dem Kindersitz.

»Felix ist da«, rief Sigrid Spiegel und nahm dem Mann das Kind ab.

»Das ist unsere Tochter Cathrin mit ihrem Mann Rouven«, erklärte Volker Spiegel stolz.

UFF DE DIENSCHTSTELL

Während der Rückfahrt musste ich in meiner Eigenschaft als stellvertretender Dienststellenleiter notgedrungen den Interimschef raushängen lassen. Die Kollegen überboten sich mit immer abstruser werdenden Ideen, an welcher Stelle man in welchem Zustand KPD ablegen sollte. Vor ein paar Jahren hatten wir ihn, als er ähnlich alkoholisiert war wie heute, mitten in der Nacht auf dem Verkehrskreisel der Speyerer Straße am südlichen Ortsausgang von Schifferstadt deponiert. Wir fanden das lustig, unser Chef am nächsten Tag weniger. Bis zum heutigen Tag konnte nicht aufgeklärt werden, wer für dieses Verbrechen verantwortlich war.

Wir einigten uns nach intensiver Diskussion darauf, KPD auf einem Kinderspielplatz auszusetzen, da dort mit weniger Bürgerpräsenz zu rechnen war als an einem prominent gelegenen Verkehrskreisel. Gerhard erstellte zum Abschied ein paar Videos mit unserem Chef auf der Rutschbahn und im Sandkasten.

Der Waldspitzweg vor unserem Dienstgebäude war inzwischen wieder für den Verkehr freigegeben. Der gegenüberliegende Gehweg, die Reste des Wäldchens und einige Parkplatzreihen neben den ehemaligen Altkleidercontainern waren allerdings großzügig abgesperrt.

Die nicht mehr ganz nüchternen Kollegen schickte ich in den Feierabend. Gerhard und ich wollten es ihnen gleich machen, zuvor aber unsere Teamkollegen Jutta und Jürgen informieren.

»Kann man euch auch mal irgendwohin schicken, ohne dass ihr immer gleich Tote findet?«, fragte Jutta Wagner gespielt vorwurfsvoll, als wir ihr Büro betraten. Sie zeigte auf den Besprechungstisch, wo unser Jungkollege Jürgen für uns Kaffee einschenkte. Mich interessierte vor allem die prall gefüllte Keksdose, die zentral auf dem Tisch stand.

»Sind aber ohne Alkohol«, meinte Jürgen mit einem kleinen Seitenhieb, als ich mich beidhändig bediente.

Abwechselnd, je nach Füllgrad des Mundes, berichteten Gerhard und ich den beiden von unseren Erlebnissen in der Brennerei.

»Das war eine absolut richtige Entscheidung von dir, Reiner«, lobte mich Jutta, »dass du den Kriminaldauerdienst in Ludwigshafen informiert hast. KPD wird dich dafür zwar hassen, aber das ist ja nichts Neues. Wo ist der eigentlich?«

Gerhard überreichte Jürgen mit einem fetten Grinsen sein Handy. »Die Bilder und Videos könnt ihr euch nachher anschauen und lokal speichern. Dann wisst ihr auch, wo unser lieber Chef ist.«

Jutta lachte. »Ihr Kindsköpfe, hoffentlich habt ihr es nicht übertrieben.«

»Wir doch nicht«, bekräftigte ich. »Um eines vorab klarzustellen: Jacques kommt als Täter nicht infrage, das halte ich für absolut ausgeschlossen.«

»Wenn das so einfach wäre«, stellte sich Jürgen quer.

»Wie bitte?«, fiel ich ihm ins Wort. Gerade fing meine Welt an einzustürzen.

»Nein, nicht wegen Jacques«, verbesserte sich Jürgen.

»Die Kollegen aus Ludwigshafen haben aber eine weitere Täterspur nach Schifferstadt entdeckt. Darüber wird KPD nicht sehr amüsiert sein, wenn er wieder auftaucht. Er taucht doch wieder auf, oder?«

»Gewiss«, sagte Gerhard. »Aber was soll das für eine Spur sein? Und woher weißt du über die Sache in Venningen Bescheid?«

Jürgen grinste. »Ich bin halt gut.«

Mit seiner Feststellung, auch wenn sie arrogant klang, hatte er recht. Zumindest in seinem Fachgebiet, der Recherche, war er eine Koryphäe. Was er nicht herausfand, fand niemand heraus. Er hatte Zugriff auf Datenbestände, von denen oftmals die Datenbesitzer keine Ahnung hatten, dass sie sie überhaupt besaßen. Man durfte allerdings niemals den Fehler machen, Jürgen um eine offene Recherche zu bitten. Dann fertigte er über eine beliebige Person eine Biografie mit der Seitenzahl eines ehemaligen *Quelle*-Katalogs an. Und im Anhang gab es zusätzlich eine vollständige Ahnentafel, die bis zum 30-jährigen Krieg zurückreichte.

»KPD hat mich angewiesen, die Kollegen im Polizeipräsidium Ludwigshafen zu beobachten«, erklärte er kleinlaut. »Mit Beobachten meint er, dass ich mir täglich, eigentlich rund um die Uhr, Zugang zum Hauptserver verschaffen soll. Das ging auch ganz leicht, mit Datensicherheit haben es die Behörden in Rheinland-Pfalz ja nicht so toll.«

»Du spionierst das Präsidium aus?«

»Was heißt spionieren«, schwächte Jürgen ab. »Ich erstelle lediglich zwei- bis dreimal täglich für KPD eine Übersicht über die aktuellen Pläne der Ludwigshafener. Damit konnte ich übrigens eine geplante Personalkürzung bei uns in Schifferstadt rechtzeitig im Vorfeld aufdecken, sodass unser Chef Gegenmaßnahmen ergreifen konnte. Jawoll, KPD hat auch seine guten Seiten.«

In meinem Kopf drehte sich alles. Ich wusste nicht, ob es wegen Jürgens Bemerkung war, dass KPD auch seine guten Seiten haben sollte, oder wegen der Ausspionierung. Ich beschloss, mich im Moment auf das Wesentliche zu konzentrieren. »Bei diesen nachrichtendienstlichen Tätigkeiten hast du, natürlich zufällig, entdeckt, dass von der Brennerei eine Spur nach Schifferstadt führt. Ist das so richtig?«

»Fast«, bestätigte Jürgen. »Ich habe allerdings keinen Zufallsfund gemacht, sondern gezielt gesucht.«

»Ist jetzt auch egal, weiter«, forderte ich ihn auf.

»Das Opfer ist der bekannte Liedermacher Uli Valnion, das wisst ihr bereits. Die Auswertung seiner Handydaten hat ergeben, dass er kurz vor seinem Tod mit einer Frau telefonierte, die sich im Nachbarort Edenkoben aufhielt.«

»Edenkoben ist nicht Schifferstadt.« Ich atmete erleichtert auf. KPD würde das nicht beunruhigen.

Jürgen ließ nicht locker. »Diese Frau wohnt allerdings in Schifferstadt. Meine Schnellrecherche hat ergeben, dass du sie sogar kennst.«

»Stefanie?« Der erste Gedanke galt meiner Frau.

»Wie kommst du auf diesen Blödsinn?«, sagte Jürgen. »Auf jeden Fall giltst du damit in diesem Ermittlungsfall als befangen. Falls das jemanden interessieren sollte.«

Jutta zog Jürgen das oberste Blatt aus der Hand und las vor. »Ute Zimmermann. Kommt dir der Name bekannt vor, Reiner?«

Im ersten Reflex wollte ich verneinen, doch der zweite

Reflex hielt mich davon ab. Ute Zimmermann, da war doch was, wo hatte ich diesen Namen schon einmal gehört?

»Kommst du von alleine drauf?«, stocherte Jutta. »Du siehst aus, als würdest du nachdenken. Soll ich dir einen Tipp geben?«

Ich grinste meine Kollegin an, denn im gleichen Moment hatte mir mein untrügliches Gedächtnis die Lösung präsentiert. »Ute Zimmermann, die schreibt doch für die *Rheinpfalz* eine Kolumne in Pfälzer Dialekt. Ist das nicht eine Mundartautorin?«

Jutta war zufrieden. »Außerdem war sie während deiner Grundschulzeit eine Klassenkameradin.«

»Kann sein«, entgegnete ich bemüht gleichgültig, um jeden Verdacht von Befangenheit im Keim zu ersticken. »Das ist schon lange her.«

»Du warst tatsächlich in der Schule?«, frotzelte Gerhard.

»Im Gegensatz zu dir schon«, ärgerte ich ihn zurück, anschließend schaute ich zu Jutta. »Und was hat diese Ute mit mir zu tun? Ich habe sie seit Jahren, vermutlich Jahrzehnten nicht gesehen.«

»Erst mal nichts«, bestätigte Jürgen. »Sobald aber die Ludwigshafener Beamten auf diese Querverbindung stoßen, und das werden sie unweigerlich, wenn sie nur halb so gut sind wie ich, schauen sie genauer hin. Sie war in Edenkoben und du zeitgleich in Venningen und hast den Toten entdeckt.«

»Mach mich doch gleich zum Verdächtigen«, reagierte ich angesäuert.

Jutta versuchte, die Wogen zu glätten. »So weit sind wir noch nicht. Ich schlage vor, dass wir Frau Zimmermann zu einem Gespräch vorladen. Wir konstruieren irgendeinen Grund, damit die Ludwigshafener nicht denken, wir würden uns in ihre Arbeit einmischen.«

»So etwas maßen wir uns niemals an«, ergänzte Gerhard sarkastisch. »Während der Befragung kommt Reiner hinzu und erkennt sie zufällig als ehemalige Klassenkameradin. Mit diesem Trick sollte es ein Leichtes sein, in ein zwangloses Gespräch zu wechseln und Hintergründe über ihren Aufenthalt in Edenkoben zu erfahren. Vielleicht lädst du sie auf einen Kaffee ein, Reiner? Sie freut sich bestimmt über eine Einladung zum Kaffee.«

»Ute Zimmermann nicht«, mischte sich Jürgen ein und zeigte auf einen beträchtlichen Papierstapel, der vor ihm auf dem Tisch lag. »Meine erste Kurzuntersuchung ergab, dass sie bevorzugt Kräutertee trinkt. In ihrem Garten wachsen viele Kräuter. Ihren Tee mischt sie bevorzugt aus Brennnesseln, Pfeffermi…«

Mein Unterkiefer begann zu krampfen, während ich Jürgen mit offenem Mund anstarrte.

»Was habt ihr?«, fragte Jürgen naiv.

Mein Blick in die Runde zeigte mir, dass auch meine Kollegen perplex mit offenem Mund dasaßen.

»Unglaublich«, meinte Jutta schließlich aufgrund Jürgens vorliegender Ergebnisse. »Wie schaffst du das in der kurzen Zeit?«

»Ich bin halt gut«, wiederholte er stolz.

»Dann ruft sie meinetwegen an und lasst sie für morgen Vormittag auf die Dienststelle kommen«, entgegnete ich resigniert. »Aber danach ist der Fall Venningen für uns abgeschlossen, ist das klar? Wenn KPD anderer Meinung ist, soll er selbst schauen, wie er weiterkommt.«

Ich verkniff mir, wie ein trotziges Kind mit dem Fuß aufzustampfen. Dann fiel mir noch etwas ein. »Der Vollständigkeit halber kannst du bitte noch nach der Person suchen, die Uli Valnion kurz vor seinem Tod nannte.« Ich zog einen Zettel aus der Tasche, auf dem ich seine letzten Worte notiert hatte: »Fidder bidde die Lola, de Rosalie er Katz.«

Jürgen schnappte sich einen weiteren Papierstapel, der annähernd so mächtig war wie die Recherche zu Ute Zimmermann, und blätterte eifrig drin herum. »Tut mir leid, Reiner, eine Rosalie scheint es im Leben von Herrn Valnion nicht zu geben. Auch von einer Katze weiß ich nichts. Ich werde nun aber etwas ausführlicher suchen.«

»Tu das.« Ich verabschiedete mich von meinen Kollegen und fuhr nach Hause. Trotz des unverhofften Leichenfundes war ich recht gut gelaunt. KPD würde sich nicht ansatzweise an die Erlebnisse in Venningen erinnern und mich daher unbehelligt lassen.

Meine gute Laune hatte noch einen weiteren Grund. Unser Haus lag auf einem Eckgrundstück. Die Garage grenzte ausgerechnet an das Nachbarhaus, in dem die gefürchtete Frau Ackermann wohnte. Sie galt als die Frau, die schneller sprach als ihr Schatten. Noch gefürchteter waren ihre endlosen Monologe, die jedem das Blut in den Adern gefrieren ließen. Ich hatte das Gefühl, durch die bisherigen Konfrontationen mit ihr mehr Lebenszeit verloren zu haben als durch den nächtlichen Schlaf.

Um unsere Lebensqualität zu verbessern und nicht ständig an strafmildernde Liquidationsmöglichkeiten von Frau Ackermann denken zu müssen, hatten Stefanie und ich in der angrenzenden Seitenstraße von einer

Landschaftsgärtnerei einen Carport mit Sichthecke errichten lassen. Seit diesem Umbau nutzten wir fast ausschließlich den Kellerzugang auf der Gartenseite als Haupteingang.

Auch in der Wohnung war es heute angenehm. Sämtliche anderen Hausbewohner waren ausgeflogen und kamen erst gegen Abend von einem Ausflug zurück. Paul und Melanie bemerkten nicht einmal, dass ich auf der Couch saß. Um meine Frau Stefanie nicht zu beunruhigen, verzichtete ich durch Selektion auf eine allzu ausführliche Schilderung meines Arbeitstages.

»So locker wie du möchte ich es tagsüber auch mal haben«, sagte sie seufzend, als ich mit meinem Bericht fertig war und herzhaft gähnte. »Den ganzen Tag nur langweilige Akten wälzen. Bist du sicher, dass du dabei nicht eingeschlafen bist?«

Der Abend hätte genauso entspannt verlaufen können, hätte mich Stefanie nicht an einen Termin erinnert, den ich seit Tagen verdrängt hatte und der am nächsten Morgen auf mich wartete: Pauls Lehrerin hatte mich zu einem Elterngespräch gebeten. Es war erst das fünfte in diesem Schuljahr, sodass man im Vergleich zu den Vorjahren durchaus von einer Verbesserung sprechen konnte. Auch Paul schien nicht nur älter, sondern auch reifer und vernünftiger geworden zu sein.

In der Nacht träumte ich jedoch nicht von den Ereignissen des vergangenen Tages, sondern ausschließlich von Pauls Schule. Längst überwunden geglaubte Traumata aus der eigenen Schulzeit kamen wieder hoch und vermischten sich mit dem Traum. Schweißgebadet wachte ich gefühlt jede Viertelstunde auf.

Am Morgen war ich todmüde. Ich hoffte auf einen ruhigen Tag in der Dienststelle und plante gleichzeitig, meine Dienststunden in meinem eigenen Büro abzuleisten, wo man mich am wenigsten vermuten würde.

Leider musste ich vorher noch den Termin in der Grundschule überstehen. Als Spezialist in Sachen Prokrastination, also dem Aufschieben von anstehenden beruflichen oder privaten Verpflichtungen durch Ersatztätigkeiten, verpasste ich nicht nur die erste große Pause, sondern auch die zweite. Kurz vor Schulschluss stand ich vor dem Klassenzimmer von Pauls Lehrerin, nur um wenige Minuten später von einer ihrer Kolleginnen zu erfahren, dass sie sich für heute krankgemeldet habe und ich doch bitte telefonisch einen neuen Termin vereinbaren solle.

Frustriert, aber auch vorübergehend erleichtert, fuhr ich den knappen Kilometer zur *Pizzeria Caravella*, um mein Kaloriendefizit auszugleichen. Als Polizist konnte ich es mir nicht leisten, unterzuckert zum Dienst zu erscheinen. Die Mittagssonne war schon ein gutes Stück nach Westen gewandert, als ich am Kreisverkehr Salierstraße in den Waldspitzweg einbog. Nur im ersten Moment wunderte ich mich über die vielen Handwerkerfahrzeuge vor unserer Kriminalinspektion.

Eine Schlosserei reparierte mit schwerem Gerät das Rolltor neben dem Gebäude, auf der anderen Straßenseite hantierte eine Großmannschaft der Stadtgärtnerei mit Kettensäge und weiteren Krachmachern.

Ich verdrängte die Erinnerung an die gestrige Todesfahrt und betrat, allerdings mit flauem Gefühl im Magen, die Dienststelle. Wie würde KPD reagieren? Meinen verspäteten Dienstbeginn würde er dagegen bestimmt nicht registriert haben. Sein Bürosaal im ersten Obergeschoss, der durch zahlreiche Vergrößerungen in den vergangenen Jahren rund zwei Drittel der Geschossfläche einnahm, war verschlossen. Ich atmete erleichtert auf und ging in Richtung Juttas Büro, das sich als Treffpunkt unseres Teams etabliert hatte. Zudem hatte sie das größte Keksdepot der Dienststelle.

»Ah, da kommen Sie ja endlich!«, tönte KPD, als ich Juttas Tür öffnete. Mit einem Blick auf seine goldene Armbanduhr ergänzte er: »Seit wann arbeiten Sie in Teilzeit?«

Mein Chef war wieder der Alte, das merkte ich sofort. Unbeeindruckt von seinen Beschimpfungen setzte ich mich schweigend an den Besprechungstisch.

KPD wurde plötzlich sanft. Er tat etwas, was er sonst nicht tat: Er setzte sich neben mich und tätschelte mein Knie. »Ist das wirklich wahr, was mir Herr Steinbeißer über unseren gestrigen Ausflug erzählt hat und was Sie planen? Ich war wohl etwas indisponiert, denn meine Erinnerung weist einige Lücken auf.«

Ich suchte den Blickkontakt zu Gerhard, der erschrocken das Gesicht verzog. Ich konnte seine Mimik nicht deuten. Auch wusste ich natürlich nicht, welche Lügengeschichte er KPD aufgetischt hatte. Ich musste wieder einmal improvisieren. »Für die Kollegen lege ich meine Hand ins Feuer«, sagte ich auf die Schnelle. »Es hat sich genauso zugetragen, wie er es Ihnen erzählt hat. Herzlichen Glückwunsch auch von mir, lieber Herr Diefenbach.«

KPDs Stirn legte sich in Falten. »Glückwunsch? Wie muss ich das verstehen?«

»Äh, ja, für, äh, natürlich«, stotterte ich vor mich hin.

»Herr Palzki meint Ihren Fachvortrag auf der Fahrt nach Venningen, Herr Diefenbach«, sprang mir Gerhard zur Seite. »Das hat mit den Planungen für Ihr neues Projekt, bei dem Sie Herr Palzki tatkräftig unterstützt, nicht direkt etwas zu tun.«

»Ja, genau«, bestätigte ich, während mir der Schweiß in Bächen über den Rücken lief.

»Ich wusste schon immer, dass ich zu den Allerbesten gehöre«, nahm KPD das Kompliment ohne Zögern an. »Wäre ich nicht gerade mit einem anderen, noch wichtigeren Projekt beschäftigt, würde ich die Brennerei-Szene aufmischen. Es ist fast schon skandalös, wie wenig Ahnung dieser Volker Spiegel von der Materie hat. Ich musste jede seiner Behauptungen richtigstellen, damit meine Untergebenen nichts Falsches lernen.« Nun schaute er mich direkt an. »Aber jetzt sagen Sie mal, Herr Palzki, wie Sie alles umsetzen wollen, was Herr Steinbeißer mir gerade erzählt hat.«

Verdammtes Dilemma, dachte ich und wandte mich hilfesuchend und zugleich flehend an Gerhard und Jutta.

»Ja, also«, begann ich meine Zeitgewinnungstaktik. Wenn jetzt kein Wunder geschah, war ich verloren. Ein abstürzendes Metallteil der ISS, das in der nächsten Sekunde auf Juttas Besprechungstisch krachte, ein selektives Erdbeben in Schifferstadt Südost oder *Godzilla*, der gerade den Wasserturm erklomm, könnten mich retten.

»Hat es Ihnen die Sprache verschlagen?«, hakte KPD mit stechendem Blick hartnäckig nach.

Ich war gerade dabei, einen Herzinfarkt vorzutäuschen, als es an der Tür klopfte.

»Herein!«, schrie ich in meiner letzten Not.

Eine Frau öffnete die Tür.

»Melden Sie sich am Empfang an«, beschied KPD die

Besucherin aggressiv. »Wir sind in einer wichtigen Besprechung und dürfen nicht gestört werden.«

»Aber ich war doch schon am Empfang«, sagte die Unbekannte. »Man hat mich hierher geschickt.«

»Nicht jetzt.« Der Tonfall KPDs wurde noch einen Ton schärfer.

Die Besucherin versuchte es ein letztes Mal. »Ich heiße Ute Zimmermann, ich soll …«

KPD sprang von seinem Stuhl auf. »Ute Zimmermann? Sie sind Ute Zimmermann, die bekannte Mundartautorin?« Die Stimme klang nun sehr sanft.

»Wenn Sie es sagen. Ich soll mich zu einer Befragung melden, weil ich gestern in Edenkoben gewesen sein soll. Worum geht es genau?«

»Ich habe Sie überall gesucht«, flötete KPD und schüttelte die Hand der Besucherin so energisch, dass sie abzubrechen drohte.

Meine Kollegen und ich schauten uns verblüfft an. Was war hier los? War KPD über den Leichenfund in Venningen längst informiert und untersuchte den Fall auf eigene Faust?

»Gehen wir rüber in mein Büro?«, flötete KPD weiter. »An meinem neuen Kaffeevollautomat *Koffein Dreitausendfünf* kann man aus über 63.000 verschiedenen Varianten wählen. Es freut mich, dass Sie sich entschlossen haben, in der Jury meines neuen Festivals mitzumachen. Die Konditionen kennen Sie ja bereits. Ich kann aber gerne noch eine Schippe drauflegen, meine Bußgeldschwarzkasse ist prall gefüllt. Haben Sie zufällig Punkte in Flensburg? Auch damit könnte ich Ihnen entgegenkommen.«

»Sie sind Herr Diefenbach?«, fragte Frau Zimmermann,

während sie genervt mit einem kurzen Blick zur Decke schaute. »Ich habe Ihnen schon schriftlich mitgeteilt, dass ich für Ihr Mundartfestival nicht zur Verfügung stehe. Zumindest nicht in der Jury.«

KPD blickte irritiert. »Aber warum sind Sie dann hier?«

»Was für ein Mundartfestival?«, fragte ich zeitgleich, da ich wieder mal eine illegale oder zumindest nichtdienstlich veranlasste Aktion unseres Chefs vermutete.

KPD echauffierte sich. »Palzki, lesen Sie eigentlich regelmäßig meine Hauszeitschrift *Diefenbach intern*? Anscheinend nicht, sonst wüssten Sie, dass ich ein eigenes Mundartfestival unter meiner Leitung etablieren werde. Das größte und prächtigste Festival, das man sich vorstellen kann. Selbstverständlich werde ich in allen Kategorien selbst teilnehmen. Damit nichts schiefgeht, wähle ich die Jurymitglieder im Vorfeld höchstpersönlich aus. Stellen Sie sich vor, wenn ich als guter Dienststellenleiter nur den zweiten Platz belegen würde!«

Mundart, ausgerechnet Mundart, dachte ich. KPDs Ideen wurden immer merkwürdiger. Auf der anderen Seite war er mit diesem Quatsch abgelenkt und ließ uns in Ruhe unseren Job machen.

Ute Zimmermann nickte die ganze Zeit. »Und genau das ist der Grund, warum ich nicht mitmache. Mit Neutralität hat das nichts zu tun.«

»Neutralität!«, rief KPD verächtlich. »Wer spricht hier von Neutralität? Ich werde und muss gewinnen, weil ich der Beste bin. Sogar der Allerbeste.«

»Ich gehe jetzt«, meinte die Besucherin nach einem tiefen Seufzer. »Melden Sie sich, wenn sich die Lage beruhigt hat.«

Doch KPD beachtete die Besucherin gar nicht mehr, da er bereits Jutta alle Einzelheiten seines geplanten Festivals zu erklären versuchte.

»Ich bringe Sie zum Ausgang«, sagte ich spontan und hielt ihr die Tür auf.

Im Flur blieb sie stehen. »Kennen wir uns nicht von irgendwoher?«

»Wir waren die ersten vier Jahre in einer Klasse.«

Sie sah mich genauer an. »Klar, du bist doch der Reiner, oder? Den Nachnamen habe ich leider vergessen.«

»Palzki«, half ich ihr auf die Sprünge.

»Stimmt«, sagte sie. »Toll, dass du bei der Polizei gelandet bist.« Sie wurde kurz nachdenklich. »Dein Chef ist schon ein komischer Kauz. Aber ich bin nicht wegen Herrn Diefenbach hier. Man hat mich herbestellt, weil ich eine Aussage wegen meines gestrigen Aufenthalts in Edenkoben machen soll. Ich hatte sowieso vor, mich deswegen bei der Polizei zu melden. Aber das wird sich schon aufklären.«

»Was wird sich aufklären?« Sofort war ich neugierig.

»Etwas Seltsames«, antwortete sie, »ist mir gestern passiert. Ich habe einen anonymen Anruf bekommen. Der Anrufer behauptete, der Bruder einer Bekannten von mir zu sein. Natürlich habe ich versucht, mich zu vergewissern, aber er wusste so viel über meine Bekannte, dass mein Misstrauen verflog.«

»Wollte er Geld?«

»Geld?«, wiederholte Zimmermann. »Nein. Er war kein Betrüger, der es auf meine Wertsachen abgesehen hatte. Aber er tat am Telefon geheimnisvoll und gab vor, wichtige Informationen für mich zu haben. Ich müsse nur zu einer ganz bestimmten Zeit an einer Straßenecke in Edenkoben sein. Bevor ich fragen konnte, worum es genau ging, legte er auf.«

»Das ist in der Tat beunruhigend«, stimmte ich ihr zu. Wenn das stimmte, wollte der anonyme Anrufer, dass sie sich in der Nähe des Tatorts aufhielt, als Uli Valnion ermordet wurde. »Sie, äh, du bist dann direkt nach Edenkoben gefahren?«

»Natürlich habe ich vorher versucht, meine Freundin telefonisch zu erreichen, aber das war nicht möglich. Sie hat erst am Abend zurückgerufen. Von dem Anrufer wusste sie nichts.«

»Lass mich raten: Du hast vergeblich in Edenkoben gewartet. Es ist niemand gekommen.«

»Deine Kombinationsgabe ist sagenhaft«, sagte sie mit ironischem Unterton. »Nicht schlecht für einen Polizisten.« Ihr fiel noch etwas ein. »Während ich in Edenkoben wartete, klingelte mein Handy mit unterdrückter Rufnummer. Es ging aber keiner dran, das Gespräch wurde sofort wieder beendet.«

Dies war ein klarer Hinweis, dass der unbekannte Anrufer Uli Valnion gewesen sein konnte. Aber warum? Während meine Gedanken mäanderten, stellte Ute eine Frage: »Meinst du, es steckt etwas Kriminelles dahinter?«

Die Sache mit dem Toten in Venningen wollte ich ihr, zumindest vorerst, nicht verraten. »Schwer zu sagen«, antwortete ich salomonisch. »Wir werden uns auf jeden Fall darum kümmern. Gibst du mir bitte die Kontaktdaten deiner Bekannten?«

Ute Zimmermann schüttelte den Kopf. »Ich möchte erst einmal unter vier Augen mit ihr sprechen. Ich treffe sie jetzt gleich in einem Café, ihr Bruder will auch kommen. Danach bin ich zu Hause. Wenn du so gegen 18 Uhr kommen könntest? Dann kann ich dir sicher mehr Informationen geben.«

Beim vorläufigen Abschied am Ausgang unserer Dienststelle sprachen wir noch ein wenig über unsere gemeinsame Grundschulzeit. Aber wie das so ist mit frühkindlichen Erinnerungen: Jeder von uns hatte von den ersten vier Schuljahren nur kurze Bruchstücke im Langzeitgedächtnis gespeichert, die Schnittmenge war praktisch gleich null. Nur an die Namen aller Lehrerinnen und die Lage der Klassenzimmer im Schulgebäude konnten wir uns nach kurzer Diskussion erinnern.

Ich hatte Glück, KPD war nicht mehr in Juttas Büro.

»Du sollst sofort zu ihm kommen«, sagte Gerhard. »Er will dich einweisen, damit du für die nächsten Tage gut vorbereitet bist.«

»Vorbereitet auf was?«, fragte ich panisch und in höchster Alarmbereitschaft. Es konnte ja sein, dass KPD mir in den letzten Tagen etwas dazu gesagt hatte. Aber um mein seelisches Gleichgewicht nicht permanent zu gefährden, hörte ich meinem Chef üblicherweise so gut wie nie zu.

»Keine Ahnung«, sagte Jutta schulterzuckend. »Er will dich morgen zu einem Termin mitnehmen. Wir dachten, das wüsstest du schon.«

»Ich weiß nichts«, antwortete ich unwillkürlich aggressiv. »Hat es etwas mit dieser Destillerie zu tun?«

»Eher nicht«, antwortete meine Kollegin. »Wahrscheinlich geht es um dieses Mundartfestival. Von fast nichts anderem redet KPD schon seit Wochen.«

»Das kann er sich an den Hut stecken«, knurrte ich missmutig. »Wisst ihr noch, wie seine wirre Büttenrede in der letzten Karnevalssaison eingeschlagen hat? Dass sich die Saalbesucher bei der anschließenden Polonaise nicht wie die Lemminge in den Selbstmord gestürzt haben, war nur dem Umstand zu verdanken, dass sich der Saal im Erdgeschoss befand.«

»Vielleicht liegt es an etwas ganz anderem«, wiegelte mein junger Kollege Jürgen ab und reichte mir die Keksdose. »Heute leider erneut ohne Alkohol.«

Jutta nahm den Ball wieder auf. »Es wäre schon ungewöhnlich, wenn KPD an mehr als zwei verrückten Projekten gleichzeitig arbeiten würde.«

»Zwei?« Ich verstand nicht.

»Na ja«, klärte sie mich auf. »Da ist sein Mundartprojekt, von dem er seit Wochen schwärmt. Hast du eigentlich schon mal eines seiner Gedichte gehört, Reiner?«

Ohne etwas dagegen tun zu können, schüttelte sich mein Oberkörper reflexartig. »Um Himmels willen, bitte nicht.« Mit einem Blick zu Jürgen sagte ich: »Kannst du bitte eine Großpackung Ohrstöpsel besorgen? Am besten solche, die Sprache auf null oder noch weniger Dezibel dämpfen.« Für einen Moment hatte ich einen Geistesblitz: Wäre das eine brauchbare Lösung für die verbalen Auseinandersetzungen mit meiner Nachbarin Frau Ackermann?

Jutta kannte meine Eskapaden und fuhr ungerührt mit ihrer Aufzählung fort. »Das zweite Projekt unseres Chefs ist seine geplante Alkoholgenusskampagne. Ich weiß nicht genau, was er damit vorhat, aber der gestrige Ausflug nach Venningen lässt tief blicken.«

»Von der Materie hat er auch keine Ahnung«, ärgerte ich mich. »Wenn ich nur an die verzweifelten Blicke von Volker Spiegel und seiner Frau denke. Wahrscheinlich hat KPD nur die Klappentexte von ein paar Fachbüchern überflogen und hält sich jetzt für den allwissenden Experten. Allwissenheit, Unfehlbarkeit und grenzenlose Bescheidenheit sind seine drei herausragenden Eigenschaften. Jedenfalls ist unser Chef davon überzeugt, auch wenn er der Einzige ist.«

Ich wollte mir gerade ein paar Kekse in den Mund schieben, um mich für die Verunglimpfung von KPD zu belohnen, da fiel mir ein, dass es noch ein anderes Problem zu lösen gab. »Was hat er eigentlich zu unserem kleinen Streich gesagt? Hat er Erinnerungen an sein Spielplatzabenteuer?«

Meine Kollegen lachten kurz auf. »Wahrscheinlich nicht«, meinte Jutta. »Und wenn doch, dann hat Gerhard uns den Kopf gerettet. Und bestimmt auch den Hals.«

Verwirrt schaute ich meinen Kollegen an, der daraufhin zu lachen begann und theatralisch, mit ausladenden Armbewegungen erzählte: »KPD stürmte in Juttas Büro, als stünde die Welt kurz vor dem Untergang. Sein Kopf, ich hatte ihn noch nie so rot gesehen, war kurz davor zu platzen.«

»Wie eine Handgranate«, plapperte Jürgen dazwischen. Niemand beachtete ihn.

»Wir mussten davon ausgehen, dass er zumindest teilweise Erinnerungen an seinen Alkoholmissbrauch hatte und uns zur Schnecke machen wollte. Oder er hat es von jemandem erzählt bekommen.«

»Oder er hat die Videos mit ihm als Hauptdarsteller im Internet entdeckt«, fügte ich hinzu.

»Auf jeden Fall musste ich schnell reagieren. Ich weiß, dass es im Nachhinein nicht meine beste Idee war, aber es hat geholfen. Zumindest für den Moment.«

Ich verstand immer noch nicht.

»Und jetzt kommst du ins Spiel«, sagte Jutta zu mir.

»Ich? Ich war doch gar nicht dabei, als KPD in dein Büro gestürmt ist.«

»Sei nicht so kleinlich«, sagte Gerhard. »Du warst gestern dabei, also geht dich das ganze Theater schon was an. Außerdem hat KPD nach dir gefragt, als er im Büro herumtobte und wir nicht wussten, wo du bist.«

Zur Beruhigung gönnte ich mir noch ein paar Kekse. Kakao sollte schließlich eine beruhigende Wirkung haben. Mein ausgefallenes Elterngespräch behielt ich für mich.

»Es ist ja noch nichts passiert«, versuchte Gerhard, seine mir noch unbekannte Aktion herunterzuspielen.

Die Floskel erkannte ich sofort. »Noch nicht? Was ist mit der Zukunft? Wann geht die Bombe hoch? Später, morgen oder nächste Woche?«

»Das kommt auf dich an, Reiner.« Gerhards Grinsen irritierte mich zusätzlich. »Es wird wie immer sein, in kurzer Zeit hat KPD alles vergessen und widmet sich neuen Projekten.«

»Jetzt sag schon, was hast du mir unterstellt?«

»Nichts, was du im Ernstfall nicht tatsächlich umsetzen könntest«, sagte mein Kollege. »Natürlich kannst du mit unserer vollen Unterstützung rechnen.«

»Das ist doch wohl das Mindeste«, platzte ich heraus. »Wenn du mir schon eine dubiose Geschichte unterjubelst, dann hilf mir wenigstens aus der Patsche.«

Gerhard lachte wieder. Hatte er den Ernst der Lage immer noch nicht begriffen? »Es geht doch nur um die Zweckentfremdung einer unserer Arrestzellen«, begann er sein Geständnis. »Die waren in der Vergangenheit nie alle gleichzeitig belegt. Meistens wird sowieso nur der vorderste Raum von der Polizeiinspektion als Ausnüchterungszelle genutzt.«

Meine Fantasie spielte sofort verrückt, für unseren Chef kamen nur extreme Aktionen infrage. »Will KPD eine Sauna einbauen lassen oder ein Domina Studio?«

»Einen Brennholzverleih«, mischte sich Jürgen wieder ein.

Diesmal war ich so verwirrt, dass ich auf seinen Kommentar reagierte. »Brennholzverleih? Habe ich das richtig verstanden?«

»Ja«, bestätigte Jürgen. »Ein guter Gag, oder? Hab ich im Internet gefunden. Ich finde den Tapetenverleih auch nicht schlecht.«

»Lass gut sein, Jürgen«, sagte Gerhard. »Dem Reiner ist im Moment nicht nach Scherzen zumute.« Dann sah er mich an. »Wenn KPD fragt, die Idee, in einer der Arrestzellen eine Schnapsbrennerei einzurichten, stammt von dir.«

Ich konnte nicht einmal stottern, so sehr quälte mich eine plötzliche Kieferklemme.

»Siehst du, eine ganz harmlose Sache«, versuchte Jutta, das Problem herunterzuspielen.

Mein Kiefer beruhigte sich, ich fand meine Sprache wieder. »Gerhard hat KPD erzählt, dass ich im Keller unserer Dienststelle eine Schnapsbrennerei einrichten will?«

»Unter anderem«, bestätigte Gerhard, was mich nicht wirklich beruhigte. »Bevor du auf dumme Gedanken kommst: KPD war von deinem Vorschlag, der eigentlich meiner war, sehr angetan und hat dich in den höchsten Tönen gelobt. Ich zitiere: ›Endlich scheinen meine schier unendlichen Bemühungen, Herrn Palzki zu einem halbwegs brauchbaren Beamten zu erziehen, Früchte zu tragen.‹ Wenn du nicht aufpasst, wirst du bald Untergebener des Monats.«

»Das ist doch Unsinn«, sagte ich. »Man kann doch nicht

in einem Polizeigebäude eine Schnapsbrennerei einrichten. Wenn das rauskommt, ist er die längste Zeit Dienststellenleiter in Schifferstadt gewesen.« Noch während ich den Satz aussprach, fiel mir die endgültige Bedeutung ein. »Ach so«, sagte ich, jetzt etwas zufriedener. »Das heißt, wenn ich im Auftrag KPDs höchstpersönlich eine Schnapsbrennerei im Keller einrichte und das – natürlich aus Versehen – bis ins Ludwigshafener Polizeipräsidium …«

»Machst du dir wieder Hoffnungen auf den Posten des Dienststellenleiters?«, frotzelte Jürgen.

Gerhard nahm den Ball dankbar auf. »Wer weiß, Reiner, daran habe ich gar nicht gedacht, als ich meine spontane Idee unserem Chef vorgestellt habe. Bekomme ich eine Prämie, wenn du unser Chef in Schifferstadt wirst?«

»Willst du mich verarschen?«, fuhr ich ihn an. »Du hast mir bisher höchstens die halbe Wahrheit gebeichtet. Was habe ich KPD sonst noch versprochen?«

»Warum reagierst du so paranoid?«, versuchte Gerhard, mich zu beruhigen. »Du solltest dir natürlich im Idealfall ein paar Grundkenntnisse im Destillieren aneignen. Dafür darfst du mit KPD eine eigene Marke kreieren. *Doktor Diefenbachs Exklusive Brände* oder so ähnlich. Details kann er deinem Businessplan entnehmen.«

»Meinem was?«

»Dem Businessplan für die Marke von KPD«, erklärte mein Kollege, ohne mit der Wimper zu zucken. »Bevor du wieder sauer wirst: Das macht Jürgen für dich. Mit Papierkram brauchst du dich nicht zu belasten.«

Unser Jungkollege wedelte mit einem Packen Papier. »Der Rohentwurf ist schon fertig. Ich habe mich per Computer in mehrere branchennahe Unternehmen eingeschleust und deren Strategiepapiere, Jahresplanungen und Wirtschaftlichkeitsberechnungen heruntergeladen. Natürlich habe ich darauf geachtet, dass die Unternehmen, die ich für die Blaupause genommen habe, in den letzten zehn Jahren kein Insolvenzverfahren durchlaufen haben und zumindest überwiegend legal gewirtschaftet haben. Betrügereien gibt es natürlich überall, aber das ist keine neue Erkenntnis und für uns erst einmal nicht so wichtig.«

Da ich mit der Situation hoffnungslos überfordert war, blieb ich stumm. Auch ein dummer Spruch würde mir jetzt nicht weiterhelfen.

»Kein dummer Spruch von dir?«, fragte Jutta ungläubig. »Wie Jürgen dir umständlich zu erklären versucht hat, wird er alles, was KPD von dir verlangt, im ersten Schritt professionell aufbereiten. Du musst das Dokument nur noch als dein Werk an KPD weiterleiten.«

»Und dann?«, hakte ich nach. »Unser Chef wird sich sowieso nur die Zusammenfassung anschauen, wenn überhaupt. In der Regel liest er nichts, was länger als zwei Zeilen Text hat.«

»Dann brauchst du dich nur noch darum zu kümmern, die Brennanlage und die Peripherie zu installieren«, erklärte Gerhard lapidar. »Für so etwas gibt es Fachfirmen und Handwerker.«

»Das wird nie und nimmer funktionieren«, wehrte ich mich weiter gegen diese verrückte Idee. »Selbst wenn man eine Destille in den Keller stellt, heißt das noch lange nicht, dass jemand damit umgehen und einen Brand machen kann.«

»Ich schreibe eine Brennanleitung für unseren Chef«, sagte Jürgen.

»Glaubst du wirklich, dass das Ergebnis jemand trinken

wird oder kann? Der Fusel wird nach Altöl riechen und auch so schmecken. Bestenfalls wird man davon blind.«

Jutta lachte über meinen Scherz, den ich nicht als Scherz gemeint hatte. »Natürlich wissen wir, dass KPD nie in der Lage sein wird, hochwertige alkoholische Produkte herzustellen. Nennen wir es von mir aus ›Beschäftigungstherapie‹. Solange unser Chef im Keller mit seiner Anlage herumspielt, lässt er uns im operativen Tagesgeschäft in Ruhe.«

»Irgendwann wird er sein teuflisches Zeug verkaufen wollen«, antwortete ich. »Stellt euch vor, er lässt seine Untergebenen probieren, bevor er es auf den Markt bringt. Oder er präsentiert seinen Fusel auf einer Pressekonferenz? Es wird Jahre dauern, bis die regionalen Medien in der Kurpfalz neue Redakteure und Journalisten ausgebildet haben.«

»Das haben wir längst eingeplant«, reagierte Jutta entspannt. »KPD hat uns eine finanzielle *Wildcard* ausgestellt, vergleichbar mit einem Freilos. Seine Bußgeldkasse ist wegen seiner letzten Aktion prall gefüllt, du erinnerst dich bestimmt. Die Brennerei und das nötige Equipment können kosten, was sie wollen. In der Kostenaufstellung hat Jürgen unauffällig die Position ›Veredelung‹ eingefügt.«

Ich wusste, dass noch mehr wirre Erklärungen folgen würden, also stopfte ich mir die letzten Kekse aus der Dose in den Mund, auch wenn sie leider ohne Schokolade waren.

Jürgen schlug eine Seite seines Rohentwurfs auf. »Ich habe den Punkt ›Veredelung‹ in Schriftgröße 5 geschrieben, damit man das Kapitel nur mit größter Anstrengung lesen kann. Ich habe überlegt, ob ich das in einer Mikrofiche tauglichen Schrift machen soll, aber …«

»Keine Details«, unterbrach Gerhard ungeduldig. »Nur das Wesentliche, bitte.«

»Im fünften Halbsatz auf der dritten Seite im untersten Absatz wird darauf hingewiesen, dass aus hygienischen Gründen alle im Keller der Dienststelle hergestellten alkoholischen Produkte ausschließlich zur Desinfektion der übrigen Gewahrsamszellen verwendet werden. Der Brand, der unter der Marke *Doktor Diefenbach* vertrieben wird, wird ausschließlich von der Brennerei Spiegel in Venningen als *White Label* geliefert.«

»*White Label* bedeutet, dass die Firma Spiegel die Brände in neutralen Verpackungen liefert und die Flaschen bei uns nur noch endkundengerecht etikettiert werden«, erklärte Jutta.

Ich verstand das Konzept erstaunlich schnell. Meine Kollegen schienen wirklich alles durchdacht zu haben. »Das machen wir aber nur, wenn KPD in der Zwischenzeit nicht den nächsten Mist plant.«

»Natürlich«, beruhigte mich Jutta. »Keller und Dachboden unserer Dienststelle sind voll mit unvollendeten Projekten KPDs. Gerhard hat angeboten, die Brennerei mit nach Hause zu nehmen, falls das Projekt vor der Markteinführung scheitert.«

»Damit wir hier nicht zu viel Stauraum opfern müssen«, ergänzte Gerhard mit einem süffisanten Lächeln.

»Ich hoffe, ihr habt in eurem Plan nichts vergessen«, resümierte ich. Um nicht als Einziger ohne persönlichen Nutzen aus dem Projekt hervorzugehen, wandte ich mich an Jürgen: »Bitte erwähne in deinem Businessplan an mindestens fünf Stellen, dass alles im Auftrag von Klaus P. Diefenbach entwickelt und entschieden wurde. Er muss das Dokument an mehreren Stellen persönlich unterschreiben.« Ich schaute dem Jungkollegen streng in die Augen. »Alle Erwähnungen des Dienststellenleiters bitte in übertrieben großen Buchstaben.« Als optische Geste hielt ich meine Handflächen weit auseinander. »Ich werde schauen, wie ich eine Kopie unauffällig und vor allem anonym an das Polizeipräsidium schicken kann.« Dann wandte ich mich an Gerhard mit einem speziellen Wunsch: »Würdest du bitte diese Schnapsidee mit ein paar Videos für unseren Social-Media-Account aufbereiten? Ich bin mir sicher, meine Tochter, äh, ich meine, KPD würde sich darüber sehr freuen.«

Ich stand auf. »Wir sehen uns morgen, wahrscheinlich etwas früher als heute. Ich fahre jetzt zu einem Treffen mit meiner ehemaligen Klassenkameradin Ute Zimmermann. Jürgen, kannst du mir auf die Schnelle sagen, wo sie wohnt?«

»In der Herzog-Otto-Straße, schräg gegenüber vom Waldfriedhof«, sagte unser Jungkollege wie aus der Pistole geschossen. »Keine 200 Meter von hier, das kannst sogar *du* zu Fuß erreichen.«

»200 Meter hin und 200 Meter zurück, das sind schon 400 Meter, also fast ein halber Kilometer«, rechnete ich ihm vor. »Ich bin Polizist, kein Profisportler.« Der Waldspitzweg führte vom Kreisverkehr an der Salierstraße schnurgerade nach Südosten bis zum Ortsende. Dort knickte die Straße ab und änderte ihren Namen in Herzog-Otto-Straße, deren verkehrstechnischer Hindernisparcours in Höhe des Schwanenweihers – äußerst kreative und weltweit einzigartige bauliche Maßnahmen zur Verkehrsverwirrung – von Einheimischen gleichermaßen missbilligt wie von Fremden verspottet wurde.

»Warum willst du zu ihr?«, fragte Gerhard neugierig.

»Sie will mir bei sich zu Hause erzählen, was sie gestern in Edenkoben erlebt hat. Das klang vorhin auf dem Flur etwas geheimnisvoll, morgen wissen wir mehr.«

»Und was ist mit KPD?«, rief mir Jutta nach, als ich schon in der Tür stand. »Der will dich dringend sprechen.«

»Morgen ist auch noch ein Tag«, antwortete ich. »Sag ihm, ich habe dringende Termine, die keinen Aufschub dulden, zum Beispiel wegen seiner Schnapsbrennerei.«

»Brand«, verbesserte mich Jürgen.

»Oder so«, sagte ich und verließ die Dienststelle, ohne dass es zu einer Konfrontation mit meinem Chef kam.

Der Waldspitzweg vor dem Gebäude der Kriminalinspektion war inzwischen wieder verkehrssicher. Schräg gegenüber, in Richtung Supermarktparkplatz, sah es noch anders aus.

Die Sache mit der Bußgeldkasse kam mir in den Sinn. Im Obergeschoss unserer Inspektion, direkt am südlichen Ende des Gebäudes, befand sich unser Sozialraum. Von diesem Raum aus hatte man einen herrlichen Blick auf die Ein- und Ausfahrt des Supermarktes auf der gegenüberliegenden Straßenseite. Die Ausfahrt zum Waldspitzweg war zwar mit einem Stoppschild versehen, aber etwa 90 bis 95 Prozent der Kunden hielten sich nicht an diese Verkehrsregel. Das wussten wir Beamten natürlich auch, aber wir ignorierten die vielen Verstöße. Irgendwann kam unser Chef auf die Idee, mit dieser Lizenz zum Gelddrucken seine Bußgeldkasse zu füllen. Von nun an wurde die Ausfahrt von morgens bis abends von unserem Sozialraum aus mit einer Kamera gefilmt. KPD stellte eigens dafür Hilfskräfte ein, die die täglich weit im dreistelligen Bereich liegenden Verkehrsverstöße des Vortages aufbereiteten. Die Autofahrer hatten die Möglichkeit, die neben dem Bußgeld angedrohten Punkte in Flensburg durch einen finanziellen Aufpreis zu vermeiden.

Nach einem Monat war die Goldgrube erschöpft, denn die Supermarktkunden wussten entweder aus eigener Erfahrung oder durch Mundpropaganda von der Verkehrsfalle.

In einer Lagebesprechung kündigte KPD an, demnächst Kameras an wechselnden Standorten an den Verkehrskreiseln zu installieren, um den Blinkmuffeln einen geldlichen Denkzettel zu verpassen und weitere Einnahmen für seine Kasse zu generieren.

GLEI ZWEEMOL TERROR IN SCHIFFERSTADT

Ich stieg in mein Auto und fuhr den weiten Weg in Richtung Utes Wohnadresse. Heute war wirklich der Wurm drin. Der Waldspitzweg war, nur wenige Meter von der Dienststelle entfernt, komplett gesperrt. Im ersten Moment dachte ich an KPD. Hatte er erneut versucht, ein Elektroauto zu fahren? Obwohl mich Kollegen der Schutzpolizei in die Seitenstraße Am Meisterschlag lotsen wollten, fuhr ich bis direkt vor die Absperrung.

»Ach, der Herr Palzki«, sagte einer der Schutzpolizisten, als er mich erkannte. »Dürfen Sie nach dem gestrigen Chaos überhaupt noch fahren?«

»Das war Diefenbach, nicht ich«, blökte ich ihn an. »Warum ist die Straße gesperrt?«

»Tödlicher Verkehrsunfall in der Herzog-Otto-Straße«, klärte er mich auf.

»In der 30er-Zone?«

»Der Unfallverursacher war etwas schneller. Wahrscheinlich sogar viel schneller«, sagte der Beamte. »Außerdem ist er abgehauen. Die Kollegen fahnden bereits nach ihm.«

»Dann lassen Sie mich durch, ich habe einen wichtigen Termin in dieser Straße.«

»Keine Chance«, teilte er mir mit. »Bis zum Waldfriedhof ist derzeit alles gesperrt. Auch die Anwohner können nicht in ihre Häuser oder aus ihren Häusern. Erst müssen die Unfallaufnahme und die Spurensicherung abgeschlossen sein. Am besten fahren Sie eine der Parallelstraßen bis zur Lillengasse, dann können Sie weiter auf die Herzog-Otto-Straße.«

Ich folgte seiner Empfehlung. Die Lillengasse, neben der Klappengasse eine von zwei Straßen in Schifferstadt, deren Name es weltweit nur ein einziges Mal gab, mündete in Höhe des Hauptzugangs des Waldfriedhofs in die Herzog-Otto-Straße. Da die Straße natürlich auch in der anderen Richtung gesperrt war, hatte ich die freie Wahl zwischen den Parkplätzen vor dem Friedhof.

Schon von weitem fiel mir auf, wie viele Fahrzeuge der Polizei, der Feuerwehr und sogar des Katastrophenschutzes hier parkten.

Mehrmals musste ich mich mit meinem Dienstausweis legitimieren, um überhaupt in die Nähe der Unfallstelle zu kommen. Zufällig wurde ich Zeuge eines Gesprächs zwischen einem Sachverständigen und einer Feuerwehrfrau.

»Es gibt keine Bremsspuren«, sagte einer der Zeugen. »Demnach soll der Fahrer kurz vor dem Zusammenstoß sogar noch kräftig Gas gegeben haben.« In diesem Moment bemerkte der Gutachter, dass ich stehen geblieben war, um nichts zu verpassen. »Kann ich helfen?«, fragte er ungeduldig.

Wieder zückte ich meinen Ausweis, um Zeit zu sparen.

»Oha«, sagte der Sachverständige. »Also doch ein Fall für die Kriminalpolizei.«

Da ich noch keine Details kannte, musste ich ein bisschen bluffen. »Was haben Sie und die Kollegen von der Spusi bisher herausfinden können?«

»Ziemlich wenig«, bekam ich zur Antwort. »Drei oder vier Entenfedern lagen in unmittelbarer Nähe der

Toten. Selbst der Wagentyp ist unbekannt. Nicht einmal die Farbe hat sich der Zeuge gemerkt, nur das mit diesen Viechern.«

Ich verstand nicht. »Was meinen Sie mit Viechern?«

Der Sachverständige winkte verärgert ab. »Da soll eine Ente mit ihrem Nachwuchs über die Straße gelaufen sein. Wahrscheinlich auf dem Weg zum Schwanenweiher.«

Das erschien mir plausibel. Westlich des Friedhofs lag am Waldrand der nicht allzu große Schwanenweiher, ein ehemaliges Baggerloch. Ich konnte mich noch an die Schwäne erinnern, die ihm früher seinen Namen gaben, inzwischen suchte man sie dort vergeblich.

»Könnte der Fahrer ein Psychopath gewesen sein, der auf Entenjagd war und die Person übersehen hat? Ist der Name der Toten bekannt?«

»An einen Psychopathen habe ich zuerst auch gedacht«, bestätigte der Gutachter meinen Gedanken.

»Die Tote ist eine Anwohnerin«, sagte die Feuerwehrfrau. »Sie soll Zimmermann heißen.«

Mit dieser Aussage hatte ich nicht gerechnet. Sicherheitshalber fragte ich nach: »Ute Zimmermann?«

Die Feuerwehrfrau nickte. »Etwa 60 Jahre alt, kennen Sie sie?«

Schockiert ließ ich die beiden stehen und ging weiter zum Tatort. Es waren viele Beamte der Schutzpolizei im Einsatz, die meisten kannten mich und ließen mich durch.

»So was hänn mir schun lang nimmi in Schifferstadt ghabt«, sprach mich ein Polizeiobermeister an. »Wenn se mich froochen, Herr Palzki, dann war des ä regelrechti Hierischdung. Awwer so was vun änere Hierischdung!«

»Keine Entenjagd?«, fragte ich vorsichtig.

»Ach woher dann«, entgegnete er selbstbewusst. »Die Kükke un die Ent waren doch schun fascht uff de anner Stroofseseit im Wald. Bloß weil die Mudderent nochämol paar Schritt zurick uff die Strooß gedabbt is, hot se paar Feddere losse misse. Nä, des Audo, des is frondaal uff des Opfer druffgefahre.«

»Frontal?«, wiederholte ich erschüttert.

»Volle Kanne«, bestätigte er. »De Zeuge hot ausgsagt, dass der Kerl – obs werklich än Kerl war, konnt der awwer net sage – korz vor dem Uffbrall noch mehr Gas gewwe hot.«

»Ist er zuverlässig, der Zeuge?«

»Wie mas halt nemmt. Statt sich die Automark zu merke un wie de Fahrer ausgsehe hot, hot er de Viecher nochgeguggt, wie se im Wald verschwunne sinn. Die sinn bestimmt jetztert schun im Schwaneweiher.«

Ich konnte mir nicht erklären, was Ute auf der Straße wollte. Im Prinzip war ich ein paar Minuten zu früh, aber warum hatte sie ihre Wohnung verlassen?

»Wenn die Ente und die Küken nicht die eigentlichen Opfer waren, dann war es wohl nur Zufall, dass die Tiere zur gleichen Zeit die Straße überquerten. Jetzt müssen wir nur noch herausfinden, ob Frau Zimmermann gezielt getötet wurde oder ob sie ein Zufallsopfer war.«

Der Polizeiobermeister schaute mich schräg an. »Lese se eichentlich kä Zeidung, Herr Palzki? Es is zwar schun ä Weil her, wu der Artiggel iwwer die Fraa Zimmermann und ihr Ente in de Lokalausgab dringschtanne hot. Awwer so was vun lang her.«

»Muss ich überlesen haben«, log ich, denn die Regionalnachrichten las ich wie die Todesanzeigen nur sehr selten. »Gehören die Tiere Frau Zimmermann?«

Mein Kollege lachte. »Dann hät se die in än Schdall eischberre misse. Sunscht hauen die ratzfatz ab.«

Ich zog eine Schnute, und er sprach weiter.

»Die Fraa Zimmermann hot in ihrm Garte än naturnahe Deisch. Seit ä paar Johr kummt in de wärmer Johreszeit immer ä Ent mit ihrm Noochwuchs zu Bsuch. Jeden Daach, des muss mer sich mol vorschdelle. Un um Punkt halwer sechse geht die Ent mit ihre Kükke widder zurick durch de Wald zum Schwaneweiher. Do kannscht die Uhr dennoch schdelle, war im Zeidungsartiggel gschdanne. Un die Fraa Zimmermann, des soll ä ganz Tierliewi gewesst soi, hot die Ente immer iwwer die Strooß gelootst. Is dess net ä herzzerreisendi Gschicht?«

Der Polizist wurde von einer Kollegin gerufen und ließ mich allein. Nur langsam begann ich zu glauben, was auf der Hand lag: Der Täter wusste, dass Ute sich um diese Zeit auf der Straße befand und wegen der Tiere unaufmerksam war, zumal sie sicher nicht mit einem Raser gerechnet hatte, der kurz vor dem Zusammenstoß noch einmal Gas gab. Dieser zweite Todesfall hatte mich inzwischen so intensiv in seinen Bann gezogen, dass ich bereit war, meine gestrige Meinung zu revidieren und mich in die Ermittlungen einzuschalten. Doch je länger ich darüber nachdachte, desto paranoider wurde ich. Was, wenn der Täter genau das vorhatte? War ich als Person Teil seines teuflischen Plans? In diesem Fall musste ich mit weiteren Katastrophenmeldungen rechnen.

Vielleicht war der Mörder ein Verbrecher, den ich vor Jahren hinter Gitter gebracht hatte und der nun auf Rache sann? Sicherheitshalber musste ich auf jeden Fall meine Familie prophylaktisch schützen. Das würde ich ihnen gleich nachher zu Hause erzählen. Immer weiter steigerte ich mich in diesen absurden Wahn hinein, bis es mir gelang, diese bösen Gedanken zu verdrängen. Solche raffinierten Gauner gab es nur in der Fiktion. Was im Fernsehen und im Krimi funktionierte, klappte im wirklichen Leben nicht.

Plötzlich standen Jutta und Gerhard neben mir, was mir einen gehörigen Schrecken einjagte, denn ich war ganz in Gedanken versunken. »Wir dachten, du könntest unsere Unterstützung gebrauchen.«

»Ich weiß nicht«, sagte ich bedrückt mehr zu mir selbst. »Warum nur?« Ich seufzte. »Warum nur wurde Ute so grausam umgebracht? Es muss einen Zusammenhang geben.«

Jutta nahm mich in den Arm. »Einen Zufall würde ich ausschließen. Ich glaube, dass sie bewusst in die Nähe des ersten Tatortes gelockt wurde, damit wir eine Verbindung zwischen ihr und diesem Uli Valnion vermuten, was ja auch wunderbar geklappt hat. Außerdem haben sie nachweislich telefoniert.«

»Aber warum wurde sie anschließend ermordet? Ich bin mir sicher, dass ein vorsätzliches Tötungsdelikt vorliegt. Laut Verbindungsnachweis ihres Handys war sie zum Zeitpunkt von Valnions Tod gar nicht in Venningen.« Ich erzählte meinen Kollegen von Utes Hinweis im Flur der Dienststelle. »Sie sagte mir, dass sie während ihres Aufenthaltes in Edenkoben einen Anruf mit unterdrückter Rufnummer erhalten hat. Der Anrufer soll aber sofort aufgelegt haben, ohne etwas zu sagen.«

Gerhard spekulierte. »Das ist alles sehr mysteriös. Vielleicht hat sie ihr Handy absichtlich in Edenkoben liegen lassen und ist ohne ihr Telefon die kurze Strecke nach Venningen gefahren.«

»Bist du verrückt?«, entgegnete ich wütend. »Das würde bedeuten, dass sie Valnion umgebracht hat. Auf keinen Fall.«

»So konkret habe ich das nicht gesagt«, ruderte mein Kollege zurück. »Du hast am Tatort in Venningen keine Verdächtige gesehen, sondern nur den mutmaßlichen Fluchtweg entdeckt.«

»Ute ist keine Mörderin, niemals. Sie ist eine integre Frau, das sieht man schon daran, dass sie KPD Kontra gab und sich von ihm nicht hat kaufen lassen. Wäre Ute ein Mann, würde ich sagen, sie hat Eier in der Hose.«

»Du hast dich schon gewählter ausgedrückt, Reiner«, tadelte Jutta. »Weißt du, warum sie dich bei sich zu Hause sprechen wollte?«

»Sie wollte sich zunächst in einem Café mit der Bekannten treffen, auf die sich der anonyme Anrufer bezogen hat. Der Anrufer muss sich im Vorfeld genau über Ute und ihre Bekannte informiert haben.«

»Kennst du ihren Namen?«

»Leider nicht, was die Sache nicht einfacher macht. Ute sagte nur, ab welcher Uhrzeit sie wieder daheim ist.«

»Sackgasse«, stellte Jutta fest. »Vielleicht meldet sich die Bekannte, wenn sie von Frau Zimmermanns Tod erfährt.«

Ich wog ab. »Ich muss erst überlegen, ob wir den Namen an die Presse geben. Im Moment läuft die Sache ja noch unter der Rubrik ›Unfall mit Todesfolge und Fahrerflucht‹. Hat jemand KPD informiert?«

»Warum?«, fragte Gerhard irritiert. »Das machen wir doch nie aus Eigeninitiative.«

»Prima«, lobte ich ihn. »Ich kann nicht noch mehr Störfeuer gebrauchen.«

»Du brauchst keine Angst zu haben«, mischte sich Jutta

ein. »Sobald die Kollegen in Ludwigshafen den Zusammenhang zwischen der Tat in Venningen und dem Tod von Frau Zimmermann inklusive ihrer Vorgeschichte erkennen, sind wir sowieso aus dem Schneider. Dann kann KPD toben, so viel er mag.«

Gedankenverloren schaute ich eine Weile der Spurensicherung zu, die den Tatort nicht zum ersten Mal weiträumig absuchte. »Nein, da gibt es keinen Zusammenhang«, sagte ich schließlich zu meinen Kollegen, die mich fragend ansahen.

Jutta hatte schnell begriffen. »Du bist befangen, Reiner. Ute war eine alte Klassenkameradin von dir.«

»Das ist Jahrzehnte her«, entgegnete ich. »Trotzdem muss ich die Tat aufklären, das bin ich Ute schuldig. Außerdem liegt der Tatort eindeutig in unserem Zuständigkeitsbereich.«

»Aber …«

»Kein Aber«, schnitt ich ihr das Wort ab. »Gleich morgen früh werde ich Jürgen von der Aufgabe entbinden, dieses Dingsbums für KPD zu schreiben. Stattdessen soll er alles über Ute recherchieren, was er finden kann. Und wenn es 1000 Seiten werden.«

»Das wäre für Jürgen ungewöhnlich wenig«, sagte Gerhard ohne jeden Anflug von Sarkasmus. »Drei bis vier Hochleistungsdrucker wird er dafür sicher verschleißen.«

»Und wenn schon«, erwiderte ich genervt. »Ich nehme die Sache persönlich.«

Jutta kannte mich leider nur zu gut. »Du willst dich nur davor drücken, KPD morgen auf einer Dienstfahrt begleiten zu müssen.«

»Kapitalverbrechen gehen vor«, sagte ich, ohne auf ihren zumindest zum Teil zutreffenden Hinweis einzugehen. »Der Quatsch von KPD gehört in die Kategorie, äh, Quatsch.«

»Wie du meinst«, gab sich meine Kollegin mit einem Blick auf die Uhr zufrieden. »Hast du in der letzten halben Stunde mit Stefanie telefoniert? Oder hat sich Paul gemeldet?«, fragte sie vorsichtig.

Ich hasste Überraschungen. Mir war sofort klar, dass es einen Grund geben musste, warum Jutta mir diese Frage stellte. Und dieser Grund verhieß nichts Gutes. Sofort fielen mir unendlich viele schreckliche Dinge ein, die meiner Familie hätten passieren können. »Sag schon, was ist passiert?«, bellte ich sie an. »Warum habe ich das nicht früher erfahren?«

Jutta sah mich seufzend an. »Entspann dich, Reiner. Hast du es schon mal mit autogenem Training versucht?«

Gerhard lachte trotz des Ernstes der Situation. »Für Reiner hat autogenes Training etwas mit Schweißen zu tun.«

»Hör auf mit dem Mist, was ist mit Stefanie und Paul?«

»Wahrscheinlich nichts«, entschärfte Jutta. »Eure Straße ist gesperrt. Die Feuerwehr hat den Gerätewagen ›Messtechnik‹ aus Speyer angefordert.«

Ich wusste, dass die Berufsfeuerwehr Speyer einen speziellen Gerätewagen für Luft, Umwelt und Strahlung besaß. »Wurden die Bewohner evakuiert?«

»Keine Ahnung, die Meldung kam gerade rein, als wir auf dem Weg zu dir waren. Im Moment herrscht in der Zentrale das blanke Chaos. Zuerst der tödliche Unfall und wenig später die Sache in eurem Wohngebiet. Gerhard spekuliert auf einen Chemieunfall, doch dafür gibt es bis jetzt keine belastbaren Beweise.«

»Bis morgen«, verabschiedete ich mich hektisch und ging schnellen Schrittes zu meinem Auto. Immer passierte alles gleichzeitig, wie sollte man da zur Ruhe kommen? Oder gehörte alles zusammen, und meine Paranoia war gar keine?

Nur mithilfe meines Dienstausweises wurde ich durch die Straßensperre gelassen. Die Beamten trugen Vollmasken. »Auf eigene Gefahr«, riefen sie mir zu und reichten mir eine FFP3-Maske. »Wir wissen nicht, ob das hilft.«

Ich wurde fast wahnsinnig. Einige Meter hinter der Absperrung roch ich es zum ersten Mal. Ein beißender Geruch, der mir sofort Übelkeit verursachte. Hektisch band ich mir den Mundschutz um. Ich kam nur bis kurz vor unser Haus. Vor unserem und den Nachbarhäusern stand ein kompletter Gefahrenstoffzug. Mehrere Krankenwagen rasten mir von vorne entgegen. Mangels Parkmöglichkeiten stellte ich mein Auto zwischen einigen Mülltonnen und einem Berg von Wertstoffsäcken ab, die zum Mehrfamilienhaus gegenüber gehörten. Ich achtete nicht auf die touchierte Papiertonne, die hinter mir auf die Straße rollte und einen Rettungswagen zur Vollbremsung zwang.

Trotz Mundschutz zwang mich der Geruchseindruck beim Aussteigen fast in die Knie. Hatte der Teufel bei uns eine Filiale eröffnet? Ungeachtet aufkommender Übelkeit wollte ich zum Eingang unseres Hauses rennen. Dabei fielen mir zwei Dinge auf: Alle Rollläden des Hauses waren heruntergelassen, und ein Minibagger bog gerade in unsere Seitenstraße ein und hielt ausgerechnet vor dem Carport an. Sofort änderte ich mein Ziel.

Je näher ich dem Carport kam, desto stärker wurde der höllische Gestank. Nach jedem Schritt dachte ich, es kann nicht schlimmer werden, aber es wurde immer schlimmer. Ein halbes Dutzend Feuerwehrleute und Polizisten, alle mit Gasmasken, standen vor der Einfahrt. Jemand wies den Baggerfahrer ein, der seine Schaufel hob und in Richtung Carport manövrierte.

»Stopp!«, rief ich mit letzter Kraft, denn der Gestank machte mich fast bewegungsunfähig. »Das gehört mir.«

Eine jüngere Kollegin erkannte mich. »Herr Palzki, Sie tuen do wohne? Des henn mer net gewisst, ännert awwer a nix dodraa, dass der Carport abgerisse werde muss, und zwar sofort.«

Angesichts des enormen Aufwands war ich mir sicher, dass es sich nicht um die versteckte Kamera handelte. Auch die öffentlich-rechtlichen Sender mussten sparen. »Ich habe eine Baugenehmigung«, verteidigte ich mich. »Das Ding ist nagelneu. Woher kommt denn der extreme Gestank?«

»Des wissen Se net? All des kummt aus Ihrm Gaarde, gell. Messunge vun de Feierwehr aus alle Himmelsrichtunge hänn dess zweifelsfrei beleecht. Dass die Feierwehr mit ihre große Maschine näher draa kummt, muss de Carport weg und zwar ratzfatz. Moin Kollesch hot vorhin gsagt, dass vielleicht blos de Bewohner vun dem Haisel soi Socke zum Lüfte uff die Terrass gelegt hot, awwer des glab ich net so ganz, gell.«

»Sehr witzig«, entgegnete ich ärgerlich. »Der Gestank kann nicht aus unserem Garten kommen. Hinter dem Carport ist nur eine gepflegte Wiese, die ich bis zu fünf Mal im Jahr mähen muss. Und ein bisschen, äh, Grünzeug, um das sich meine Frau kümmert. Was hat sie dazu gesagt?«

»Dess wees ich net«, antwortete sie. »Als de Messwage

aageriggt is, hänn mer profilaggdisch alle Leit uffgerufe, die Fenschter zuzumache und in de Wohnung zu bleiwe.«

»Meine Frau ist also im Haus?«

»Eijo, die Rollläde sin doch drunne. Eikaafe werd se net grad soi.« Sie überlegte einen Moment, dann zeigte sie nach oben zu einem Dachflächenfenster unseres Hauses. »Dort drowwe hot vorhin än Bu mit em Fernglas runner zum Garde geguckt, gell. Als der des Fenschter uffgemacht hot, hab ich ihm hochgerufe, dass er dess schnellschdens widder zumache soll.«

Paul, dachte ich sofort. War das ganze Theater wegen meines zehnjährigen Sohnes? Paul stand zwar auf der schwarzen Liste des Dachverbandes der Privathaftpflichtversicherer, aber das wäre doch etwas zu viel für ihn.

»Danke«, verabschiedete ich mich von der Beamtin und machte mich auf den Weg zum Haupteingang. Der Gestank begann nun auch meine anderen Sinne negativ zu beeinflussen. Ich erreichte die Eingangstür, ohne über Frau Ackermann zu stolpern. Konnte es sein, dass sich ihre Stimmbänder durch den unsäglichen Gestank zersetzt hatten?

Ich konnte meine Gedanken nicht zu Ende denken.

»Ich war's nicht, Papa!«, schallte es mir entgegen, als ich die Haustür öffnete.

Willkommen zu Hause, dachte ich deprimiert, als ich Pauls Lieblingsausrede vernahm. Es war der erste vollständige Satz, den er im Alter von einem Jahr gesprochen hatte.

»Wirklich nicht«, fügte er laut hinzu. »Mama sagt, sie streicht mir das Taschengeld bis zu meinem 18. Geburtstag, nur weil ich …« Er unterbrach sich selbst, weil er merkte, dass seine Verteidigung nicht sehr schlüssig war. »Jedenfalls habe ich es nicht absichtlich getan.«

Ich schloss schnell die Haustür, was aber nichts an der Intensität des Gestanks änderte. Unser Haus war verseucht, höchstens mit reiner Buttersäure könnte man den Gestank mit der Zeit neutralisieren.

Aus dem Wohnzimmer kamen mir Stefanie und Melanie entgegen, beide mit FFP3-Masken.

Trotz der Maske konnte ich Melanies schadenfrohen Gesichtsausdruck erkennen. »Mein blöder Bruder schon wieder«, sagte sie vorwurfsvoll.

»Melanie!«, rief ihre Mutter sie zur Ordnung. »Hör auf, deinen Bruder blöd zu nennen.« Dann drehte sie sich zu mir um und schnappte erst einmal nach Luft: »Was Paul diesmal gemacht hat, ist nicht gerade ein Meisterstück. Zum Glück sind die Zwillinge noch auf einem Kindergeburtstag.«

»Das war keine Absicht«, wiederholte Paul. »Wäre der Stein nicht runtergerutscht, könnten wir jetzt viel Strom sparen.«

Stefanie reichte mir eine Tasse. »Halte dir den Kräutertee unter die Nase, das mildert den Geruch etwas.«

Ich tat, wie mir geheißen, und der Gestank veränderte sich zwar nicht in seiner Intensität, aber in seiner Art. »Prima«, stöhnte ich und beschloss, nie wieder in meinem Leben freiwillig Kräutertee zu trinken.

Durch das Panoramafenster des Wohnzimmers konnte ich sehen, wie sich ein Bagger in unseren Carport bohrte und ihn in Sekundenschnelle zerstörte.

»Was ist passiert?«, fragte ich und hoffte auf Aufklärung.

»Ich wollte Strom erzeugen«, antwortete Paul. »Ganz viel Strom, damit wir reich werden und ich das E-Bike mit dem Monsterlenker bekomme, das ich mir zu Weihnachten wünsche.«

Stefanie schüttelte den Kopf. »Ich habe keine Ahnung, woher er immer diese verrückten Ideen hat, Reiner. Das muss er von dir geerbt haben.« Der letzte Satz klang vorwurfsvoll.

Wenn es so weiterginge, würden wir noch stundenlang informativ aneinander vorbeireden. »Paul, wie wolltest du denn Strom erzeugen?«

»Du hast mir mal erzählt, dass es viele Möglichkeiten gibt, Strom zu erzeugen: schwarze Platten aufs Dach montieren zum Beispiel. Das habe ich mich aber nicht getraut, weil Mama und du bestimmt Angst gehabt hättet, wenn ich auf dem Dach herumgeklettert wäre und …«

»Worauf du dich verlassen kannst«, schnitt ich ihm das Wort ab. »Erzähl weiter.«

»Ein Windrad hat Mama mir auch verboten«, fuhr er fort. »Obwohl ich die Bestellung für das Material schon fertig hatte. Mama hätte sie nur noch abschicken müssen. Das Windrad hätten Herr Ackermann und ich bei uns im Garten aufgestellt.«

»Deine Gene«, sagte Stefanie und seufzte tief.

»Deshalb bin ich auf die Idee mit dem Biokraftwerk gekommen«, fuhr unser Sohn fort. »Das braucht nicht so viel Platz, und das Material war da.«

So langsam kamen wir zur Auflösung. »Du hast ein Biokraftwerk gebaut? Warum haben wir nichts davon mitgekriegt?«

»Es sollte eine Überraschung sein. Und dann habe ich es leider vergessen, tut mir leid, dass der ganze Strom weg ist.«

Stefanie hatte Mitleid mit mir. »Komm mit ans Fenster.«

Das Erste, was ich sah, war der Bagger, der die fast undurchdringbare Hecke zwischen dem ehemaligen Carport und unserer Gartenwiese brutal niederriss. Es dauerte einen Moment, bis ich den Unterschied in unserem Garten bemerkte. »Die Schildkröte?«

Paul nickte. »Mein Biokraftwerk.«

Mitten auf unserem Rasen stand ein Plastiksandkasten in Form einer riesigen Schildkröte. Der Panzer war der Deckel. Da unsere Zwillinge, aus welchen Gründen auch immer, den Sandkasten nicht benutzen wollten, stand er mehrere Jahre nutzlos im Garten und störte mich beim Rasenmähen. Die Schildkröte stand immer noch an ihrem Platz, aber der Deckel lag mehrere Meter entfernt am Gartenzaun an der Grenze zu Ackermanns Grundstück. Und es gab noch eine Besonderheit. »Womit ist der Sandkasten gefüllt?«, fragte ich Paul, denn Sand war es bestimmt nicht.

»Unser Biomüll«, erklärte er stolz. »Das ist der Biomüll von vor drei Jahren. Als ich in die Schule kam, musste ich immer den Müll rausbringen. Jeder hat seine Aufgaben im Haushalt, hat Mama gesagt.«

»Ja, das habe ich gesagt«, bestätigte Stefanie. »Ich meinte aber mit Biomüll rausbringen, ihn in die Biotonne zu bringen.«

»Dann wäre das Zeug ja abgeholt worden«, verteidigte sich Paul. »Und ich wollte doch Strom erzeugen. In der Schule haben wir gelernt, wie das mit den Gasen geht. Ich habe den Deckel der Schildkröte extra mit einer Waschbetonplatte beschwert. Nach einem Jahr war der Sandkasten voll.«

»Der Sandkasten war voll mit drei Jahre altem Biomüll?«, fragte ich sicherheitshalber. Kein Wunder, dass Deckel und Betonplatte meterweit durch den Garten geflogen waren. Der Druck im Inneren des Reaktors musste immens gewesen sein.

»Das war ein toller Knall, Papa. Ich wollte sofort raus und nachsehen, aber Mama ist ganz grün im Gesicht geworden, als ich die Terrassentür aufgemacht habe.«

Ich wusste nicht, wie ich besonnen reagieren sollte. Einerseits war ich froh, dass es nichts mit meinen dienstlichen Ermittlungen zu tun hatte, andererseits hatte Paul dafür gesorgt, dass unser Wohngebiet weiträumig abgesperrt worden war. Zum Glück war er noch nicht strafmündig, obwohl ich nicht genau wusste, ob es sich um eine strafbare Handlung handelte oder nur um eine »dumm gelaufene« Geschichte.

In Absprache mit Stefanie beschlossen wir, die Situation ohne Aktivitäten unsererseits auszusitzen. Durch das Wohnzimmerfenster beobachteten wir, wie mehrere Personen in Vollschutzanzügen über die Reste der Hecke kletterten und sich mit Sonden vorsichtig in Richtung Sandkasten vorarbeiteten. Erst jetzt bemerkte ich, dass unser gesamter Rasen mit einer bräunlich-grünen Masse bedeckt war. So wird es wohl auch hinter unserem Haus aussehen, dachte ich verzweifelt. Würde der Garten für die nächsten Jahrzehnte zum Sperrgebiet erklärt werden? Zur Verdrängung ließ ich den Rollladen im Wohnzimmer herunter, wohl wissend, dass das Sprichwort »Aus den Augen, aus dem Sinn« weder zutreffend noch zielführend war.

»Warten wir's ab«, sagte ich zu meiner Familie, weil mir nichts Besseres einfiel. »Wann ist das Essen fertig?«

Stefanie starrte mich an. »Hier riecht es, als stünde der Weltuntergang bevor, und du denkst ans Essen? Das ist mal wieder typisch für dich.«

»Dann essen wir eben nichts«, versuchte ich, sie zu besänftigen. »Wollen wir eine Runde *Monopoly* spielen?

Der Gewinner zahlt den Einsatz.« Ich deutete in Richtung Garten.

Weder Paul noch Melanie ließen sich zu einem Brettspiel überreden. Notgedrungen schaltete ich den Fernseher ein, was ich um diese Zeit selten tat.

Kurze Zeit später hörten wir an- und abschwellende Baggergeräusche, die immer lauter wurden. »Der Rollladen bleibt unten«, sagte ich zu Melanie, die neugierig geworden war. Neugierig war Paul auch, aber ich bemerkte nicht, dass er das Wohnzimmer verließ. Fünf Minuten später war er wieder da.

»Ihr glaubt nicht, was ich durch die Dachluke gesehen habe! Der Bagger hat unseren ganzen Garten umgegraben. Wo der Carport war, steht ein Kipplaster. Papa, die klauen unseren Garten. Und meine Bioabfälle«, fügte er hinzu.

Zwei Stunden später, Paul und Melanie waren längst in ihren Zimmern verschwunden und Stefanie hatte dafür gesorgt, dass unsere beiden Jüngsten bei Freunden übernachten konnten, klingelte es an der Haustür.

»Du machst auf«, sagte Stefanie und sah mich an.

»Guten Abend, Herr Palzki«, begrüßte mich ein uniformierter Katastrophenschützer. Erleichtert stellte ich fest, dass er nur eine FFP3-Maske trug. »Sie haben es sicher mitbekommen, wir mussten Ihren Garten komplett dekontaminieren. Leider wissen wir noch nicht, was die Explosion ausgelöst hat und welche Stoffe freigesetzt wurden. Eine Gesundheitsgefährdung scheint aber nicht bestanden zu haben.«

»Warum ausgerechnet bei uns?«, fragte ich so ahnungslos wie möglich.

»Keine Ahnung«, bekam ich zur Antwort. »Das Zentrum scheint sich in unmittelbarer Nähe eines Sandkastens befunden zu haben. Das kann natürlich Zufall sein.« Er machte eine kurze Pause und stellte dann leise eine Frage, die ihm sichtlich peinlich war. »Sie haben nicht zufällig größere Mengen Bioabfall in Ihrem Garten gelagert?«

»Wir?« Ich tat entsetzt. »Wir haben eine eigene Biotonne und nicht einmal einen Komposthaufen. Schließlich haben wir vier Kinder und nutzen unseren Garten intensiv.«

»Jajaja«, entschuldigte sich der Katastrophenschützer. »Das war nicht so gemeint. Wir sind nur noch auf der Suche nach der Ursache.«

»Vielleicht ist die ISS über unser Haus geflogen und hat dabei die Toilette entleert.« Ich hatte schon öfter von Flugzeugen gelesen, die ihre Fäkalien während des Fluges über eine Luke entsorgten. Aber ich wusste nicht, ob das Falschmeldungen waren oder den Tatsachen entsprach.

»Das haben Kollegen auch schon vermutet«, stimmte er mir unerwartet zu. »Dann müsste die Schadensfläche aber viel größer und nicht so punktförmig sein. Jedenfalls mussten wir leider Ihren gesamten Garten bis zu einer Tiefe von 30 Zentimetern abtragen.«

»Der schöne Rasen.« Ich seufzte.

»Seien Sie froh, dass es keine Personenschäden gibt und wir Ihr Haus nicht abreißen müssen. Allerdings müssen Sie die Fassade desinfizieren und neu streichen lassen.«

»Und der Gestank?«

»Der wird in den nächsten Stunden und Tagen nachlassen. Wir können ja nicht jeden Strauch, jede Pflanze und jeden Zaun reinigen, zumal es sich nicht um eine giftige Substanz handelt.«

»Vielen Dank«, versuchte ich, das Gespräch zu beenden. »Wegen der Schadensmeldung werde ich mich gleich morgen an die Versicherung wenden.«

»Und an die Polizei«, instruierte er mich. »Sie sollten vorsichtshalber Anzeige bei der Polizei erstatten, damit der Vorgang auch von Ihrer Seite aus protokolliert wird. Wer weiß, was noch alles passieren kann. Wissen Sie, wo die nächste Polizeistation ist?«

»Die Adresse ist mir bekannt«, antwortete ich. »Ich werde mich morgen früh dort melden.«

»Das ist vernünftig«, sagte er zum Abschied.

Die Nacht war wieder sehr kurz. Diesmal träumte ich nicht von Lehrermonstern und Schülerstreichen, sondern von Außerirdischen, die die Erde mit Biomüllkanonen torpedierten.

Mit Stefanie vereinbarte ich Stillschweigen über Pauls Kraftwerk. Unser Garten sah aus wie ein Braunkohlerevier. »Mal sehen, was passiert«, sagte ich zu meiner Frau. »Ich werde dafür sorgen, dass wir wenigstens den Carport und die Hecke ersetzt bekommen.«

»Und neuen Mutterboden«, ergänzte Stefanie. »Meinst du, wir könnten bei der Gelegenheit endlich einen richtigen Rasen anlegen?«

Sofort schrillten alle Alarmglocken. »Einen englischen Rasen vielleicht? Einen, den man dreimal die Woche mähen muss, egal ob es regnet oder schneit?«

»Nicht im Winter«, korrigierte mich Stefanie. »So extrem habe ich das nicht gemeint. Aber im Sommer könntest du wenigstens einmal die Woche mähen, oder?«

»Das kannst *du* gerne machen, meine liebe Frau. Schwärmst du nicht in der Nachbarschaft und im Freundeskreis von unserem ach so pflegeleichten Naturgarten und den vielen Insekten, die mich ständig nerven?«

Stefanie schnaubte. »Ich sage das nur, weil ich mich für unseren Garten schäme. Er ist immer so ungepflegt, bis auf die Stauden, die ich gepflanzt habe. Deshalb habe ich mich sehr über den neuen Carport und die dichte Hecke gefreut. So ist unser Garten von der Straße aus nicht einsehbar.«

»Was jetzt erst einmal erledigt ist«, sagte ich. »Das besprechen wir in den nächsten Tagen, wenn wir wissen, wie es weitergeht und wer den Schaden bezahlt. Ich muss jetzt leider ins Büro, ich habe einen dringenden Termin.«

»Zeitung lesen?«, erwiderte Stefanie sarkastisch.

Ich ließ die Frage unbeantwortet und fuhr ins Büro. Meiner Frau hatte ich nichts von Utes Tod erzählt, um sie nicht noch mehr zu beunruhigen.

KPD kam mir im Treppenhaus entgegen. »Habe ich Sie erwischt, Palzki!«, bellte er mich an. »Jetzt muss ich schon meine Untergebenen am Empfang anweisen, mir Bescheid zu geben, wenn Sie zum Dienst erscheinen, damit ich Sie abholen kann, bevor Sie in irgendeinem Kämmerchen verschwinden und Ihre Dienstzeit vertrödeln. Kommen Sie mit.«

Statt die Treppe hinauf in sein Büro zu nehmen, ging mein Chef den Gang entlang zu den Arrestzellen. »Ich war seit Jahren nicht mehr in diesem Trakt«, sagte er. »Da werden wir, das heißt Sie, einige Umbauarbeiten vornehmen müssen. Zwei, drei tragende Wände, dann passt die Größe für das temporäre Zwischenlager.« Am Ende des schmalen Gangs, von dem die Zellen abgingen, blieb er stehen. »Das muss natürlich noch alles hergerichtet werden. Sobald die Produktion richtig angelaufen ist, werde ich ein externes Lager bei einem Logistikdienstleister anmieten. Think big, das war schon immer mein Lebensmotto.«

»Das wird alles nach Ihren Wünschen gemacht, sehr geehrter Herr Dienststellenleiter. Die ersten Entwürfe sind längst fertig.«

»Ach ja? Warum habe ich die noch nicht gesehen? Wo ist eigentlich der Businessplan, den ich gestern von Ihnen haben wollte? Und kommen Sie mir nicht mit zu hoher Arbeitsbelastung, ich kenne meine Untergebenen.«

Um eine endlose Diskussion zu vermeiden, gab ich nach. »Kollege, äh, Ihr Untergebener Jürgen muss nur noch den Feinschliff am Businessplan vornehmen. Er kennt sich mit Computern aus, und ich möchte, dass Ihr Plan eine Augenweide wird und professionell aussieht, wenn Sie ihn der Öffentlichkeit und dem Polizeipräsidenten in Ludwigshafen präsentieren.«

KPD schnaubte, dann sah er mich streng an. »Ein Wort von meinem Geheimprojekt an die Ludwigshafener, und ich versetze Sie als Bademeister ins Tal des Todes. Erst wenn die erste Charge meiner Marke in den Regalen steht, gehen wir an die Öffentlichkeit.«

»Alles klar«, sagte ich und machte mich auf den Weg zur Treppe. »Dann weiß ich jetzt Bescheid. Einen schönen Tag noch, Herr Diefenbach.« Ich machte mich auf den Weg zu Gerhard, um ihn an die sozialen Video-Beiträge zu erinnern.

»Halt! Wohin so eilig? Ich bin noch lange nicht fertig mit Ihnen. Sie kommen jetzt mit in mein Büro, damit ich Sie auf den Termin vorbereiten kann, zu dem wir nachher gemeinsam fahren. Wenn Sie sich gut benehmen, dürfen Sie sich sogar ein Heißgetränk Ihrer Wahl aus meiner neuen Kaffeemaschine wünschen. Die Bohnen aus der Antarktis sind vor kurzem eingetroffen. Exklusiver geht es nicht, Herr Palzki. Ich habe eigens ein Gewächshaus und Kaffeepflanzen zu einer Forschungsstation in der Antarktis liefern lassen, 500 Kilometer südlich von Chile. Das hat ein Schweinegeld gekostet, aber die Bohnen sind frei von jeglichen Schadstoffen. In der Antarktis gibt es die reinste Luft der Welt.«

In seinem Büro angekommen, täuschte ich eine Unpässlichkeit vor, um kein Heißgetränk zu mir nehmen zu müssen. KPD zuckte nur mit den Schultern, dann zelebrierte er für sich mit sichtlicher Begeisterung ein Getränk, das für einen Außenstehenden wie der Produktionsworkflow eines chemischen Großlabors aussah. Die Kaffeemaschine war ein kleiderschrankgroßes Ungetüm mit einer Schaltzentrale, die mit Dutzenden Schaltern, Dreh- und Schiebereglern sowie unzähligen Lämpchen ausgestattet war. Die Ähnlichkeit zu Computeranlagen der 50er-Jahre des vergangenen Jahrhunderts war unverkennbar.

»Das hilft, um den Alltagsstress abzubauen«, verkündete KPD, während er sich sein selbstproduziertes Etwas in einer hauchdünnen Porzellantasse mit japanischen Fantasiemotiven einschenkte und das Aroma einatmete, als wäre es ein lebensrettender Inhalator. »Jede halbe Stunde eine Tasse, und ich bin und bleibe ein zufriedener Mensch, der empathisch mit seinen Untergebenen umgeht und überaus ausgezeichnete soziale Kompetenzen an den Tag legt.«

Ich wollte ihn direkt fragen, wen er damit meinte, aber ich biss mir auf die Zunge. Ich wusste genau, dass das Thema Selbsteinschätzung für viele Menschen eine äußerst schwierige Angelegenheit war. Ich erinnerte mich an eine repräsentative Umfrage eines Automobilklubs. Das Ergebnis: Über 90 Prozent der Befragten hielten sich für überdurchschnittlich gute Autofahrer.

»Prima«, sagte ich stattdessen, »dann achten Sie bitte darauf, dass Sie die Zeiten penibel einhalten, damit wir Untergebenen auch weiterhin stolz auf unseren Chef sein können.«

»Wie meinen Sie das, Palzki? Höre ich da einen Hauch von Ironie heraus?«

»Ich weiß nicht, was Ironie ist, Herr Diefenbach. Alle halbe Stunde ein Heißgetränk aus Ihrem Monst…, äh, Ihrer exklusiven Hochleistungskaffeemaschine, dafür müssen Sie leider Opfer bringen. Aber keine Angst, Ihre Untergebenen sind immer für Sie da.«

»Was labern Sie da?« KPD verstand immer noch nicht, worauf ich hinauswollte.

»Das ist doch sonnenklar, Herr Diefenbach. Sie werden in Zukunft Ihre Dienstzeit im Innendienst verbringen, während wir, die Indianer, die Arbeit draußen erledigen. Sie werden Auswärtstermine in Zukunft per Videokonferenz managen. Ihr Untergebener Jürgen wird Ihnen diesbezüglich eine professionelle Befehlszentrale einrichten.«

KPD wurde nur für einen kurzen Moment unsicher. »Im Prinzip muss ich Ihnen recht geben, Palzki. Das kommt ja leider nur sehr selten vor. Eine Videoschaltzentrale ist genau das, was ich schon seit längerem vorhabe. Ich habe bereits erste Notizen zu diesem Projekt angefertigt. Wenn ich dieses Konzept umsetze, wird jeder meiner Untergebenen, egal ob Schutz- oder Kriminalpolizei, in seiner Dienstzeit permanent eine Kamera tragen. So kann ich jederzeit sehen, wo sich meine Leute befinden. Ich brauche 20 bis 25 Monitore, um jederzeit den Überblick zu behalten. Eine effektive Kontrolle meiner Untergebenen ist meiner Meinung nach unabdingbar.«

Trotz dieser unerwarteten Androhung blieb ich entspannt. Solch ein Großprojekt würde KPD garantiert nicht durchsetzen können und wenn doch, müsste uns Jürgen ein paar Schlupflöcher programmieren.

»Da haben Sie interessante Zukunftspläne«, lobte ich meinen Chef. »Aber kurzfristig funktioniert das leider nicht. Daher werden Sie wohl oder übel Ihren heutigen Termin absagen müssen.«

»Absagen?«, echauffierte sich KPD. »Sind Sie jetzt komplett verrückt geworden? Es geht um meine Existenz, ja, um meine Reputation als sehr guter Dienststellenleiter!«

»Aber Ihre halbstündige Beruhigungstasse Kaffee?«

Die untergeschobene Beleidigung mit der Beruhigungstasse verstand er nicht. »Palzki, halten Sie mich für blöd?« Er sah mich durchdringend an, und es fiel mir außerordentlich schwer, nicht die Wahrheit zu sagen. Da ich mich für die psychologisch anerkanntere Variante entschied und nichts sagte, fuhr er fort: »Natürlich kann meine neue Kaffeemaschine auch Retardkaffee herstellen. Bei diesem Depot-Kaffee wird der Wirkstoff über einen längeren Zeitraum verlangsamt freigesetzt. Allerdings muss man mehrere Tassen trinken, um den Koffeinspeicher zu füllen.«

Ich war abermals auf der Verliererstraße und beschloss, das Unvermeidliche so schnell wie möglich über mich ergehen zu lassen. »Alla Hopp«, sagte ich. »Fahren wir los.«

»Alla Hopp, was heißt das, Palzki?«

»Äh, das ist ein vielseitig verwendbarer pfälzischer Dialektausdruck und bedeutet in diesem Fall so viel wie: auf geht's.«

»Dialekt, Mundart, ach so«, murmelte KPD. »Sind Sie des Pfälzer Dialekts einigermaßen mächtig?«

»Eijo«, antwortete ich und fügte hinzu: »Das heißt, ich bin ein Mundartsprecher. Also meistens, wenn ich nicht im Dienst bin.«

KPD schien nachzudenken, so deutete ich jedenfalls seine Pause. »Es kann sein, dass ich Sie gelegentlich als Dolmetscher brauche, Herr Palzki«, sagte er förmlich. »Können Sie auch erstklassige hochdeutsche Lyrik ins Pfälzische übersetzen?«

Ich ahnte, worauf er hinauswollte. Das Stichwort »erstklassig« war mehr als ein deutlicher Hinweis darauf, dass er seine eigenen Kreationen meinte. Eine weitere Katastrophe bahnte sich an. »Müssen sich die Übersetzungen reimen?«

Diefenbach schaute mich an, als käme ich vom Mars. »Waren Sie nicht in der Schule, Palzki? Die literarische Form der Lyrik definiert doch schon im Namen, dass es sich um Reime handelt.«

Ich kannte genug Gedichte, auch preisgekrönte, die sich nicht reimten. Trotzdem ließ ich KPD in seinem Glauben. »Das wird schwierig, Herr Diefenbach. Ich bin Polizist und kein Literat.«

»Das habe ich mir gedacht«, sagte er und seufzte laut. »Woher sollte bei Ihnen auch eine Inselbegabung kommen?« Er ging zu seiner Kaffeemaschine. »Ich fülle jetzt meinen Koffeinspeicher auf, und Sie bringen mir in der Zwischenzeit den Businessplan.«

Ich musste schnell reagieren. »Das Dokument wird erst in einer Stunde finalisiert sein, Herr Diefenbach. Jürgen will noch die ersten Angebote der Handwerker einarbeiten, damit die Kostenschätzung realistischer wird.«

KPD nestelte nervös an der Schalttafel seiner Maschine. »Ich habe meinem Untergebenen ausdrücklich gesagt, dass die Kosten eine sehr untergeordnete Rolle spielen. Warum hält er sich mit solchen Kleinigkeiten auf?«

»Weil er ein guter Polizist ist«, sprang ich Jürgen zur Seite. »Wir haben von Ihnen gelernt, dass Qualität das A und O guter Polizeiarbeit ist und dass wir auch auf Details achten müssen.«

»Na gut.« KPD fühlte sich geschmeichelt. Er merkte nicht, dass es sich um Schleimerei in Reinkultur handelte. »Dann gehen Sie schon mal in den Hof und machen den Wagen bereit. Ich lasse mich von Ihnen chauffieren.« Er zog einen goldenen Autoschlüssel aus der Hosentasche, und ich war mir sicher, dass er nicht nur vergoldet war. »Mein neuer Dienstwagen wird leider erst Ende des Monats geliefert. Aus diesem Grund werden wir in Fußgönheim ein Stück weiter hinten parken. Sie haben doch einen gültigen Führerschein, oder?«

Ich antwortete nicht und verließ sein Büro. Dass er es war, der einen unserer Polizeitransporter zu Schrott gefahren hatte, erwähnte er nicht. Für einen Moment überlegte ich, ob ich in Juttas Büro vorbeischauen sollte, um nach neuen Erkenntnissen zu den beiden Kapitalverbrechen zu fragen. Aber zum einen war es noch sehr früh, zum anderen würde der Umweg mehr als fünf Minuten dauern. Ich wollte KPD nicht warten lassen.

BABBEL DOCH!

Nur wenige Kilometer nordwestlich von Schifferstadt lag Fußgönheim. Drei Verkehrswege führten in den knapp 3.000 Einwohner zählenden Ort, der den Rhein-Pfalz-Kreis wie eine Wespentaille in eine nördliche und eine südliche Hälfte teilte. Im Westen grenzte Fußgönheim an den Landkreis Bad Dürkheim, im Osten an Ludwigshafen.

Entweder man fuhr über die A61 und die A650 bis zur Ausfahrt Maxdorf oder man bog bereits auf der A61 auf die A65 Richtung Neustadt ab und fuhr dann über Schauernheim nach Fußgönheim.

Wir wählten den kürzesten Weg, bei dem man den Rhein-Pfalz-Kreis nicht verlassen musste. Fast in Luftlinie musste man sich der Länge nach durch die Doppelgemeinde Dannstadt-Schauernheim quälen, die gefühlt 100-mal so lang wie breit war. Und wenn man das Pech hatte, hinter einem Traktor herfahren zu müssen, verlor man sowieso jeden Lebensmut. Überholen war auf dieser Strecke weder inner- noch außerorts möglich. Die Wagemutigen, die es dennoch versuchten, hatten seither ihren festen Liegeplatz in Mutter Erde.

Ich selbst hatte nur das Pech, meinen Chef als Beifahrer ertragen zu müssen. Auf die Verkehrssituation wurde von KPD keine Sekunde Rücksicht genommen. Er verhielt sich so, als ob er selbst am Steuer säße.

Er war ausschließlich mit sich selbst beschäftigt. Gleich

zu Beginn der Fahrt hatte er den Rückspiegel in seine Richtung gedreht und den Sitz seiner Krawatte überprüft. »Was meinen Sie, Palzki, habe ich die Krawatte richtig gewählt? Ich habe mich heute für den Kreuzknoten entschieden, der ein wenig Originalität des Trägers symbolisiert, ohne gleich übertrieben zu wirken.«

»Ausgezeichnet«, log ich, ohne die Krawatte auch nur eines Blickes zu würdigen. »Mit dieser Krawatte kann man alles erreichen.«

KPD schien mit meiner Antwort zufrieden zu sein, denn nun fummelte er an den zahlreichen Orden und Ehrenzeichen herum, die an seiner maßgeschneiderten Uniform baumelten. »Dieser eher unscheinbare Orden des Familienministeriums für meine Verdienste um die Familienförderung meiner Untergebenen ist tatsächlich nur vergoldet«, ärgerte er sich. »Ich habe das von einem Experten prüfen lassen. Sobald ich den Orden für meine Alkoholgenusskampagne bekomme …« Er sprach den Satz nicht zu Ende.

»Herr Palzki«, begann er plötzlich, »ich habe vorhin im Büro vergessen, Sie über meinen Termin zu instruieren. Deshalb müssen Sie sich jetzt mit ein paar kurzen Erläuterungen begnügen. Wichtig ist, dass Sie sich im Hintergrund halten und nicht dazwischenquatschen. Habe ich mich klar ausgedrückt?«

»Eijo«, rutschte es mir raus.

»Womit wir auch schon beim Thema wären. Es geht nämlich um das sehr ernste Thema des Dialekts, speziell des Pfälzischen. Hören Sie mir überhaupt zu?«

»Ich muss mich auf den Verkehr konzentrieren«, entschuldigte ich mich für mein herzhaftes Gähnen. »Aber meine Ohren sind wie Richtantennen auf Sie gerichtet.«

KPD brummte etwas Unverständliches, bevor er weitersprach. »Was wissen Sie über Mundartwettbewerbe, speziell bei uns in der Pfalz?«

»Nichts«, antwortete ich reflexartig, doch im selben Moment schoss mir eine Erinnerung durch den Kopf. »In Dannstadt gibt es doch so etwas, oder? Einen *Wettbewerb Dannstadter Höhe*, war da nicht was mit einer Mutter, die dort einen Gudselstand haben soll?«

»Ja, ja, das stimmt«, stimmte mir KPD zu. »Das ist ein hiesiges Brauchtumslied in Mundart.« Er begann das Lied anzustimmen, ich hätte fast das Lenkrad verrissen: »Moi Muddär hot e …«

»Ich glaube Ihnen, dass Sie das Lied kennen, Herr Diefenbach. Aber an der Aussprache müssen Sie noch arbeiten. Ihr Pfälzisch klingt noch nicht ganz einheimisch.«

»Ach ja?«, reagierte mein Chef überrascht. »Ich habe zu Hause vor dem Spiegel intensiv geprobt. Für mich klang es authentisch.«

»Das sind nur ein paar Nuancen, das kriegen Sie als guter Chef schon hin«, beruhigte ich ihn, bevor er mich zum Gesangslehrer ernannte. Um KPD nicht weiter zu desillusionieren, prahlte ich mit weiteren Kenntnissen. »In Bockenheim an der Weinstraße werden auch jedes Jahr irgendwelche Preise für Lyrik und Prosa, also Gedichte und Texte, verliehen.«

KPD nickte anerkennend. »Ich sehe, es tut Ihnen gut, unter meiner Führung zu arbeiten. Ihr Alltagswissen ist nicht mehr ganz so rudimentär wie noch vor einiger Zeit.«

Ich ignorierte diese Beleidigung wie alle anderen zuvor auch.

»In Dannstadt haben sie vor drei, vier Jahren eine zusätzliche Kategorie ›Lied‹ etabliert. Aber das interessiert mich in der Startphase meines Projekts nicht.« Er öffnete eine Ledermappe, vermutlich eine Einzelanfertigung, und zog einen Stapel Papier heraus. »In der Hinterpfalz gibt es einen dritten Wettbewerb, der sich *Sickinger Mundartdichter-Wettstreit* nennt, aber auch den lasse ich im ersten Jahr außen vor.«

Ich wagte es, meinen Chef zu kritisieren. »Lieber Herr Diefenbach, wenn Sie sich in der hiesigen Bevölkerung keine Feinde machen wollen, dann sprechen Sie in Zukunft besser von der ›Westpfalz‹ und nicht von der ›Hinterpfalz‹. Das war vor 200 Jahren eine korrekte Bezeichnung, wird aber heute als diskriminierend empfunden.«

»Wie kommen Sie darauf, dass ich Feinde habe?«, wetterte KPD. »Alle sind von meinen positiven Fähigkeiten begeistert, alles andere wäre doch absurd.« Er machte eine kurze Pause. »Aber wenn Sie meinen, dann werde ich mir Ihren Rat zu Herzen nehmen. Schließlich soll niemand sagen, ich sei nicht offen für die Ratschläge meiner Untergebenen.«

Ich glaubte, mich verhört zu haben. So etwas hatte ich noch nie aus KPDs Mund gehört.

Mein Chef fuchtelte mit seinen Papieren herum. »Die Wettkämpfe in Dannstadt und Bockenheim gibt es seit vielen Jahren. Wie nicht anders zu erwarten, leiden sie unter dem hohen Altersdurchschnitt der Kandidaten, Juroren und Zuhörer. Das haben die Veranstalter längst erkannt. Aber die Möglichkeiten, jüngere Bevölkerungsschichten für das Thema Mundart zu begeistern, sind sehr begrenzt und bisher nicht von Erfolg gekrönt.«

»Und das wollen Sie ändern?« Ich konnte mich des Eindrucks nicht erwehren, dass es KPD gar nicht um die Förderung der Jugend ging, sondern wie immer nur um die Steigerung seines Egos. Andere Menschen hatten meinen Chef noch nie interessiert. KPD kannte weder Ironie noch Sarkasmus, auch Empathie war ihm völlig fremd.

»Da ist so ein Typ, ein ziemlich komischer Typ«, murmelte er kaum hörbar. »Er behauptet, Sänger zu sein.« KPD schüttelte den Kopf. »Ich halte nichts von solchen Künstlern, die mit ein paar anderen Typen eine Band gründen, über Weinfeste tingeln und Lieder grölen, deren Texte kein Mensch versteht.«

»Sie brauchen ja nicht zum Weinfest zu gehen, wo diese Band auftritt.« Ich verstand das Problem von KPD nicht.

»Darum geht es nicht«, ergänzte mein Chef. »Wenn er der deutschen Sprache mächtig wäre und seine fragwürdigen Schöpfungen, die er Songs nennt, in verständlichem Hochdeutsch singen würde, wäre es gar nicht erst zu diesen Konflikten gekommen.«

Zum ersten Mal hörte ich von einem Konflikt. Ich wurde neugierig. »In welcher Sprache singt er denn?«

»Mundart«, antwortete KPD. »Also Pfälzer Mundart, so wurde es mir jedenfalls gesagt. Für einen hochdeutsch ausgebildeten Akademiker wie mich ist das eine Katastrophe, weil er diesen Dialekt auch im Alltag spricht. Das ist einer der Gründe, warum ich Sie mitgenommen habe, Palzki. Wie verabredet, halten Sie sich bei meinem Gespräch im Hintergrund, merken sich aber genau, was mein Gesprächspartner sagt. Ich muss sicher sein, dass es keine Übersetzungsfehler gibt, die er später gegen mich verwenden könnte.«

»Ich verstehe immer noch nicht«, sagte ich, weil ich immer noch nicht verstand.

»Sie müssen sich nicht um Details kümmern, Palzki, ich will Sie nicht überfordern. Dieser sogenannte Künstler hat im vergangenen Jahr eine Gegenveranstaltung zu den etablierten Mundartwettbewerben in der Pfalz ins Leben gerufen. Genau zu dem Zeitpunkt, als ich die Wettbewerbe übernehmen wollte, um sie unter meiner Leitung neu zu organisieren und zu zentralisieren.«

Es fiel mir immer schwerer, mich auf den Verkehr zu konzentrieren, während KPD seine haarsträubende Geschichte erzählte. »Sie wollten den Wettbewerb übernehmen?« Erst jetzt wurde mir so richtig klar, warum KPD versucht hatte, die Bockenheimer Jurorin Ute Zimmermann abzuwerben.

»Das ist jetzt geplatzt«, sagte KPD. Wütend knallte er das Papierbündel auf das Armaturenbrett. »Der Wettbewerb in Dannstadt wurde letztes Jahr abgesagt, der in Bockenheim fand zwar statt, aber dieser El Beji hat für sein Mundartfestival die Crème de la Crème der Pfälzer Stars zusammengetrommelt, die sich künstlerisch mit Mundart beschäftigen: Musikgruppen, Sänger, Comedians, Karikaturisten, Literaten und sogar einen Pfarrer, der einen Mundartgottesdienst hielt. Das Festival dauerte ein ganzes Wochenende, drei Tage am Stück.«

»Das war bestimmt toll«, sagte ich. »Wie war die Resonanz?«

»Ausgezeichnet«, brummte KPD. »Der Typ hat meine Idee geklaut.«

Aha, dachte ich, aus dieser Richtung wehte der Wind.

»Der Organisator ist ein Dieb?«

Diefenbach wurde unsicher. »Meine Anwälte prüfen gerade, ob er sich strafbar gemacht hat. Es ist mehr als merkwürdig, dass dieser El Beji die gleiche Idee hatte wie ich. Ich selbst konnte das Festival im letzten Jahr aus Zeitgründen leider nicht realisieren.«

»Unglaublich«, stachelte ich meinen Chef an, um die zu erwartende Eskalation noch weiter anzuheizen. »Da müssen Sie als guter Chef und Hüter des Gesetzes hart durchgreifen.«

»Leider haben mir meine Anwälte nur geringe Erfolgsaussichten prognostiziert«, ruderte er zurück. »Nur weil ich keine schriftlichen Unterlagen habe, die beweisen, dass ich als Erster auf diese Idee gekommen bin. Dabei ist hier oben alles fein säuberlich archiviert.« Er klopfte sich auf den Kopf. »Der einzige Unterschied ist, dass ich zusätzlich einen Wettbewerb für Lyrik und Prosa beabsichtigt hatte, den es beim Festival nicht gab. Und dubiose Musiker und Komödianten hätte ich natürlich auch nicht eingeplant.«

»Das ist mehr als ein einziger Unterschied«, entfuhr es mir.

»Quälen Sie mich nicht mit Fakten, Palzki«, entgegnete er. »Ich habe natürlich sofort zwei meiner Anwälte ausgetauscht. Aber das größte Problem ist, dass der Sänger für dieses Jahr eine Neuauflage plant. Noch größer, mit mehr Künstlern und was weiß ich noch, ein Skandal!«

»Warum kaufen Sie nicht einfach den Veranstalter und sein Festival? Ihre Schwarzgeldkasse müsste das doch hergeben.« So oder so ähnlich lief es bisher immer bei den Projekten von KPD ab.

»Er ziert sich noch«, bellte Diefenbach unzufrieden. »Ich nehme an, er will den Preis in die Höhe treiben und ein paar Goodies verlangen. Mal sehen, wie weit er pokert. Das ist der Hauptgrund, warum wir heute nach Fußgönheim fahren. Also, Palzki, aufgepasst, es geht um alles!« Er zeigte nach rechts. »Jetzt da abbiegen.«

Wir waren am Ortseingang von Fußgönheim angekommen. »Eines habe ich noch nicht verstanden, lieber Herr

Diefenbach. Im Büro haben Sie zu Ute Zimmermann gesagt, dass Sie selbst als Kandidat mitmachen wollen. Geht das, wenn Sie gleichzeitig der Veranstalter sind?«

»Ich kann alles, Palzki! Aber erwähnen Sie den Namen dieser Zimmermann in meiner Gegenwart nicht mehr, für mich ist sie gestorben.«

Ups, KPD wusste offenbar noch nichts von ihrer Ermordung.

»Dass ich der Veranstalter bin, und zwar der einzige Veranstalter, und dass ich im ersten Jahr in den Kategorien Lyrik und Prosa gewinne, ist für mein Renommee außerordentlich wichtig. In den anderen Kategorien reicht mir der zweite Preis, damit ich im Folgejahr noch einen draufsetzen kann. Es gibt nichts Schlimmeres als persönlichen Stillstand. Sie kennen mein Motto: Ganz vorne zu sein, ist immer noch zu weit hinten!«

»Geradeaus oder abbiegen?«

KPD zeigte in die gewünschte Richtung. »Hier geht's zum *Genusshof Ehrlich*. Früher war das ein reiner Gemüseanbaubetrieb, heute ist es ein Mischbetrieb mit Saatgut und Weinbau. Die Besitzer legen Wert darauf, nur regionale Produkte anzubieten, vor allem Wein und Fleischprodukte.«

»Arbeitet der Sänger dort?«

»Ach was, das ist nur der Veranstaltungsort. Das Gelände ist sehr weitläufig, aber gleichzeitig verwinkelt. Bei der Besucherbefragung des ersten Festivals wurde der Ort einhellig gelobt.«

Weitere Erklärungen erübrigten sich, denn mein Chef lotste mich in einen Hof, der von mehreren unterschiedlichen Gebäuden umrahmt war.

»Parken Sie unauffällig neben dem Traktor«, wies er mich an.

Um meine Laune zu heben und KPD ein wenig zu ärgern, parkte ich so, dass er beim Aussteigen unweigerlich in eine Pfütze trat.

»Können Sie nicht aufpassen, Palzki?«, schimpfte er mit nassem Schuh.

»Tut mir leid, ich habe nicht aufgepasst«, erwiderte ich schadenfroh.

Aus einem Anbau trat eine kräftige Person mit angegrautem Vollbart und schwarzem Motiv-T-Shirt heraus. Das Motiv, ein von Stierhörnern umrahmtes Weinglas mit der Aufschrift ›Schörlehead‹, fand ich lustig, KPD weniger. Normalerweise machte mein Chef einen großen Bogen um solche Leute. In seinem Büro hing ein Poster von Karl Lagerfeld mit dem berühmten Spruch: Wer im Jogginganzug herumläuft, hat die Kontrolle über sein Leben verloren. Dresscode war seine erste, zweite und dritte Priorität im Leben.

»Servus, do seid ihr jo«, begrüßte uns der Mann mit einem sympathischen Lächeln.

»Der versucht, sich bei mir einzuschleimen«, flüsterte mir KPD zu. »Lassen Sie sich nicht von ihm in Beschlag nehmen.«

Für eine Antwort, die ich ohnehin nicht parat hatte, blieb keine Zeit, denn die Person streckte die Hand zur Begrüßung aus.

Widerwillig ergriff mein Chef sie. »Guten Tag, Herr El Beji. Ich bin Klaus P. Diefenbach, der gute Dienststellenleiter der Kriminalinspektion Schifferstadt.«

El Beji lachte. »Dess hab isch mir glei gedenkt, wie isch disch gsehe hab. Isch bin de Monji fer eisch.«

Voller Freude sah ich, wie mein Chef angewidert das Gesicht verzog. Ich wusste, dass niemand außer seiner

Frau ihn duzen durfte. Selbst bei seiner Frau war ich mir nicht sicher. Sofort sagte ich zu ihm: »Ich bin de Reiner un a in dere scheene Palz uffgewachse.«

KPD reagierte verärgert, da ihm die Gesprächsführung zu entgleiten schien. »Herr El Beji, wissen Sie, warum ich und mein Untergebener gekommen sind?«

»Heer doch uff mit dem dabbische Sie«, konterte Monji. »Moin Nochname seh ich jeden Daach, wann isch uffs Klingelschild gugg.« Er wechselte seine Blickrichtung zu mir und ergänzte: »Kummen doch erscht mol noi in die guud Stubb, bevor mir do drauße verdorschten.«

Wenig später saßen wir in einem rustikal eingerichteten Büro. »Dess Biro dirfen mir fer die Vorbereitung vun unserm Feschdiväl benutze. Was wollen ihr trinke?«

Da ich mir sicher war, dass KPD meine bevorzugte Antwort – Weizenbier oder Rieslingschorle – nicht gutheißen würde, einigte ich mich auf dasselbe Getränk wie mein Chef. Monji setzte die Kaffeemaschine in Gang und brühte drei Tassen Kaffee auf.

»Kann mit meinem Kaffee nicht mithalten«, attestierte KPD schmallippig nach einem homöopathischen Schluck.

»Nadierlisch«, bestätigte Monji, und noch immer lächelte er. »Mer hänn jo a net die finanziell Grundlaach wie ihr Beamte. Mir misse halt gugge, wu mir unser Geld hiedraachen.«

KPD schaute mich mit flehendem Blick an. Ich brauchte kein Gedankenleser zu sein, um die Zusammenhänge zu begreifen. Er verstand kaum ein Wort! Ich nutzte meine Freiheit, um ein bisschen Dialekt zu plaudern. »Moin Chef hott gsagt, du bischt ähn Sänger, irgendwo hab ich dein Name a schunnemol khert.«

»Do hott er recht, doin Chef«, sagte Monji. »Ich sing glei in zwää Bänds und zwar *Fine R.I.P.* unn *Woifeschdkänisch*, die in zwää unnerschiedliche Stilrischdunge unnerwegs sinn. Ämol so richtisch roggisch, quasi dess Dubbeglas in de Roggmusik, un bei de annere Bänd mache mer Schlager- un Stimmungsmusik uff Pälzisch.«

KPD war seine passive Rolle leid. »Die Verhandlungssprache ist Hochdeutsch«, behauptete er. »Ihr Kauderwelsch kann man nicht verstehen.«

Ich versuchte, dem Sänger zu helfen. »Herr El, äh, ich meine Monji, ist gerade dabei, die Vorbereitungen für das zweite Mundartfestival zu organisieren. Dabei geht es ausschließlich um unseren Pfälzer Dialekt.«

»Aber nicht so extrem«, wiegelte KPD ab. »Mundart zur Belustigung der Gäste ist von mir aus in Ordnung, aber nicht im normalen Sprachgebrauch. Wie soll ich da als guter Chef mitreden?«

»Dess brauchscht jo a net«, mischte sich Monji ein. »Die Mundart-Helde vun de Palz, vor allem die Bands un die Eenzelkienschtler, hänn schun all zugsagt. Nadierlich dirfen uff unser *BABBEL-DOCH!-Feschdiväl*, dess iss iwwrichens de Name, a Hochdeitschbabbler kumme.«

»Ehnzellkienschtlär?« KPD versuchte, das Wort zu wiederholen, was ihm nicht gelang. Die Bedeutung hatte er sicher auch nicht verstanden.

»Ich schreibe Ihnen nachher ein Protokoll, Herr Diefenbach«, sagte ich schnell. Dabei wollte ich meiner Fantasie freien Lauf lassen.

KPD blätterte in seinen Unterlagen. »Als oberster Polizist des Landkreises kann ich das Ding, äh, das Festival aus Sicherheitsgründen nur genehmigen, wenn es unter meiner Schirmherrschaft stattfindet. Mein Name muss auf allen Publikationen, Plakaten, Flyern und Werbebannern immer an erster Stelle und in großen Lettern stehen. Den Wettbewerb ›Prosa und Lyrik‹, um den sich bisher offensichtlich niemand gekümmert hat, werde ich persönlich organisieren. Selbstverständlich werde ich mich daran beteiligen, die Jurymitglieder werde ich demnächst benennen.«

Garantiert würde KPD mich als Jurymitglied verpflichten. Das wird ein Spaß werden, dachte ich mit einem »Diefenbach null Points« gehässig.

»Do missemer noch driwwer redde«, meinte Monji. »Wann du disch finanziell astännisch beteiligscht, kenne mer disch als Sponsor nenne.«

»Herr El Beji«, schimpfte KPD. »Ihre Forderung ist völlig unangemessen. Geld spielt keine Rolle, das habe ich Ihnen bereits in meiner schriftlichen Ankündigung anvertraut. Aber als einfacher Sponsor lasse ich mich nicht über den Tisch ziehen. Entweder Sie akzeptieren meine Bedingungen, oder das Festival fällt aus. In diesem Fall werde ich selbst ein Festival planen, ein viel größeres, und zwar in Schifferstadt, Sie werden schon sehen!« Drohend hob er den Zeigefinger. »Wir können auch über ein paar Boni verhandeln«, fuhr er fort. »Ich habe beste Kontakte zur Verkehrssünderkartei in Flensburg. Einer meiner Untergebenen ist Experte für die Modifizierung dieser Datenbank.«

Ich musste dringend mit dem Kollegen Jürgen sprechen.

»Isch hab kää Punkte in Flensburg«, erwiderte Monji. »Awwer isch werr jetzert mol mein Kumpel aarufe, der is än Kolleesch vum Bolizeibräsident in Ludwigshafe.«

KPD warf mir einen Seitenblick zu. »Habe ich ihn richtig verstanden?«, fragte er mich.

»Eijo«, antwortete ich meinem Chef trotzig.

»Do kummt jo grad de Mischel«, unterbrach Monji mit einem Blick aus dem Fenster unser Gespräch. »Isch bin glei widder bei eisch.«

»Ungeheuerlich«, schrie KPD wütend, als wir zu zweit im Büro waren. »Was für ein unverschämter Kerl. Das ist das erste Mal, dass es jemand wagt, mich, Klaus P. Diefenbach, offen herauszufordern. Palzki, was sagen Sie zu diesem Schurken?«

Ich sagte nichts, denn ich sah ein anderes, noch größeres Problem auf uns zukommen. Den Neuankömmling, den Monji gerade im Hof begrüßte, kannte ich nur zu gut. Auch mein Chef kannte ihn, war er doch der lebende Beweis dafür, dass Monji nicht der Erste war, der KPD offen herausforderte. Michael Landgraf galt in den Augen KPDs als Erzfeind und Endzeitgegner.

»Wollen wir nicht lieber die Kavallerie holen«, sagte ich zu meinem Chef und deutete auf eine Nebentür, die mit »Notausgang« gekennzeichnet war.

»Ich bin die Kavallerie«, rief er. »Und gleichzeitig der General. Was erlaubt sich dieser El Beji? Zuerst brüskiert er mich und meine Fähigkeiten, und dann lässt er mich im Stich, weil irgendein unwichtiger Besucher kommt.« Er ging zum Fenster und bekam fast einen Herzanfall. Wieder eine Chance verpasst, KPD überlebte die Herzattacke. »Das hätte ich mir denken können, dass er sich mit diesem Landgraf verbündet!«

Voller Angriffslust stürmte er hinaus, und mir blieb nichts anderes übrig, als ihm zu folgen.

»Guten Tag, Herr Diefenbach«, rief Landgraf, der von einer weiteren Person begleitet wurde, meinem Chef zu. In seiner Stimme war kein Groll zu hören.

»Ach, ihr kennt eich schun?«, fragte Monji überrascht.

Hätte sich diese Szene im 19. Jahrhundert abgespielt, würde KPD wie die Westernhelden John Wayne oder Clint Eastwood den Colt ziehen und Landgraf über den Haufen schießen. 200 Jahre später blieb ihm zunächst nichts anderes übrig, als laut zu schimpfen und seinen Unmut mit entsprechender Mimik zum Ausdruck zu bringen.

Monji, dem die Hintergründe unbekannt waren, blickte erstaunt zwischen den beiden hin und her.

Michael Landgraf, ein ausgewiesener Bibel-, Wein- und Pfalzexperte, hatte mich in den letzten Jahren bei zwei schwierigen Ermittlungen in Neustadt begleitet und wesentlich zur Aufklärung beigetragen. Als Leiter des *Bibelmuseums* war ihm eine wertvolle jahrhundertealte Bibel gestohlen worden. Mit Schaudern erinnere ich mich an die Verfolgungsjagd durch Neustadt bis in die Türmerwohnung der Stiftskirche. Und erst vor wenigen Monaten hatte ich mit ihm die Vergangenheit des Neustadter Saalbaus nach mehreren Kapitalverbrechen recherchiert. Neben dem Oberbürgermeister war auch die Weinbruderschaft der Pfalz in den Fall verwickelt.

Leider zählte das für KPD nicht. In seinen Augen hatte er, wie immer, die schwierigen Fälle alleine abgeschlossen, obwohl er, was ebenfalls regelmäßig zutraf, so gut wie nie vor Ort war.

Das eigentliche Problem mit Michael Landgraf war, dass sich mein Chef für den letzten Alleinerben der Wittelsbacher-Dynastie hielt. Eine dubiose Urkunde hatte Landgraf als Fälschung entlarvt und sich dadurch KPD erstmals zum Feind gemacht. Als der Theologe dann zusätzlich noch herausfand, dass sich bei KPDs privaten Recherchen ein Übersetzungsfehler eingeschlichen hatte und der wahre Wittelsbacher-Erbe Dieffenbacher hieß, war das Verhältnis endgültig zerrüttet. Zu allem Überfluss fand er den rechtmäßigen Erben, Bernd Dieffenbacher, der zufällig ehrenamtlicher Chronist der Weinbruderschaft der Pfalz war.

KPD erwiderte den Gruß Landgrafs nicht. Stattdessen wandte er sich an Monji: »Haben Sie diese Persona non grata eingeladen? Wenn er etwas mit dem Festival zu tun hat, dann, ja dann …« Er holte tief Luft.

Landgraf wunderte sich über den harten rhetorischen Angriff. »Sehr geehrter Herr Diefenbach, was soll dieser Unmut? Ich habe mir nichts zuschulden kommen lassen und lediglich, anfangs sogar in Ihrem Auftrag, Fakten recherchiert. Dass diese nicht in Ihrem Sinne ausgefallen sind, dafür kann ich nichts. Aber das hat Ihnen mein Anwalt deutlich gemacht und mit vielen Beweisen untermauert.«

»Anwälte, pah!«, reagierte mein Chef empört. »Anwälte haben nicht per se immer recht. Das Recht ist auf meiner Seite, und das wird sich niemals ändern!«

»Was issn do bei eisch los?«, mischte sich Monji ein. »De Mischel soll die Moderation mache fer die lidderarische Kinschtler, die uff Pälzisch Gschichte und Gedichte schreiwen. Des hott der letzschdes Johr schun sauguud gemacht, desdeweche werd er des Johr des widder mache.«

»Was hat er gesagt?«, fragte mich KPD.

»Nichts Wichtiges«, beruhigte ich meinem Chef. »Ich werde mit Herrn Landgraf ein wenig über den Hof gehen, während Sie die Einzelheiten mit Monji El Beji besprechen.«

»Aber ich verstehe ihn kaum«, widersprach KPD.

»Monji wird sich Mühe geben«, antwortete ich und bedeutete Landgraf, mir zu folgen.

»Was ist denn mit Ihrem Chef los?«, fragte Landgraf, als wir außer Hörweite waren.

»Der spinnt, aber das ist ja nichts Neues.«

»Stimmt«, bestätigte er. »Aber so eine unnötige Überreaktion hätte ich von Herrn Diefenbach wirklich nicht erwartet.«

»Er wird sich schon beruhigen. Jedenfalls war das bisher immer so.«

Landgraf sah mich skeptisch an. »Ist das wieder eine Ihrer ironischen Bemerkungen? Bei Ihnen weiß ich nicht immer, ob Sie es ernst meinen oder nicht.« Er deutete auf seinen Begleiter. »Das ist übrigens Alexander Schärf. Er schreibt freiberuflich für diverse Magazine und Internetseiten.«

»Hauptsächlich füttere ich täglich meinen Internetblog ›Schärf klärt auf‹.« Er streckte mir die Hand entgegen. »Da geht es aber nicht um Sexualaufklärung wie bei Doktor Sommer, sondern um investigativen Journalismus in der Kurpfalz. Ich recherchiere teilweise undercover und habe schon diverse Betrügereien in der Kurpfalz aufgedeckt, wie zum Beispiel Bestechung, Korruption, Drogengeschichten, die ganze Bandbreite der Verbrechensbranche eben.«

»Und warum schreiben Sie nicht für eine seriöse Tageszeitung? Die Leser lieben doch solche Geschichten, oder? In einer Polizeifachzeitschrift habe ich gelesen, dass Berichte über Gaunereien am zweithäufigsten gelesen werden, gleich nach den Todesanzeigen und noch vor dem Sport.«

»Das kann schon sein«, bestätigte Schärf. »Aber da hätte ich bei weitem nicht die individuelle Freiheit, die ich als

Freiberufler habe. Natürlich bewege ich mich im Rahmen der Legalität, alles andere würde ich nicht an die große Glocke hängen. Dietmar hat mich eindringlich gewarnt.«

»Dietmar? Meinen Sie Dietmar Becker, den unsäglichen Schreiberling dieser schrecklichen Regionalkrimis, die in der Kurpfalz spielen?«

Schärf nickte. »Ich finde, er hat Sie optisch und charakterlich gut getroffen. Genauso habe ich Sie mir vorgestellt, Herr Palzki. Dietmar hatte den richtigen Riecher, seinen Protagonisten nach Ihnen zu benennen. Ich gebe zu, dass seine Krimis an der einen oder anderen Stelle eine Nuance übertrieben wirken, aber auf mich und die meisten Leser wirken sie sehr authentisch.«

Mir blieb buchstäblich die Spucke weg. Jemand, der Beckers Krimis als gut und sogar authentisch bezeichnete, hatte schlichtweg keine Ahnung von guter Literatur und realer Polizeiarbeit. Trotzdem schrieb Becker seit fast 20 Jahren Krimis mit mir als Hauptfigur, obwohl ich nie meinen Namen für so einen Quatsch hergegeben hatte. Nur meine Frau Stefanie war anderer Meinung und fühlte sich geschmeichelt, dass wir als Familie literarisch unsterblich geworden waren.

Hinzu kam, dass Becker keine Fantasiegeschichten über erfundene Mordfälle schrieb, sondern reale Mordermittlungen unserer Kriminalinspektion als Vorlage nahm. Immer wieder kam er mir bei meinen Ermittlungen in die Quere, sobald er von einem neuen Kapitalverbrechen erfuhr. Manchmal wagte er es sogar, KPD zu instrumentalisieren, um verbotenerweise an den Inhalt der Ermittlungsakten zu gelangen.

Landgraf war in Gedanken noch bei KPD. »Ich verstehe seine Überreaktion immer noch nicht. Sie, Herr

Palzki, und ich haben sogar die Wahl der Pfälzischen Weinkönigin gerettet. Erst wollte der *Verein Pfalzwein* diesen schönen Titel abschaffen, dann wollte Herr Diefenbach die Wahl der Pfälzischen Weinkönigin nach Schifferstadt holen.«

»Und das wäre ihm fast gelungen«, bestätigte ich, »denn wegen des Titels *PfalzWeinBotschafter* gab es heftigen Disput. Das ist ein weiterer Grund, warum mein Chef sauer auf Sie ist.«

Auch Schärf erinnerte sich an die Posse um die Wahl: »Aber Dietmar hat das Thema sofort aufgegriffen und seinem neuesten Krimi, der passenderweise mit Wein zu tun hat, den Titel ›Pfalz Wein Mord‹ gegeben. In Sachen Marketing war er schon immer ein cleveres Kerlchen.«

»Wer ist ein cleveres Kerlchen?« Unvermittelt waren KPD und Monji zu uns gekommen. »Sie meinen bestimmt mich?«, wandte er sich an Schärf, dem nichts anderes übrig blieb, als zu nicken. Schließlich musste er als Freund Beckers auch alle negativen Eigenschaften meines Chefs kennen.

Das Gespräch nahm nun konfuse Züge an, weil jeder etwas anderes meinte als der andere. Multiple Missverständnisse sozusagen.

Der Internetjournalist fragte: »Herr Palzki, da ich Sie zufällig heute treffe: Ermitteln Sie hier in Fußgönheim wegen der beiden Todesfälle?«

»Warum sollte ich?«, fragte ich sofort zurück, da ich nicht den geringsten Zusammenhang erkennen konnte.

»Ich ermittle stets in alle Richtungen«, tönte KPD, der noch weniger Ahnung hatte. »Todesermittlungen sind meine Spezialität.«

»Aha«, meinte Schärf und zog einen Notizblock hervor.

»Ich wittere eine große Story. Werden Sie den Täter bald fassen können?«, schmeichelte er Diefenbach.

»Nun, wie soll ich sagen«, KPD rang nach Worten. »Das sind bisher reine Vorermittlungen, dafür ist mein Untergebener Palzki zuständig. Als guter Chef bin ich schließlich der Häuptling und nicht irgendein Indianer.«

»Richtig«, hakte Schärf nach. Er gab sich professioneller als sein naiver Kumpel Dietmar Becker. »Man kennt Sie und Ihre Fähigkeiten in der Region. Was soll ich sagen, natürlich auch weit über die Region hinaus.«

KPD wuchs um mehrere Zentimeter, so als würden sich seine Bandscheiben gegenseitig abstoßen.

Auch Michael Landgraf war jetzt neugierig geworden. »Herr Palzki, Sie sind wirklich mit einer neuen Ermittlung beschäftigt? Kann und darf ich Sie dabei unterstützen? Wir waren doch in Neustadt so etwas wie ein Dreamteam.«

»Nein!«, entgegneten KPD und ich gleichzeitig.

»Meine Anwälte werden Ihnen verbieten, sich noch einmal mit meinem Untergeb…, äh, Mitarbeiter Herrn Palzki in Verbindung zu setzen.«

Irgendetwas lief hier absolut nicht in meinem Sinne. »Um das klarzustellen: ich ermittle hier doch gar nicht. Herr Diefenbach hat mich nur als Dolmetscher mit nach Fußgönheim geschleppt. Daher mein Nein!«

Jetzt schauten Landgraf, Monji und Schärf irritiert. Jeder versuchte, sein Informationsdefizit auszugleichen, und so kam es, dass alle gleichzeitig redeten, was noch weniger zielführend war.

Monji setzte sich schließlich durch. »Jetzert mache mer mol all ä bissel dussmoo«, forderte er uns auf. »Bei uns in Fußgönnem gibt's kään Mord un Doodschlaach. Desdeweche muss do bei uns a kenner ermittle.«

Der freie Journalist war anderer Meinung. »Die Recherchen von Dietmar Becker und mir haben aber ergeben, dass der ermordete Uli Valnion Jurymitglied beim *Dannstadter Mundartwettbewerb* war. Die gestern verstorbene Ute Zimmermann war Jurymitglied in Bockenheim, einen offensichtlicheren Zusammenhang gibt es nicht.«

»Diese Zimmermann ist tot?«, entfuhr es KPD. »Warum sagt mir das niemand? Jetzt muss ich ein zusätzliches Jurymitglied suchen, das ist wirklich sehr ärgerlich.«

Da wird Ute ausnahmsweise deiner Meinung sein, ärgerte ich mich gedanklich über KPDs selbstsüchtigen Spruch.

»Muss isch mir jetzert aa noch Gedanke um mei Leewe mache?«, fragte Monji. »Isch mach zwar bei dere Jury net mit, awwer isch bin immerhie de Veraschdalder.«

»Das ist noch lange nicht entschieden!«, schimpfte KPD.

Michael Landgraf sah mich an. »Das scheint mir alles etwas vage, Herr Palzki. Aber wenn sich etwas herauskristallisiert, wo ich Ihnen helfen kann, dann melden Sie sich bitte sofort.«

»Das werde ich«, beruhigte ich ihn, obwohl ich keineswegs die Absicht hatte. »Vorerst halten wir den Ball flach. Sie wissen so gut wie ich, dass Journalisten manchmal eine sehr lebhafte Fantasie haben, vor allem, wenn sie auch noch fiktive Geschichten schreiben.«

Landgraf schüttelte mir die Hand und wandte sich an meinen Chef. »Herr Diefenbach, kann ich Sie kurz unter vier Augen sprechen? Ich glaube, wir müssen ein paar Missverständnisse ausräumen.«

»Für mich ist die Sache klar«, sagte er. »Aber wenn Sie sich entschuldigen wollen, kann ich das akzeptieren.«

»Mal sehen«, sagte Landgraf vieldeutig. »Monji, können Herr Diefenbach und ich in dein Büro gehen?«

»Eijo«, sagte er. »De Kaffee is zwar net ganz so doll wie der vun de Bolizei in Schiwwarschtadt, awwer wenn eisch dess reicht …«

»Was für ein Chaos«, sagte ich zu Monji und Schärf, nachdem mein Chef mit Landgraf im Büro verschwunden war.

»Was ich net versteh«, fragte Monji, »duuscht du jetzert bei uns ermittle wesche denne zwee Doode? De Uli und die Ute kenn isch nadierlisch aa, die sinn jo alle zwää im letschte Johr uffem erschde Babbel-Doch!-Feschdiväl uffgetrete. Awwer was hänn mir do in Fußgönnem dodemit zu duu?«

»Nix«, antwortete ich, »also nichts. Ich habe eben erst erfahren, dass die beiden etwas mit diesen Dialekt-Dingern zu tun haben.« Ich zeigte auf den Journalisten. »Herr Schärf, woher wissen Sie überhaupt von Frau Zimmermann? Soweit ich weiß, hat es noch keine offizielle Stellungnahme der Polizei gegeben.«

»Ich bitte Sie, Herr Palzki, ich bin gut im Recherchieren. Vor ein paar Monaten gab es in der Zeitung einen Artikel über Ute Zimmermann und die Entenfamilie, von der sie regelmäßig an ihrem Gartenteich besucht wurde.«

»Wie bitte?«, reagierte ich überrascht.

»Ich habe auch über Uli Valnion recherchiert, er wohnte in Mutterstadt und war ein großer Musiker. Halten Sie mich deswegen für verdächtig? Welches Motiv sollte ich haben?«

»Iwo, ich halte Sie nicht für verdächtig, wie kommen Sie auf so einen Blödsinn?«

»Dietmar, also Herr Becker, hat mir berichtet, dass Sie manchmal die abwegigsten Ideen ausbrüten und jeden und jede für verdächtig erklären.«

»Das ist ziemlich übertrieben, obwohl meine Erfolge für sich sprechen«, lobte ich mich selbst und fügte hinzu: »Mein Chef sieht das natürlich anders.«

»Das weiß ich.« Schärf grinste. »Aber eines glaube ich Ihnen nicht: Dass Sie in Fußgönheim sind, ist kein Zufall. Dass Sie den Dolmetscher für Ihren Chef spielen, klingt nach einer fadenscheinigen Ausrede. Ich komme schon hinter Ihr Geheimnis, ich werde die Sache groß aufziehen.«

»Um was geht's dann jetzert?«, fragte Monji unsicher. »Isch kapier alleweil iwwerhaubt nix.«

»Um nichts«, erklärte ich ihm. »Herrn Schärfs Fantasie geht mit ihm durch.«

»Das kläre ich nachher mit Dietmar«, beharrte Schärf. »Ich fahre jetzt nach Hause und schreibe den ersten Artikel für meine neue Krimiserie. Vielleicht nenne ich sie ›Totgebabbelt‹ oder so. Auf jeden Fall muss der Bezug zu den Mundartfestivals deutlich werden. Die Fakten liefere ich vielleicht in einer späteren Folge nach.«

»Du schreibscht jetzert iwwer ebbes, was noch iwwerhaubt net sischer is?«

»So funktionieren soziale Medien«, bestätigte Schärf. »Nur die Ersten werden die Besten sein und gewinnen.«

»Awwer des, was du iwwer unser Feschdiväl schreibscht, des werd hoffentlich doch seriös, odder? Isch hab jo ähn guude Ruf zu verliere.«

»Natürlich, mach dir keine Sorgen.«

»Dann verabschieden wir uns nun von diesem Thema«, entschied ich. »Jeder macht, was er für richtig hält.«

»So mache mir dess.« Monji atmete erleichtert auf. »Isch bin jo froh, dass mer do bei unserem Feschdiväl nix mit Mord- und Doodschlaach zu duu hänn, dess wär jo kä guudi Werwung. Un die Gschischt mit demm Drohbrief, die vergesse mer ganz schnell.«

Mist!, fluchte ich innerlich. Es war wieder einer dieser berühmten letzten Sätze, der alles änderte. Leider hatte auch der Journalist den Satz verstanden und übernahm sofort die Gesprächsführung.

»Was für ein Drohbrief, Monji?«, fragte er. »Davon höre ich zum ersten Mal.« Er starrte mich an. »Wussten Sie davon, Herr Palzki?«

»Natürlich nicht«, wehrte ich ab, konnte die blöde Erwähnung aber nicht ignorieren. »Du hast einen Drohbrief bekommen? Oder meinst du die Ankündigung von KPD?«

»Wer issen jetzert schun widder de KPD?«

»Ich meinte Diefenbach, den Chef.«

Monji lachte auf. »Dess Schreiwe vun deim Chef hab isch net als Drohbrief uffgefasst, eher als ä schleschdie Parodie.«

Alexander Schärf hatte längst begriffen, dass auch ich nicht wusste, was Monji mit dem Drohbrief meinte. »Dann erzähl mir doch mal von dem richtigen Drohbrief.« Schreibbereit hielt er seinen Kugelschreiber über den Notizblock.

»Denn Brief hab jo a net isch kriggt«, erklärte Monji, »sondern än Kumbel vun mir. Der is Chef vun de Grundschul in Röderschem-Gronau und hot nix mit demm Feschdiväl zu duu. Isch hab denn Ralf blos zufällisch gedroffe, do hot der mir dess gsagt.«

»Dann soll er sich an die Polizei wenden«, sagte ich, um

nicht weiter mit Informationen gefüttert zu werden, mit denen ich im Moment nichts zu tun haben wollte.

Der Journalist gab sich damit nicht zufrieden. »Du meinst nicht zufällig Ralf Frohnhäuser, den Rektor der Grundschule Rödersheim-Gronau? Den habe ich nämlich auch schon interviewt.«

»Eijo, genau denn«, bestätigte Monji. »Isch kaaf moi Sääf immer bei soine Fraa, die stellt dolle Sorte her, und sauwer werd mer dodemit aa.«

»Seife?« Es wurde immer bizarrer. »Er hat einen Drohbrief bekommen, weil seine Frau Seife macht?«

»Ach wuher dann, jetzert bischt bissl newer de Kapp. De Drohbrief hot nix mit demm Hobby vun soine Fraa zu duu. Um was genau des geht, wees ich awwer aa net, do muscht den schun selwert frooge.«

Schärf dachte nach. »Spätestens jetzt kann man nicht mehr von Zufall sprechen.«

»Sie sehen Gespenster«, behauptete ich. »Schreiben Sie von mir aus, was Sie wollen. Gerne auch auf *Twitter* oder diesem *XY* oder wie das jetzt heißt. Aber lassen Sie meinen Namen da raus, es reicht, wenn Ihr schreibender Kumpel damit Schindluder treibt. Diefenbach können Sie von mir aus gerne erwähnen, wenn Sie sich trauen.«

Schärfs Grinsen irritierte mich. »Ich glaube, ich bin Ihnen zumindest im Moment ein paar Meter voraus. Aber da ich nicht Dietmar heiße, will ich Sie aufklären: Ralf Frohnhäuser ist ebenfalls Jurymitglied beim *Dannstadter Mundartwettbewerb*.«

Diese Aussage war wie ein Schlag ins Genick. Der Internetschreiberling hatte eindeutig recht, hier stimmte etwas nicht. Ich verzichtete darauf, Schärf nach weiteren Informationen über Frohnhäuser zu fragen, das würde mein

Kollege Jürgen viel detaillierter machen. »Was wissen Sie über die Brennerei in Venningen?«, fragte ich den Journalisten vorsichtshalber.

»Dort wurde Uli Valnion tot aufgefunden«, berichtete er. »Das hat Dietmar herausgefunden. Woher er diese Information hat, weiß ich nicht. Und wenn ich es wüsste, würde ich es Ihnen nicht sagen.«

»Sie kennen die Brennerei nicht? Und Venningen?«

»Venningen kenne ich natürlich, im Nachbarort Edenkoben wohnen meine Eltern.«

»In Edenkoben? Das ist doch genau dort, wo …« Ich brach rechtzeitig ab, um keine Interna zu verraten.

»Habe ich was verpasst?«, fragte Schärf. »Sie wollten mir doch gerade etwas über Edenkoben erzählen.«

»Keineswegs«, mauerte ich. »Da haben Sie etwas missverstanden.«

»Palzki!«, schallte es energisch über den Hof. KPD und Landgraf kamen aus dem Büro, letzterer sah ziemlich unzufrieden aus. »Wir fahren sofort zurück in mein Büro. Wir müssen ermitteln. Los, ich hab's eilig.« Dann sah er Monji an. »Wir sprechen uns noch, und zwar bald.«

Trotz der Eile meines Chefs ging ich erst einmal zu Michael Landgraf und schüttelte ihm die Hand. »Ich melde mich, sobald es die Situation erlaubt.« Ich dachte nicht daran, ihn in die unweigerlich folgenden Ermittlungen einzuweihen, sondern wollte nur wissen, was Diefenbach mit ihm besprochen hatte.

IM BIRO

Da ich der Chauffeur war, stieg ich auf der Fahrerseite ein und wartete mit einem verschmitzten Lächeln auf meinen Chef. Leider war er nicht so unbedarft, wie ich erwartete.

»Palzki!«, dröhnte es von draußen. »Fahren Sie ein Stück zurück, damit ich einsteigen kann.«

»Ich habe nicht daran gedacht«, murmelte ich, als er sich neben mich setzte.

KPD pfefferte seine Papiere ins Handschuhfach. »Palzki, sobald Sie zurück sind, erstellen Sie mir ein wortgetreues Protokoll über meine Verhandlung mit diesem, äh, bärtigen Angeber, der es gewagt hat, mir die Stirn zu bieten. Ich habe zwar nicht alles verstanden, aber seine Gestik und Mimik sprachen Bände. Ich kenne meine Pappenheimer, der will mich herausfordern.« KPDs Gesichtsfarbe wechselte zu einem eher ungesunden Rot.

»Denken Sie an Ihren Blutdruck«, versuchte ich, ihn zu beruhigen, obwohl mir sein Blutdruck völlig egal war. »Monji hatte keine großen Einwände gegen Ihre Pläne«, log ich. Mein Bericht würde die Lügengeschichten des Barons von Münchhausen um ein Vielfaches übertreffen. Davon abgesehen, verlor ich langsam den Überblick über die Dinge, die ich für KPD organisieren oder tun sollte.

»Nennen Sie den Kerl nicht beim Vornamen«, befahl KPD. »Das gehört sich nicht, er steht auf meiner persönlichen Liste regionaler Verbrecher.«

Um ein Haar wäre mir die Bemerkung herausgerutscht, dass ich Monji nicht für einen Verbrecher hielt. Zum Glück war mein Überlebensinstinkt schneller als mein Gehirn und mein Sprachzentrum.

Diefenbach brummte eine Weile unverständlich vor sich hin. Dann, mit einem kurzen Seitenblick, sagte er leise zu mir: »Glauben Sie wirklich, dass mir mein Blutdruck Probleme macht?«

Ich wusste sofort, worauf er hinauswollte. Vor kurzem hatte er Jutta erzählt, dass zwei Ärzte die Frechheit besessen hätten, ihm einen hohen Blutdruck zu attestieren und dass er dringend etwas dagegen unternehmen müsse. Seine Maßnahme war, einen dritten Arzt zu suchen.

Nun hatte ich Gelegenheit, eine der vielen Gemeinheiten und Beleidigungen, die mir von KPD ständig entgegenschlugen, zu erwidern.

»Das würde ich nicht so pauschal sagen, lieber Herr Vorgesetzter. Sie scheinen mir nach wie vor äußerst agil und gesund bis ins Knochenmark zu sein. Allerdings …« Ich machte eine nervös machende Pause.

»Allerdings?«, fragte KPD mit belegter Stimme.

»Wir Männer in den besten Jahren haben leider ein nicht unerhebliches kardiologisches Risiko.« Ich schlug mir leicht mit der Faust auf die Brust, in der Nähe meines Herzens. »Etwa jeder siebte Mann erlebt seinen Ruhestand nicht, oft wegen der Pumpe, die alles am Laufen hält.«

»Mit meinem Herz ist alles in Ordnung«, erklärte KPD erleichtert. »Jeden Tag nehme ich die Treppe in den ersten Stock zu meinem Büro. Ich habe schon überlegt, einen Aufzug einbauen zu lassen, aber aus gesundheitlichen Gründen habe ich mich dagegen entschieden. Schließlich will ich meine Untergebenen nicht zu sehr verwöhnen.«

»Herzerkrankungen machen sich selten vorher bemerkbar«, versuchte ich es mit ein paar Halbwahrheiten. »Rauchen, hohe Cholesterinwerte, Übergewicht und das Fehlen von Treppen, um in den ersten Stock zu gelangen, sind Dinge, die auf ein mögliches Herzproblem hinweisen, aber viel häufiger sind es die versteckten Symptome.« Ich atmete zwei- oder dreimal tief durch, um das Gesagte zu unterstreichen.

»Versteckt?«, stammelte mein Chef. »Wie soll ich das verstehen?«

»Es geht um Ihre Herzkranzgefäße, Herr Diefenbach. Das sind die Arterien, die das Herz umgeben und es mit Sauerstoff versorgen. Sobald eine dieser Arterien verkalkt, ist es um Sie geschehen, und zwar blitzschnell, manchmal innerhalb von Minuten.« Ich machte eine Schnittbewegung mit der Hand an meinem Hals. KPD sank tiefer in seinen Sitz.

»Wenn man die verengten Arterien rechtzeitig entdeckt, kann man mit einem Herzkatheter sogenannte Stents einsetzen, die die Arterie wieder weiten. Alternativ wird der Brustkorb aufgesägt, das Herz in einer sehr blutigen Operation herausgenommen und die Arterie mit einem Bypass, meist einer Vene aus dem Oberschenkel, überbrückt.«

KPD schluckte unablässig.

»Das geht aber nur, wenn man den Engpass rechtzeitig erkennt. Sonst …«

Wieder machte ich die Schnittbewegung am Hals.

»Ein, äh, Arzt muss das doch, äh, vorher erkennen, oder?«, stammelte mein Chef.

»Leider nein«, antwortete ich fröhlich. »Defekte Herzklappen und solche Sachen sieht man natürlich im Ultraschall, aber verkalkte Herzkranzgefäße nicht. Das sieht man nur mit einem Herzkatheter.«

»Und was kann man da machen?« KPD wirkte zunehmend verzweifelt. »Mein letzter Arzt hat einen solchen Verdacht geäußert. Dabei wollte ich doch nur meine Schluckbeschwerden und das gelegentliche Magendrücken abklären lassen.«

»Das ist typisch für eine AP«, klärte ich ihn auf. »Also eine Angina pectoris, die Vorstufe zum Herzinfarkt. Dazu passt der rote Kopf, den Sie vorhin hatten.«

»Quatsch«, wehrte er ab. »Sie wollen mir doch nur Angst machen. Ich glaube Ihnen kein Wort, genauso wenig wie meinen Ärzten.«

Ich beschloss, ihm einen Nachschlag zu geben. »Recherchieren Sie doch mal das Stichwort ›Managerkrankheit‹, das betrifft vor allem Menschen in Führungspositionen mit großer Verantwortung, also ehrgeizige und arbeitsbesessene Menschen.«

»Meinen Sie mich?«

»Wen denn sonst? Sie sind die einzige Person mit Führungsqualitäten in unserer Dienststelle«, log ich frech. Dass die Managerkrankheit eine Erkrankung des Herz-Kreislauf-Systems war, die nicht nur durch körperliche, sondern häufig auch durch psychische Überlastung zu vegetativen Störungen führte, sollte er selbst nachlesen.

Wir erreichten den Hof unserer Dienststelle, und ich war froh, dass KPD nichts mehr zu diesem Thema sagte.

»Wo wollen Sie hin?«, fragte mich KPD, als ich ihm durch das Treppenhaus in den ersten Stock folgen wollte.

»Nach oben«, antwortete ich, »der Aufzug ist noch nicht eingebaut. Außerdem muss ich in Ihrem Auftrag …«

Mein Chef winkte mit einer groben Armbewegung ab. »Kümmern Sie sich zunächst darum, dass die Arrestzelle und der Lagerraum den technischen Anforderungen für das Projekt entsprechen. Suchen Sie die entsprechenden Handwerker. Dann schreiben Sie das Gesprächsprotokoll, wie unterwegs besprochen.« Er schaute auf die Uhr. »Um 18 Uhr möchte ich das Protokoll auf meinem Schreibtisch haben. Ich werde es sofort lesen und dann mit Ihnen diskutieren. Und was ist eigentlich mit dem Businessplan?«

Mir war klar, dass KPD noch nie in seinem Leben diskutiert hatte, aber das war mir egal. Jedenfalls hatte ich nicht vor, bis 18 Uhr in diesem Gebäude zu bleiben oder meinem Chef noch einmal über den Weg zu laufen. Ich würde Jürgen das Protokoll schreiben lassen. Er war zwar bei dem Termin nicht dabei gewesen, aber das musste ja kein Nachteil sein. Bei Gelegenheit würde ich das Ding in eine interne Umlaufmappe stecken, falls KPD weiterhin hartnäckig danach fragte.

»Und unterstehen Sie sich, mit diesem Landgraf Kontakt aufzunehmen«, fügte Diefenbach hinzu. »Ich weiß noch nicht, wer schlimmer ist, dieser Landgraf oder der Möchtegern-Festivalleiter aus Fußgönheim.«

»Dann weiß ich ja jetzt Bescheid«, sagte ich so neutral wie möglich. »Erst die Schnapsbrennerei, dann der Mundart-Dolmetscher.«

KPD nickte zufrieden. »Ich habe nachher in meinem Büro eine wichtige Konferenz mit meinen neuen Anwälten wegen meines Festivals. Stören Sie uns also nicht. Punkt 18 Uhr sind Sie dran. Als guter Chef habe ich einen engen Zeitplan.«

Ich ließ meinem Chef ein paar Minuten Vorsprung, schließlich waren es ein paar Stufen nach oben, dann ging auch ich hinauf. Dort angekommen, hielt ich kurz inne. Mein Atem ging kaum schneller, ich hatte die sportliche Herausforderung mit Bravour gemeistert. Mit meinem Herz schien alles in Ordnung zu sein.

»Was machst du denn hier?«, fragte Jutta überrascht, als ich ihr Büro betrat. Gerhard saß entspannt mit seinem neuen Tablet am Besprechungstisch und schaute Videos.

»Ich war mit KPD unterwegs, und wir sind gerade zurückgekommen.«

»War es schlimm?«

»Schlimmer«, bestätigte ich. »Unser Chef hat sich wieder wie ein Trampel benommen. Nicht mal gscheides Pälzisch kann er babbeln«, ergänzte ich teilweise im Dialekt.

»Dafür ist er sich viel zu fein«, sagte Gerhard und blickte kurz von seinem Minibildschirm auf.

»Wo ist Jürgen?«, fragte ich. »Ich habe eine kleine Aufgabe für ihn. Er soll ein Protokoll für KPD schreiben.«

»Da hast du Pech«, erwiderte Jutta. »Ist es eilig? Dann musst du es wohl oder übel selbst schreiben. Jürgen hat sich krankgemeldet.«

»Jürgen?« Ich war mehr als überrascht. »Er ist doch noch so jung. Ist mit seinem Herz alles in Ordnung?«

»Was soll denn mit seinem Herz sein? Ach, du meinst Liebeskummer. Das können wir bei unserem Kollegen mit Sicherheit ausschließen. Da wäre seine Mama sicher eingeschritten.«

Jürgen lebte nach wie vor bei seiner Mutter und stand zu 100 Prozent unter ihrer Fuchtel. Er hatte kein eigenes soziales Leben abseits seiner Mutter und seiner Arbeit. Zum Ausgleich hatte sich Jürgen ein enormes Expertenwissen in Sachen Computer und Recherche angeeignet.

Ein Herzproblem konnte ich verneinen, sonst hätte Jutta anders reagiert. »Was hat er denn?«

Gerhard legte sein Tablet auf den Tisch. »Eigentlich ist es zum Lachen, wenn es nicht so traurig wäre.«

»Wie bitte?«

»Er hat keine körperliche Krankheit, es ist eher etwas Psychisches.«

»Ist seine Mutter gestorben?«

»Nein, das ist es nicht. Jürgen hält sich für einen Versager.«

Ich horchte auf. »Reden wir von derselben Person?«

Jutta deutete auf zwei mächtige Papierstapel in der Ecke ihres Schreibtisches. »Der linke ist die Recherche zu Uli Valnion.«

Ich schätzte grob, dass ein durchschnittlicher Leser etwa vier bis fünf Jahre für die Lektüre benötigen würde. »Das ist sehr ausführlich«, lobte ich. »So alt war dieser Valnion ja auch noch nicht.«

»Trotzdem hat er Jürgen zur Verzweiflung getrieben. Weißt du noch seine letzten Worte? Also die von Uli Valnion, nicht die von Jürgen.«

»Klar. Da war was von einer Katze, die einer Rosalie gehören soll.«

Gerhard klatschte in die Hände. »Genau. Jürgen konnte keine Rosalie ausfindig machen, die mit Valnion in Verbindung stand. Auch nicht in seinem weiteren Bekanntenkreis oder eine Person mit einem ähnlichen Namen wie Rosalie. Vielleicht hast du dich ja verhört.«

»Nein, das war ganz klar«, sagte ich, bis ich verstand. »Wegen dem Scheiß hat sich Jürgen krankgemeldet? Mensch, Jutta, ruf ihn an und sag ihm, dass er sofort zum Dienst kommen soll.«

»Damit er dein Protokoll schreibt?«, spottete Gerhard.

»Quatsch, das blöde Ding ist für KPD, eigentlich völlig überflüssig und überhaupt nicht eilig. Ich mache mir ernsthaft Sorgen um unseren Kollegen. Wie kann er wegen so einer Nichtigkeit durchdrehen?«

»Für Jürgen gibt es keine Nichtigkeiten«, stellte Jutta klar. »Wir warten erst einmal bis morgen oder übermorgen, ob er sich wieder beruhigt. Dann können wir immer noch reagieren.«

Ich konnte nur seufzen. »Okay, was machen wir jetzt? Gibt es etwas Neues von Uli Valnion und Ute Zimmermann?«

Jutta deutete auf die beiden Papierstapel. »Du kannst gleich anfangen zu lesen.«

Ich musste meine Taktik überdenken. »Du, Gerhard«, begann ich in ruhigem Ton.

»Was willst du, Reiner? Immer wenn du so anfängst, willst du etwas von mir oder Jutta.«

Auf seine treffende Aussage ging ich nicht ein. »Du kennst dich doch mit dem Tablet und dem Internet aus, oder?«

»Was man von dir nicht behaupten kann. Worum geht es? Aber rede nicht um den heißen Brei herum, ich will heute früher Feierabend machen.«

»Ich auch«, sagte ich, obwohl ich in den letzten Tagen nur wenig Dienst gemacht hatte. »Könntest du bitte, wenn du Zeit hast und es dir nicht zu viel Mühe macht, kurze Exposés über Valnion und Zimmermann anfertigen? Aber nur mit den relevanten Daten, nicht ganz so umfangreich wie die Papierberge von Jürgen.«

»Das lässt sich sicher machen.« Gerhard lächelte mich milde an.

»Vielen Dank, das wäre toll. Und wenn du zusätzlich noch ein bisschen Zeit hast, könntest du dann bitte mal einen Blick auf Ralf Frohnhäuser werfen? Er ist der Rektor der Grundschule in Rödersheim-Gronau. Ich fahre morgen früh zu ihm. Nachmittags ist er sicher nicht in seiner Schule zu erreichen. Das ist bei einer Grundschule generell auszuschließen. Drei Minuten nach Schulschluss gehen dort sämtliche Lichter aus.«

»Da hast du wohl Erfahrungen gesammelt?«, stichelte Jutta. »Was willst du von ihm?«

»Das weiß ich nicht genau. Wusstet ihr, dass die beiden Ermordeten Jurymitglieder bei diesen Mundartfestivals waren?«

Gerhard gähnte herausfordernd. »Das ist uns dank Jürgens Recherche längst bekannt, sonst hast du nichts Neues zu bieten?«

»Doch, dieser Rektor ist auch ein Jurymitglied. Über einen indirekten Zeugen habe ich erfahren, dass er einen Drohbrief erhielt. Bevor ihr fragt: Mehr Details kenne ich nicht. Ich will versuchen, das morgen zu klären.«

Gerhard notierte sich den Namen auf einem Zettel. »Ich werde dir ein oder zwei Seiten über diesen Frohnhäuser zusammenstellen.«

»Palzki, was machen Sie hier?«, rief in diesem Moment KPD, der schwungvoll das Büro betrat. »Warum tun Sie nie, was ich Ihnen befehle? Diesmal wird das ernsthafte Konsequenzen für Sie haben.«

Um eine spontane Entschuldigung gegenüber meinem Chef war ich noch nie verlegen. »Aber lieber Chef, ich mache ausschließlich das, was Sie mir aufgetragen haben.«

»Und das wäre?«, schnauzte er mich an und wippte breitbeinig auf den Fersen, was debil aussah, aber zu ihm passte.

»Sie haben mich beauftragt, Handwerker für die Arrestzelle und das neue Alkohollager zu besorgen. Da ich auf der ganzen Dienststelle keine gedruckten Gelben Seiten finden konnte, kam ich auf die Idee, meine Kollegen um Hilfe zu bitten. Herr Steinbeißer ist gerade dabei, mittels unserer hochmodernen EDV-Anlage entsprechende Firmen ausfindig zu machen, die ich anschließend sofort anrufen werde. Ich bin sicher, dass in den nächsten Tagen die ersten Firmen vorbeikommen, um günstige Angebote zu erstellen.«

KPD knurrte ein wenig, dann schien er halbwegs zufrieden. »Aber bitte keine offizielle und langwierige Ausschreibung und schon gar keine europaweite. Sie werden einfach das teuerste Angebot akzeptieren, Palzki. Teuer ist immer gut. Wer billig kauft, kauft doppelt.«

»So ist mein Plan«, stimmte ich KPD zu. »Warum sind Sie eigentlich hier? Ich dachte, Sie hätten als wichtiger Chef eine zentrale Besprechung mit Ihren Anwälten?«

»Zumindest etwas, das es bis in Ihr Mittelzeitgedächtnis geschafft hat«, beschimpfte er mich. »Die Konferenz beginnt in einer halben Stunde. Zurzeit ist noch ein Wartungsteam in meinem Büro zugange, um die Kaffeemaschine zu kontrollieren. Ich habe, als ich mir einen Kaffee Smoothie No.17 zubereitete, ein komisches Geräusch aus dem Inneren der Maschine vernommen.« Er überlegte kurz. »Jetzt habe ich wegen Ihnen fast vergessen, warum ich gekommen bin. Frau Wagner, Herr Steinbeißer, wie sieht es auf dem Dachboden der Dienststelle aus? Ich meine platzmäßig?«

»Ziemlich eng«, antwortete Jutta. »Die vielen Projekte der letzten Jahre brauchen viel Platz. Wir dürfen ja nichts wegwerfen.«

»Das habe ich mir fast gedacht«, sagte KPD. »Dann muss ich wohl oder übel noch in diesem Jahr den Anbau in Auftrag geben.«

»Was für einen Anbau?«, fragte Gerhard.

»Das können Sie nicht wissen«, erklärte Diefenbach. »Ich plane seit geraumer Zeit eine Erweiterung meines Dienstgebäudes. Ich muss unter anderem mein Büro dringend vergrößern, damit es noch repräsentativer wird. Leider stören mich dabei die Büros der Untergebenen in unmittelbarer Nachbarschaft. Ich kann sie nicht einfach entlassen, weil es Beamte sind.«

Derzeit nahm das Büro von KPD etwa zwei Drittel des Obergeschosses ein.

»Wozu der Speicher?«, fragte Jutta.

»Das hat sich erledigt«, antwortete KPD. »Das Gesundheitsstudio kommt in den Anbau.«

»Wir bekommen medizinische Untermieter?«

KPD hatte einen anderen Plan. »Untermieter? Wie kommen Sie auf so eine dumme Idee? Ich werde das Gesundheitsstudio selbst betreiben, schließlich bin ich als guter Chef für meine Gesundheit und die meiner Untergebenen verantwortlich. Das medizinische Personal werde ich selbst aussuchen und einstellen.«

Ich musste grinsen. KPD muss unser Gespräch auf der Rückfahrt deutlich an die Nieren gegangen sein. Vielleicht auch an sein Herz.

KPD blickte aus dem Fenster auf den Hof. »Dort kommt der zweistöckige Anbau hin. Dann kann ich mich jede Woche auf Herz und Nieren untersuchen lassen. Meine Untergebenen natürlich auch, wenn die Geräte mal nicht von mir belegt sind. Das neue MRT wird schon während des Rohbaus mit einem Schwertransporter angeliefert. Bei meiner ursprünglichen Planung im Dachgeschoss hätte man das halbe Dach abdecken müssen, um das MRT mit dem Kran an seinen Platz zu bringen.«

»Ein MRT in unserer Dienststelle?«

»Wir werden die innovativste Polizeidienststelle in Deutschland oder besser gesagt in ganz Europa sein«, tönte KPD stolz. »Auch CT, Röntgen, Ultraschall bis hin zum Herzkatheter werden in unserem neuen Gesundheitsstudio möglich sein.«

»Denken Sie bitte auch an ein Fahrrad für das Belastungs-EKG«, trieb ich die verrückte und undurchführbare Idee meines Chefs weiter voran. »Am besten mit Elektroantrieb, dann lässt es sich leichter treten.«

»Gute Idee, Palzki«, lobte er mich. »Dann werde ich das Treppenhaus abreißen und einen Aufzug einbauen lassen. Das passt viel besser zu einem modernen Polizeigebäude.« Er schaute auf die Uhr. »Ich muss jetzt los, hoffentlich funktioniert inzwischen meine Kaffeemaschine. Alles andere wäre ein Desaster.«

»Verrückter geht's nimmer«, sagte ich, als KPD außer Hörweite war. »Gerhard, kommst du noch mit den Videobeiträgen über unsere Dienststelle nach? Vergiss mir bloß kein Detail. Außerdem sollten wir Dietmar Becker die Informationen über die aktuellen Wahnsinnsprojekte unseres Chefs zukommen lassen. Der wird sie, ohne nachzudenken, in einen seiner komischen Krimis einbauen.« Mit einem fiesen Grinsen fügte ich hinzu: »Solche unrealistischen Szenen werden ihn bestimmt wieder ein paar Leser kosten.«

»Du bist ganz schön gemein«, sagte Jutta. »Ich finde die Romane von Becker sehr gelungen. Sollen die nicht demnächst verfilmt werden?«

Ich starrte sie an. »Ich hoffe, du hast dich verhört. Stell dir vor, jeden Tag halten Busse voller Touristen vor unserem Büro und lassen sich durch die Räume führen. KPD würde vor Stolz platzen.« Mir wurde klar, was ich gerade gesagt hatte. »Obwohl …«

Jutta versuchte, Gerhard in das Gespräch mit einzubeziehen. »Was hältst du von KPDs neuestem Schwachsinn?«

»Ich habe nur mit einem Ohr zugehört«, sagte Gerhard. »Das ist eigentlich schon ein Ohr zu viel. Aber da wir gerade von Dietmar Becker sprechen …«

Mir war völlig klar, was jetzt kommen würde. Becker würde über kurz oder kürzer bei uns auftauchen, um Hintergründe zu den beiden Kapitalverbrechen zu recherchieren. Es würde enden wie immer: Monate später erscheint ein neuer Krimi aus seiner Feder. »Muss das sein?«, knurrte ich.

»Ja«, behauptete Gerhard. »Ich soll für dich Informationen über einen Ralf Frohnhäuser recherchieren. Dabei bin ich gerade auf eine brandaktuelle Meldung in den sozialen Medien gestoßen.«

»Ist er tot?«, fragte ich ungläubig.

»Quatsch, die vielen Leichen in deiner Karriere sind dir wohl zu Kopf gestiegen. Frohnhäuser lebt, jedenfalls habe ich nichts Gegenteiliges gehört oder gelesen. Kennst du einen Alexander Schärf?«

Ich wurde hellhörig. »Was ist mit dem? Das ist ein freier Journalist, den ich vorhin in Fußgönheim getroffen habe. Meiner Meinung nach ein zwielichtiger Typ, denn er kennt Becker. Was hast du herausgefunden?«

Neugierig setzte ich mich zu meinem Kollegen an den Besprechungstisch, Jutta folgte.

»Dieser Schärf scheint im Internet gut vernetzt zu sein«, lobte Gerhard. »Er hat eine eigene Nachrichtenseite, die er mehrmals am Tag aktualisiert. Aber das ist nicht das Ungewöhnliche, sondern eher, dass viele andere, ich sage mal überspitzt ›Medienschaffende‹, bei ihm abschreiben und seine Nachrichten verbreiten. Und zwar richtig weit, die Reichweite seiner Artikel ist enorm.«

»Das ist mir egal«, wiegelte ich ab. »Soll er doch damit glücklich werden.«

»Du solltest das nicht auf die leichte Schulter nehmen, Reiner. In seinem letzten Artikel behauptet er, dass er dich kennt und du ihm Einblick in deine polizeilichen Ermittlungen zu zwei Todesfällen gegeben hast.«

»Was?«, schrie ich auf. »Das ist überhaupt nicht wahr. Jedenfalls nicht so direkt.«

»Was schreibt er denn?«, hakte Jutta nach, die sich noch nicht sicher war, ob sie mir glauben sollte.

»Er hat einen sogenannten Nachrichtenticker gestartet mit dem Namen *Babbel-Doch! – Kriminelles aus der Kurpfalz*, in Anlehnung an …«

»… das Mundartfestival in Fußgönheim, das bald zum zweiten Mal stattfindet«, fügte ich hinzu. Ich ahnte Böses. »Was hat das mit mir und den Toten zu tun? Dieser Schärf bringt da einiges durcheinander. Wahrscheinlich wegen KPD, der sich ständig in unser Gespräch einmischte. Ohne zu verstehen, worum es geht.«

»Ich weiß nicht.« Gerhard zuckte kurz mit den Schultern. »Jedenfalls hat dieser Schreiberling Einblicke in beide Todesfälle, und zwar zumindest auf den ersten Blick sehr intensive.« Er sah mich an. »Was hast du ihm erzählt, Reiner?«

»Nichts«, wehrte ich ab. »Absolut nichts. Er muss alles von Dietmar Becker erfahren haben, die beiden stecken unter einer Decke. Schärf schreibt im Internet, und Becker macht dann ein Buch daraus. Das wird immer schlimmer mit den neuen Medien.«

»Bücher sind neue Medien?«, fragte Jutta erstaunt. »Ich dachte, diese Gattung stirbt aus?«

»Du weißt genau, was ich sagen wollte«, antwortete ich. »Gerhard, was schreibt er in seinem Klicker?«

»Ticker«, verbesserte mein Kollege. »Ein Nachrichtenticker, um genau zu sein. Früher hat man diesen Begriff für …«

»Babbel net«, unterbrach ich ihn ausnahmsweise im Dialekt. »Was steht jetzt in diesem Ticker?«

»Er arbeitet erstaunlich geschickt mit sogenannten Cliffhangern. Du kennst das sicher, wenn ein Film an einer besonders spannenden Stelle aufhört und der Fall erst in der nächsten Folge aufgelöst wird. So hält man Fernsehzuschauer oder Leser von Printmedien bei der Stange.«

Ich war immer noch nicht schlauer. »Inhalte, Gerhard, Inhalte! Was hat er geschrieben?«

»Er hat zu den beiden Verbrechen ausführlich Stellung bezogen. Er weiß sogar von unserem Besuch in Venningen. Von dem Mord an Uli Valnion gibt es zwar kein Foto der Leiche, aber eines von KPD, wie er völlig betrunken am Brunnen in Venningen sitzt und sich weigert, in den Transporter einzusteigen.«

»Das darf doch nicht wahr sein, wir müssen einen Maulwurf unter unseren Kollegen haben. Nicht nur Gerhard hat wie wild fotografiert.«

»Kann sein, muss aber nicht«, widersprach Jutta. »Vielleicht stammt das Foto von der Familie Spiegel oder von

Jacques Bosco. Unser Freund, der Erfinder, kennt Becker zumindest aus früheren Ermittlungen.«

»Jacques würde so etwas nie tun«, sagte ich. »Was genau steht jetzt in dem Artikel?«

Gerhard verzichtete darauf, ihn wörtlich vorzulesen. »Allzu viele Fakten stehen nicht drin, wenn man analytisch liest, was aber die Wenigsten tun. Er muss zwar über die groben Zusammenhänge informiert worden sein, aber so richtige Polizeiinterna, die stehen da nicht drin. Hauptsächlich viel aufgeblasenes Blabla und neugierig machende Sätze, die mit einem Fragezeichen enden. Aber wie gesagt, der Artikel ist grundsätzlich professionell aufgemacht. Schärf behauptet zudem, zumindest unterschwellig, wer als Täter infrage kommen könnte, natürlich ohne Namen zu nennen.«

»Dann lebt er ja sehr gefährlich«, stellte ich fest. »Obwohl ich davon ausgehe, dass er genauso wenig über den Täter weiß wie wir.«

»Vom Täter vielleicht«, verbesserte mein Kollege. »Aber entscheidend ist das Motiv. Er hat jedenfalls richtig erkannt, dass beide Opfer Jurymitglieder bei verschiedenen Mundartfestivals waren. Weiter sind wir auch nicht. Schärf ist aber schon den nächsten Schritt gegangen und hat in einer Übersicht alle noch lebenden Jurymitglieder der beiden Festivals gelistet. Das ist nicht verboten, denn die Namen sind öffentlich. Schau auf das Tablet.«

Ich überflog die Namen. Nur Michael Landgraf war mir als langjähriger Moderator des Dannstadter Wettbewerbs persönlich bekannt. Auch Ralf Frohnhäuser stand, wie ich schon wusste, auf der Liste. »Toll«, sagte ich. »Sollen uns die Namen jetzt weiterbringen?«

»Mehr Anhaltspunkte haben wir nicht«, antwortete Gerhard trocken. »Alexander Schärf vermutet, dass es noch mehr Tote geben könnte, Leute, die auf seiner Liste stehen.«

»Da stellt sich die Frage, ob für diese Leute Personenschutz beantragt werden muss«, überlegte Jutta. »Jedenfalls so lange, bis wir einen Zusammenhang mit diesen Wettkämpfen ausschließen können.«

»Hast du die Leute auf der Liste gezählt?«, fragte ich Jutta. »Wer soll denn den Personenschutz für so viele Leute genehmigen und vor allem organisieren? KPD bestimmt nicht. Und im Präsidium werden sie uns auslachen, weil wir uns wegen eines unseriösen Internetberichts in die Hose machen.«

Gerhard konterte. »Seriös oder nicht, der Typ hat eine richtig große Reichweite. Sein Ticker geht durch die sozialen Medien wie ein frisiertes Moped ohne Auspuff. Ihr wisst doch, dass zwei Drittel der Bevölkerung verrückt nach solchen außergewöhnlichen Nachrichten sind.«

»Und deshalb machen wir uns nicht lächerlich«, beschloss ich. »Wir ignorieren dieses Internet-Gequatsche.«

Jutta schnaubte. »Das ist mal wieder typisch für dich, Reiner. Alles, was du nicht kennst, willst du ignorieren. Wenn es nach dir ginge, würden wir noch in der Steinzeit leben.«

Ich merkte, dass ich zu weit gegangen war, und versuchte, mich mit einem Witz aus der Affäre zu ziehen. »Von wegen Steinzeit, da gab es weder Pizza noch Bier. Ich lebe gerne in der Gegenwart.«

»Das sollst du auch«, beruhigte mich Jutta mit einem Lächeln. »Aber wir sollten auch die Jurymitglieder auf dieser Todesliste, wie Schärf sie nennt, leben lassen.«

»Ich habe eine ganz andere Idee«, mischte sich Gerhard ein. »Stellt euch vor, rein hypothetisch, die beiden Taten haben nichts miteinander zu tun, schon gar nicht mit den Festivals. Jetzt kommt aber ein psychopathisch veranlagter Trittbrettfahrer ins Spiel, der durch den Ticker angestachelt wird und nun selbst zur Tat schreitet.«

»Haben wir das Problem nicht bei jeder Mordserie?«, fragte Jutta.

»Ja«, gab der Kollege zu. »Aber in der Regel gibt es keine vorgefertigte Todesliste. Ich bin dafür, dass wir die Personen, die auf der Liste stehen, zumindest über den aktuellen Stand der Ermittlungen neutral informieren.«

Ich war anderer Meinung. »Weißt du, was wir damit auslösen? Ganz zu schweigen davon, wenn KPD oder jemand vom Präsidium in Ludwigshafen davon erfährt? Die Leute rennen uns die Bude ein, weil sie beschützt werden wollen. Das wird in einem Chaos enden, das seinesgleichen sucht.«

»Meinst du, wir sollten tatenlos zusehen, wie ein weiterer Mord geschieht?«

»Das ist überhaupt nicht sicher«, antwortete ich bissig. »Lasst euch von diesem Schärf nicht beeinflussen. Das ist lediglich eine reißerische Behauptung, mehr nicht. Wir müssen nur in Zukunft streng darauf achten, dass wir weder diesem Alexander Schärf noch Dietmar Becker auch nur die kleinste Information weitergeben.«

»Becker wird sowieso direkt zu KPD gehen«, meinte Jutta seufzend. »Den Weg des geringsten Widerstandes kennt er zur Genüge.«

»Aber nicht heute, KPD ist in einer wichtigen Anwaltskonferenz. Und morgen früh fahre ich nach Rödersheim-Gronau, um den Rektor wegen des Drohbriefes zu befragen. Habt ihr eine Ahnung, ob bei Uli Valnion oder Ute Zimmermann Drohbriefe aufgetaucht sind?«

»Wir haben Jürgens Recherche nur grob überflogen«, erklärte Jutta. »Du kannst aber gerne in Ludwigshafen anrufen und nachfragen, ob die Spusi im Fall Valnion etwas herausgefunden hat.«

»Das wird nicht passieren«, entgegnete ich. »Sobald Jürgen wieder gesund ist, werden wir den aktuellen Kenntnisstand der Kollegen im Präsidium erfahren. Was wurde im Fall Ute Zimmermann unternommen?«

»Nichts«, sagte Gerhard. »Der Todesfall wird weiterhin als Unfall mit Todesfolge behandelt. Bis die ersten Ergebnisse der Gutachter vorliegen, kann es Wochen dauern, du kennst ja die langsam mahlenden Mühlen des öffentlichen Dienstes und des Beamtentums.«

»Und Utes Haus? Wurde es durchsucht? Was ist mit ihrem persönlichen Umfeld? Wurde ein Drohbrief gefunden?«

Meine Kollegen schauten mich verdutzt an. »Was soll das, Reiner? Dazu gab es doch gar keinen Grund. Du hast doch selbst am Tatort gesagt, dass die Ermittlungen der Schutzpolizei unter der Rubrik ›Unfall mit Todesfolge und Fahrerflucht‹ laufen sollen und dass du erst einmal in Ruhe über alles nachdenken willst.«

»Ja, aber …«

»Nichts aber«, unterbrach mich Jutta. »Du wolltest den Ball flach halten, aber Jürgen mit der Recherche beauftragen.« Sie deutete auf einen der beiden Papierstapel. »Hier ist das Ergebnis. Ob es vollständig ist, weiß ich nicht, denn Jürgen ist ja nicht im Dienst.«

Meinen Kollegen jetzt mangelnde Eigeninitiative vorzuwerfen, würde nichts bringen, außer sie zu beleidigen.

Als empathischer Zeitgenosse beschloss ich, das Gesicht aller Beteiligten zu wahren. »Es ist einfach zu viel auf einmal passiert«, versuchte ich, die Wogen zu glätten. »Jetzt ist es an der Zeit, die Sache neu zu bewerten.«

»Also kein Unfall mit Fahrerflucht, sondern Mord?«, fragte mein Kollege.

»Das dürfte jetzt klar sein. Gestern war es noch unklar.«

»Das sehen wir genauso«, stimmte Jutta zu. »Mich wundert nur, dass sich die Kollegen aus Ludwigshafen noch nicht gemeldet haben. Die müssen die Zusammenhänge doch auch längst mitbekommen haben, spätestens seit die Meldungen dieses Journalisten im Internet kursieren.«

»Vielleicht haben sie das«, überlegte ich laut. »Ich könnte mir vorstellen, dass sie sich an KPD gewandt haben, und der hat alle Anfragen rigoros abgelehnt. Erstens weiß er nichts von dem Unfall und zweitens reagiert er auf jeden Einmischungsversuch von außen immer mit einer offenen Kriegserklärung. Wenn das so war, brauchen wir uns jetzt nicht weiter damit zu beschäftigen. Ansonsten warten wir einfach ab, darin sind wir Weltmeister.«

»Einfach nichts tun?«, fragte Gerhard zweifelnd. »Glaubst du, das ist der richtige Weg?«

»Mit abwarten meinte ich natürlich nicht uns«, stellte ich klar. »Wir machen weiter. Und ich habe sogar einen Plan.« Mein Magen begann zu knurren.

»Wir bestellen uns was zu essen«, reagierte Gerhard sofort. »Das ist dein Plan?«

»Natürlich nicht.« Wohl oder übel musste ich die geniale Idee meines Kollegen ablehnen, das Leben war selten eine Sommerterrasse mit unbegrenztem Weizenbiervorrat. »Wie kannst du in dieser Situation ans Essen denken?« Während die beiden mich mit offenen Mündern anstarrten, plagte mich das schlechte Gewissen wegen dieser Lüge. Egal, da musste ich jetzt mit aller Härte durch.

»Wir werden ab sofort unsere Ermittlungen intensivieren. Ihr könnt sofort anfangen, ich muss leider noch ein paar Altlasten beseitigen.«

Meine Kollegen horchten auf, sie schienen etwas zu ahnen. Vorsichtig begann ich meinen Plan zu erklären. »Ihr macht euch gleich auf den Weg zu Ute Zimmermann, das sind nur ein paar Meter. Ein bisschen Außendienst wird euch guttun, Gerhard sieht etwas blass im Gesicht aus. Das war ein Scherz«, fügte ich schnell hinzu.

»Aha«, sagte Jutta. »Ich nehme an, deine Altlasten bestehen darin, dass du dir während unserer Abwesenheit eine Pizza bestellst.«

Das erneute laute Knurren meines Magens erschwerte meine Argumentation unnötig. »Ihr irrt euch, verdammt!« Das Grinsen der beiden brachte mich noch mehr in die Defensive. »Wisst ihr was? Wenn ihr zurückkommt, bestellen wir für uns alle drei Pizzen bei unserem Lieferservice, und ich bezahle alles!«

Jutta nickte langsam. »Das ist ein Angebot zur Güte.« Sie drohte mit dem Finger. »Es soll weder in deinem noch in meinem Büro nach Essen riechen, wenn Gerhard und ich von unserem Einsatz zurückkommen. Was hast du denn in der Zwischenzeit so Dringendes zu tun?«

»Protokoll«, nuschelte ich und löste damit eine wahre Lachsalve aus.

»Das ist nicht lustig«, beschwerte ich mich. »Ich soll das Gespräch zwischen KPD und Monji El Beji, dem Organisator des *Babbel-Doch!-Festivals*, transkribieren.«

»Seit wann sprichst du außer Englisch noch eine Fremdsprache, Reiner?«

»Hä? Was mänscht?«, fragte ich. »Bassen uff, ihr zwee, sunscht dunnerts!«

»Pfälzisch«, löste Jutta auf. »Du musst für unseren Chef den Dialekt ins Hochdeutsche übersetzen. Also viel Spaß.«

»Hast du das Gespräch mitgeschrieben?«, fragte Gerhard neugierig. »Auf Pfälzisch schreiben soll ja nicht so einfach sein.«

»Ich habe nichts mitgeschrieben«, erklärte ich trotzig. »Was Monji wirklich gesagt hat, muss KPD nicht wissen. In meinem Protokoll werden nur Dinge stehen, die ihn nicht aufregen oder verunsichern. Ich habe nämlich keine Lust, mit ihm ein zweites Mal nach Fußgönheim zu fahren. Ich verdränge sozusagen das Problem, das nicht mein Problem ist.«

»Reiner, du verdrängst nicht, du prokrastinierst. Aufschieben war noch nie eine gute Lösung.«

»Das sollen KPD und Monji unter sich ausmachen«, erklärte ich meine persönliche Vermeidungsstrategie. »Jetzt wisst ihr, warum ich keine Zeit habe. Außerdem hat mich unser lieber Chef mit dem Projekt Brennerei in der Arrestzelle beauftragt. Keine Ahnung, wie ich den Scheiß in meinem straffen Dienstplan unterbringen soll.«

Gerhard stand auf. »Dann mache ich mich jetzt mit Jutta auf den Weg. Deshalb kann ich diesen Ralf Frohnhäuser leider erst gegen Abend oder morgen früh überprüfen.«

»Das ist schon in Ordnung«, bescheinigte ich ihm. »Ich fahre erst morgen nach Rödersheim-Gronau.«

Jutta war so freundlich, das Schreibprogramm auf ihrem Dienstcomputer zu öffnen. »Du musst nur oben links auf das Diskettensymbol klicken, dann wird dein Text gespeichert. Schaffst du das?«

»Eijo«, antwortete ich frech. »Wo kann ich die Tastatur auf Pfälzisch umstellen?«

Nachdem die beiden verschwunden waren, öffnete ich Juttas Schrankfach, in dem sie die Kekse für eventuelle Besucher aufbewahrte. Wie nicht anders zu erwarten, war das Fach leer. Ich überlegte, zum Getränkeautomaten im Sozialraum zu gehen, aber das Risiko, KPD trotz seiner Konferenz über den Weg zu laufen, war mir zu groß. Widerwillig machte ich mich an die Arbeit. Das Wort Protokoll und das Datum waren schnell geschrieben. Stolz speicherte ich den Zwischenstand ab. Das Knurren in meinem Magen nahm zu, ich saß in der Klemme. Ich nahm auf dem Bürostuhl eine entspannte Sitzposition ein. Mit den Händen kam ich nun zwar nicht mehr an die Tastatur, aber eine kleine Denkpause konnte nicht schaden. Ungewollt schwirrten mir nun Gesprächsfetzen aus den diversen Gesprächen in Fußgönheim durch den Kopf. Irgendwann vermischten sie sich mit Erinnerungen an die Hin- und Rückfahrt mit KPD. Das Ergebnis war grauenvoll, weil völlig sinnlos. Langsam glitt ich in die Traumwelt ab.

»Reiner!«

Ich schreckte auf und brach mir fast den Arm, der sich im Schlaf zwischen der Armlehne und der Sitzfläche des Bürostuhls verklemmt hatte. Mein Schmerzensschrei war sehr authentisch.

Mit glasigen Augen sah ich verschwommen meine Kollegen lachen. Jutta kam zu mir hinter den Schreibtisch. »Protokoll und Datum, du hast es wirklich weit gebracht, Reiner.«

Mit wackeligen Beinen stand ich auf, zusätzlich gehandicapt durch einen schmerzenden und eingeschlafenen Arm. »Das muss gerade passiert sein«, versuchte ich, mich herauszureden. »Warum seid ihr schon wieder hier, habt ihr was vergessen?«

»Von wegen kurz eingenickt«, sagte Jutta. »Wir waren über zwei Stunden unterwegs.« Sie zeigte auf die Wanduhr.

Da ich manchmal paranoid war, überprüfte ich die Wanduhr mit der Anzeige auf Juttas Monitor. »Dann wird es wohl so gewesen sein«, gab ich mich in Ermangelung einer überzeugenden Ausrede geschlagen, ging zur Pinnwand und nahm die Bestellkarte des Pizzalieferanten herunter. »Ich nehme heute nur die Vier Jahreszeiten als Familienpizza und zwei Hamburger als Sättigungsbeilage.«

»Jetzt bist du wieder der Alte«, sagte Gerhard und nahm mir die Karte ab.

Da Jutta sich mit einem italienischen Salat begnügte, nahm die Gesamtsumme keine Dimensionen an, die mich in die Privatinsolvenz trieben.

»Schließ die Tür ab«, sagte ich zu Jutta, nachdem der Pizzabote eine halbe Stunde später die Ware abgeliefert und den Rechnungsbetrag kassiert hatte.

»Gute Idee«, antwortete sie, »ich kann jetzt wirklich keinen KPD gebrauchen.«

»Mahlzeit«, schoss es ihr zweistimmig entgegen.

Während des Essens erzählten mir die beiden von der Hausdurchsuchung bei Ute Zimmermann, die sehr oberflächlich verlaufen war. »Wir haben nichts Verwertbares gefunden. Viel Papier, Bücher, Zeitschriften, Texte und so. Als Mundartautorin ist das nicht ungewöhnlich. Im Flur hing in einem Rahmen ein Artikel aus einer Tageszeitung. Sogar ein Foto mit der Ente und den Küken war dabei.«

»Kein Drohbrief?«, hakte ich nach, obwohl ich keine Ahnung hatte, ob der Drohbrief, den der Schulleiter angeblich bekam, etwas mit den Ermittlungen zu tun hatte.

»Nichts dergleichen«, antwortete man mir. »Wir haben nicht den geringsten Hinweis gefunden, den wir mit Herrn Valnion in Verbindung bringen könnten.«

»Vielleicht hat der Täter den Drohbrief verschwinden lassen?«

»Keine Ahnung, Reiner. Aber die Richtung könnte stimmen, denn wir haben kein Handy gefunden. Frau Zimmermann hatte bei dem tödlichen Unfall kein Handy bei sich, und auch im Haus ist keines zu finden. Es gibt aber einen Festnetzanschluss. Das lässt natürlich Raum für Spekulationen, ob der Täter im Haus war und Dinge mitgenommen hat.«

»Das könnte uns tatsächlich weiterbringen. Schreib das bitte als Info für Jürgen auf. Das kann er morgen gleich als Erstes machen, wenn er wieder da ist. Die Verbindungsdaten von Utes Handy kriegt er bestimmt auch raus. Wir müssen unbedingt herausfinden, wer ihre Bekannte ist.«

»Was macht dich so sicher, dass Jürgen morgen wiederkommt?«

»Intuition«, antwortete ich. »Reine Intuition. Morgen ist er wieder im Dienst.«

Gerhard stieß einen Rülpser aus, der es an Lautstärke mit dem meines Sohnes Paul aufnehmen konnte. »Das hat mir Paul bei unserer letzten Weihnachtsfeier beigebracht, Reiner. Zuerst muss man den Druck nach hinten in Richtung Mandeln pressen und dann …«

»Hör auf«, befahl Jutta. »Männer sind Schweine, das war mal wieder der ultimative Beweis.«

Gerhard klappte den leeren Pizzakarton zu und stand

auf. »Heute mache ich nichts Produktives mehr, ich gehe nach Hause. Die Welt geht erst morgen unter.«

»Gute Idee«, pflichtete ich ihm bei. Mein Karton lag schon eine ganze Weile in der Ecke neben dem Papierkorb. »Ich fahre morgen früh direkt nach Rödersheim-Gronau, ohne vorher bei euch vorbeizuschauen. Ihr wisst schon, wegen KPD.«

»Alles klar«, meinte Jutta, die sich zu uns gesellte und ebenfalls Feierabend machte. »Hast du die Adresse?«

»Ich will zu einer Grundschule«, erklärte ich meiner Kollegin. »Da brauche ich keine Adresse. Die ist hoffentlich ausgeschildert.«

»Und wenn es mehrere Grundschulen gibt?«, stichelte Gerhard.

»Klar«, entgegnete ich. »In der Großstadt Rödersheim-Gronau gibt es bestimmt auch eine eigene Währung und Visumspflicht.«

Auf der kurzen Heimfahrt gingen mir so viele Dinge durch den Kopf, dass ich die Gefahr am Zielort nicht nur unterschätzte, sondern ganz vergaß. Mangels Carport parkte ich wie gewohnt auf dem Parkplatz vor unserem Haus, in direkter Sichtweite zu Frau Ackermanns Küchenfenster.

Mit einem Schlag sank mein Lebensqualitätsindex auf einen neuen Allzeittiefstand, als ich mir der drohenden Gefahr bewusst wurde, aber es war zu spät. Die Frau, die schneller sprach als ihr Schatten, verließ gerade ihr Haus und kam mit festen Schritten auf mich zu. Kurz vor mir blieb sie stehen und pumpte kubikmeterweise Luft in ihre Lungen. Ehemalige Opfer sagten, sie bestehe nur aus Lunge und Sprechorgan.

»Herr Palzki, schön, dass ich Sie treffe. Ich habe Sie in

letzter Zeit selten gesehen, obwohl ich fast den ganzen Tag am Fenster stehe und auf die Straße schaue. Wissen Sie, was gestern passiert ist? Die Feuerwehr und die Polizei haben mir verboten, das Haus zu verlassen. Der Beamte, der bei mir geklingelt hat, trug nicht nur eine Gasmaske, sondern auch riesige Kopfhörer. So konnte er gar nicht hören, was ich ihm zu sagen hatte. Er drängte mich einfach zurück ins Haus und schlug die Haustür von außen zu. Unverschämt, sage ich Ihnen, Herr Palzki. Dabei wollte ich doch nur wissen, ob der Gestank etwas mit uns zu tun hat. Zuerst dachte ich, dass mein Mann, der Faulpelz, zum ersten Mal seit Monaten das Sofa verlassen hat, um auf der Terrasse den Grill anzuschmeißen, den ich von meiner Großmutter geerbt habe und der noch nie in Betrieb war. Wahrscheinlich hat er vergessen, ihn vorher zu reinigen. Vor ein paar Jahren lebte sogar eine Mäusefamilie im Grill, oder waren es Ratten? Dann habe ich durchs Fenster gesehen, dass Ihr Carport weggefahren wurde. Der war noch ganz neu, oder hat die Farbe nicht gefallen? Jedenfalls darf ich jetzt endlich wieder aus dem Haus. Ich bin heute schon dreimal Reportern auf der Straße begegnet, auch ein Fernsehteam war da und hat mich interviewt, obwohl ich gar nichts weiß. Aber dann waren die Reporter ganz schnell wieder weg, ich konnte ihnen nicht mal meine Geschichte zu Ende erzählen.«

»Reiner!«, rief in diesem Moment meine Frau. »Kommst du bitte schnell?«

»Ich muss rüber«, unterbrach ich meine Nachbarin. »Es muss etwas passiert sein.«

Da Frau Ackermanns Sprechwerkzeug immer eine erhebliche Zeitverzögerung hatte, plapperte sie noch, als ich längst unser Haus betreten hatte und mich bei meiner Frau für die Rettung bedankte. Ich wusste natürlich, dass nichts passiert war und ihr Hilferuf nur ein Gefallen war, um mir das Leben zu retten.

»Puh? Was ist denn das?«, rief ich, als ich den Flur unseres Hauses betrat. »Das stinkt ja fast so eklig wie gestern, nur anders.«

Stefanies Blick nach zu urteilen, hatte ich die falschen Worte gewählt.

»Vielen Dank, mein lieber Mann. Ich rette dich vor unserer Nachbarin, und du hast nichts Besseres zu tun, als dich über meine Idee aufzuregen. Dabei war ich den ganzen Vormittag unterwegs, um die Sachen zu besorgen.«

Gerade noch rechtzeitig konnte ich meinen Mund halten, anstatt sie zu fragen, warum sie so viele abgelaufene Lebensmittel gekauft hatte. »Na ja, es riecht, äh, irgendwie, wie soll ich sagen, befremdlich.«

Meine Frau öffnete die Wohnzimmertür, und ein noch stärkerer Geruchsschwall schlug mir entgegen. »Hm, ein ganzes Potpourri aus, äh, vielen Dingen«, sagte ich zu Stefanie und hielt die Luft an, damit meine Lungen nicht verstopften.

Meine Frau sah mich mit funkelnden Augen an. »Weißt du eigentlich, welche Wörter du benutzt? Potpourri ist Französisch und bedeutet so viel wie verdorbener Topf. In der Umgangssprache bezeichnet das Wort jedoch ein Gefäß, in dem duftende Pflanzenteile aufbewahrt werden, meist zur Verbesserung des Raumklimas.«

»Ja, genau das meinte ich«, versuchte ich mich zu retten, »das mit dem Gefäß.« Ich hatte mir noch nie Gedanken über die Bedeutung des Wortes Potpourri gemacht.

Jetzt sah ich die Bescherung. In unserem Wohnzimmer

sah es aus wie in einem Esoterikladen für Lebensmüde. Auf jedem noch so kleinen freien Platz standen Duftkerzen und Räucherstäbchen in geschätzten drei Milliarden verschiedenen Duftrichtungen. Ich spürte, wie sich meine Nase gegen den olfaktorischen Supergau zu wehren versuchte. Dem ersten Niesen folgte ein Dutzend weitere.

»Oh«, sagte Stefanie enttäuscht. »Du musst gegen einen der Gerüche allergisch sein.«

Gegen einen?, dachte ich und war froh, meine Vermutung nicht ausgesprochen zu haben. »Ich bekomme bestimmt gleich einen fetten Ausschlag«, versuchte ich, mich zu retten.

»Das werden wir ja sehen«, spielte Stefanie meinen Todeskampf herunter.

»Und wenn es eine innere Allergie ist? Vielleicht schwillt mein Herz gerade um ein Vielfaches an.«

»Hör auf herumzualbern«, dröhnte sie mich an. »Geh in die Küche, da habe ich noch andere Räucherkerzen. Und wenn das nicht hilft, machen wir ein Fenster schräg.«

Nachdem ich das größte Fenster in der Küche geöffnet hatte, fühlte ich mich etwas besser. »Warum das alles?«, stöhnte ich Stefanie an.

»Dann mach doch die Terrassentür im Wohnzimmer auf«, klärte mich meine Frau auf. »Das wird tagelang stinken. Wir müssen die Rückseite des Hauses sandstrahlen und das ganze Gestrüpp entfernen lassen, auf unsere Kosten natürlich.«

Da kam Paul in die Küche. Er schien kein schlechtes Gewissen zu haben. »Papa«, begann er, »Mama erlaubt mir nicht, meine Geheimwaffe gegen diesen Gestank einzusetzen.« Er zeigte auf die Räucherstäbchen.

»Wage es nicht«, sagte Stefanie zu mir, »und steh deinem Sohn bei.«

Ich wusste, dass Paul manchmal eklige bis abstoßende Ideen hatte, die man, positiv formuliert, aber auch als pure Kreativität bezeichnen konnte. Die Diskrepanz zwischen Mutter und Sohn machte mich doch ein wenig neugierig. »Dann erzähl mir doch mal, welche undurchführbare Idee du hast. Vielleicht lässt sie sich so ausbauen, dass sie auch deiner Mutter gefällt?«

»Niemals!«, schoss Stefanie zurück.

»Ich habe doch letztes Weihnachten einen Chemiebaukasten bekommen«, begann Paul.

»Stimmt«, bestätigte ich. »Damit hast du widerwärt…, äh, besondere Bonbons hergestellt.« Mit Schrecken dachte ich daran, wie ich seine Kreation probieren musste.

»Im Internet habe ich auf *YouTube* ein Video entdeckt, das zeigt, wie man die Möglichkeiten des Baukastens erweitern kann. Und zwar mit einfachen Mitteln, wie sie in jedem Haushalt in der Küche und im …«

»Du kannst deinem Vater ruhig sagen, dass du Reinigungsmittel wie Essigsäure meinst.«

»Hab ich doch schon gesagt, Mama. Im Bad und im Keller habe ich alles gefunden, was ich für meine selbstgemachten Stinkbomben brauche. Damit kann man alle bisher entdeckten Gerüche überdecken, so steht es jedenfalls im Video.«

»Das geht nicht«, sagte ich zu Paul, obwohl ich Radikaleres erwartet hatte, zum Beispiel die Herstellung von Buttersäure im Kinderzimmer. »So etwas darf man erst ab 18 Jahren machen.«

»Und wenn ich das mit Herrn Ackermann mache?«, fragte er schelmisch.

»Das geht trotzdem nicht.« Im Prinzip wäre das eine gute Gelegenheit, unserem Nachbarn einen juristischen Denkzettel zu verpassen, denn er hatte unseren braven Sohn in der Vergangenheit immer wieder zu Dingen angestiftet, die strafrechtlich zumindest fragwürdig waren.

Paul unternahm einen letzten Versuch. Er fragte seine Mutter: »Ich kann auch einen Extrakt aus Papas Socken in die Stinkbomben tun.«

Für eine Millisekunde huschte ein verschmitztes Lächeln über das Gesicht meiner Frau. »Auch dann nicht, Paul, hast du mich verstanden?«

Paul nickte und verließ den Raum. Das dabei gemurmelte Wörtchen »halbwegs« verstand nur ich.

SPORT IS MORD

Der Rest des Tages verlief ohne weitere Komplikationen. Da ich am nächsten Morgen einen Außentermin hatte, verzichtete ich darauf, allzu früh aufzustehen.

Rödersheim-Gronau lag auf dem Luftweg etwa gleich weit von Schifferstadt entfernt wie Fußgönheim und war ebenso umständlich zu erreichen. Zur Sicherheit warf ich vor der Abfahrt noch einen Blick auf meine alte Straßenkarte der Vorderpfalz, von der ich mich nie trennen würde. Fast alle Kreisverkehre und so manche in den letzten 20 Jahren neu gebaute Straße waren darauf zwar nicht eingezeichnet, aber für einen ersten groben Überblick war sie allemal gut.

Meine anfängliche Befürchtung, dass es sich um zwei getrennte Gemeinden mit jeweils eigener Grundschule handeln könnte, bestätigte sich nicht. Längst waren die Orte zu einem langen Schlauch zusammengewachsen. Trotz der geringen Einwohnerzahl war die Orientierung etwas verwirrend, da die Ortsdurchfahrt alles andere als geradlinig angelegt war. Dennoch fand ich ohne große Sucherei die Grundschule Am Neuberg.

Es gibt Orte auf dieser Welt wie Zahnarztpraxen, Krankenhäuser, Friedhöfe und natürlich Schulen, die bei mir jedes Mal spontan eine Überdosis des Stresshormons Adrenalin freisetzen. Allein der Gedanke an diese Orte genügte, um meine Atmung und meinen Puls zu beschleunigen. Was in der Steinzeit vielleicht überlebenswichtig war, wenn plötzlich ein Säbelzahntiger um die Ecke kam, nutzte mir in einer solchen Stresssituation nichts, wenn mein Körper unwillkürlich eine Kampf-oder-Flucht-Reaktion auslöste: Freiwillig würde ich diesen Ort sowieso nicht betreten.

So betrat ich kreidebleich und mit einem flauen Gefühl im Magen das große Gebäude direkt neben dem Parkplatz. Ich sah einige Schulkinder in das Gebäude gehen und schloss daraus, dass dort, wo Schüler waren, auch Lehrer sein müssten.

Schnell bemerkte ich meinen Irrtum. Hier gab es keine Klassenzimmer und keine Verwaltung, ich war direkt im Zentrum meines Kindheitstraumas gelandet: in der Turnhalle. Sofort stieg mir der typische Umkleidekabinengeruch in die Nase: Schweiß in allen erdenklichen Variationen. Schlimmer noch als die unglaubliche Vielfalt der Gerüche war die Tatsache, dass der Anteil des Tagesschweißes deutlich in der Minderheit war. Sportlehrer zu sein war sicher kein Zuckerschlecken. Ich vermutete, dass es nur Lehramtsstudenten ohne Geruchssinn bis zum Staatsexamen schafften.

Ich beschloss, diesen schrecklichen Ort sofort zu verlassen. In meinem Turnhallendelir verwechselte ich auf der Flucht die Tür und stand nun völlig unvorbereitet in der Halle des Grauens.

»Da sind Sie ja endlich!«, rief mir eine junge Frau zu. »Ich warte schon eine Viertelstunde auf Sie«, fügte sie sichtlich genervt hinzu.

»Ich möchte zum Chef, Herrn Frohnhäuser«, antwortete ich stakkatoartig und bemühte mich, nicht zu viel Luft zu holen. Dass die junge Frau, vermutlich eine Lehrerin, mich verwechselte, war mir egal.

»Sie können Herrn Frohnhäuser später begrüßen.« Die Dame blieb hartnäckig. »Warum kommen Sie gleich am ersten Tag so spät? Das macht doch keinen guten Eindruck.« Sie überlegte kurz. »Ich habe Sie mir viel jünger vorgestellt, normalerweise duzen wir uns, aber bei Ihnen traue ich mich nicht.«

Egal, mit wem sie mich verwechselte, wegen dieser Unverschämtheit würde ich die Verwechslung nicht aufklären.

»Ich wusste bis heute Morgen nicht, dass es um diese Zeit schon hell ist.« Diesen Spruch hatte ich in der Vergangenheit bei passender Gelegenheit auch schon öfters am Nachmittag fallen lassen.

Ironie und Sarkasmus schienen nicht ihre Stärken zu sein. »Aber es ist schon fast 11 Uhr.«

Mir war sofort klar, dass es egal war, welchen dummen Spruch ich jetzt losließ, sie würde es sowieso nicht verstehen.

Während ich überlegte, wie ich mich verabschieden könnte, ohne sie in eine tiefe Depression zu stürzen, zog sie einen Zettel aus der Tasche und reichte ihn mir: »Das ist der Plan für den ersten Tag, Herr Aptal. Lassen Sie es langsam angehen, Viertklässler sind nicht leicht zu motivieren.« Sie deutete auf einen Punkt hinter meinem Rücken.

Erst jetzt nahm ich die Viertklässler so richtig wahr, die wie Vögel auf der Starkstromleitung auf einer Holzbank saßen und ausnahmslos auf ihre Handys starrten.

Sie kam einen Schritt auf mich zu und sagte leise: »Ich beneide Sie nicht um diesen Job. Zum Glück habe ich einen Arzt in meinem Bekanntenkreis, der mir während meines Studiums ein Attest ausgestellt hat, dass ich keinen Sportunterricht geben muss.« Sie lächelte mich kurz an.

»Ich muss jetzt mit den Erstklässlern singen. Das ist auch nicht gerade angenehm, aber nichts im Vergleich zu hier.«

»Aber ich bin doch gar nicht ...«

Sie hörte mir gar nicht zu, wahrscheinlich konnte sie mich gar nicht hören, denn im selben Moment setzte ein Höllenlärm ein.

»Kevin hat mein Handy geklaut!«, schrie ein Junge in meine Richtung. »Er will ...«

»Das ist nicht wahr«, schallte es mir entgegen, und von da an war die Situation außer Kontrolle.

Für einen kurzen Moment wünschte ich mir, ich wäre Franz Eberhofer, ein fiktiver Polizist aus der Feder von Rita Falk. Dann würde ich ein paarmal in die Luft schießen, dabei unbeabsichtigt ein paar Neonröhren zerstören, aber dann wäre Ruhe in der Halle.

In Ermangelung dieser effektiven Möglichkeit wartete ich ab. Eine nutzlose Taktik, wie ich bald merkte, denn der Lärmpegel und das Durcheinander nahmen weiter zu.

Als technikbegeisterter Beamter konnte ich nun entweder die Flucht ergreifen oder meine Hardware-Kenntnisse unter Beweis stellen. Was sich zu Hause bewährt hatte, sollte auch hier funktionieren. Ich überließ die Schülerhorde sich selbst und durchsuchte die Nebenräume. Die Lehrerumkleide hatte ich schnell gefunden. Genauso wie den Internetrouter, der dort an der Wand hing. Ein Griff zum Stromkabel und die Turnhalle war ein Ort des medialen Friedens. Kein *TikTok*, kein *Insta*, kein anderer Scheiß.

»Herr Lehrer, das Internet ist kaputt, mach was!« Die ersten Kinder stürmten auf mich zu.

Völlig ungerührt ging ich zurück in die Turnhalle. 20 Viertklässler starrten mich an, unfähig, ohne Handy etwas mit ihrem Leben anzufangen.

»Setzt euch!«, befahl ich. Mein erster Gedanke war, ein Exempel zu statuieren, doch dann rief ich mich sofort zur Ordnung: Was diese Kinder hier taten oder nicht taten, lag einzig und allein am Erziehungsdefizit ihrer Eltern.

Trotzdem wollte ich ihnen eine kleine Lektion erteilen. Schließlich lernte man bekanntlich immer für das Leben und nicht für die Schule. Und was Leben heißt, das wollte ich ihnen beibringen. Ich war zwar kein Quereinsteiger in den Lehrerberuf, aber ich wagte diesen Drahtseilakt. Schließlich war mein Sohn Paul im gleichen Alter, was sollte mit meiner Erfahrung schon schiefgehen? Immerhin hatte ich noch ein Ass im Ärmel: Ich konnte die Kinder ja schlecht sich selbst überlassen, in dieser unwirklichen Welt ohne frei verfügbares Internet.

»Ich zeige euch jetzt, wie man früher Sport machte«, begann ich. »Ganz ohne Internet haben die Besten bei den Olympischen Spielen die Goldmedaille gewonnen.«

»Das Internet gibt es schon immer«, behauptete ein Rotzlöffel.

»Meine Mama hat mir mal erzählt, dass sie in Telefonzellen telefonieren musste, ich habe ihr kein Wort geglaubt.«

Ich beschloss, bei diesem Unwissensstand nicht bei Adam und Eva anzufangen, sondern mit praktischen Beispielen. Etwas Aufmunterung würde diesen Viertklässlern nicht schaden. Für einen kurzen Moment zuckte ich vor Ekel zusammen, als ich die Kletterseile löste, die von der Hallendecke hingen. Wenn ich mich recht erinnerte, lag mein schulischer Höhenrekord bei etwa einem halben Meter.

In den nächsten Minuten baute ich einen Hindernisparcours mit diversen Folterinstrumenten wie Holzkiste,

Pferd, Schwebebalken sowie etlichen neumodischen Dingen, die es zu meiner Schulzeit noch nicht gab. Platz war in der Halle mehr als genug vorhanden.

»So, Freunde«, sagte ich zu den Schülern, körperlich erschöpft, aber mit dem Ergebnis zufrieden. »Fünf Runden für jeden, dann funktioniert das Internet wieder.«

Sofort kam die Hälfte der Schüler auf mich zu und behauptete, sie hätten ein Attest und dürften sich nur leicht bewegen.

»Akzeptiert«, meinte ich mit einem fetten Grinsen. »Dann lasst euch mit dem Parcours so viel Zeit, wie ihr braucht. Fünf Runden, dann können wir wieder ins Internet. Die Zeit ist mir egal, ich habe kein Handy.«

»Du kein Handy?«, fragte Kevin. »Mein Alter verkauft saubillig. Willst du?«

»Tut mir leid, ich verstehe deine Sprache nicht. Willst du nicht langsam mit dem Parcours beginnen?«

Schon nach kurzer Zeit hatte ich den Eindruck, dass die meisten Schüler so etwas wie Ehrgeiz an den abwechslungsreichen Sportelementen entwickelten. Und das, obwohl ich mir die eine oder andere gemeine Finesse beim Schwierigkeitsgrad ausgedacht hatte. Ich selbst hätte als Schüler kein einziges der Elemente geschafft, als Erwachsener noch weniger. Aber selbst die meisten Attestschüler waren mit Feuereifer bei der Sache.

»Was isn do los?« Ein Mann, mutmaßlich ein Lehrer, betrat die Sporthalle. Die Person betrachtete eine Zeit lang interessiert das Geschehen, dann kam der Mann auf mich zu. »Servus, du muscht de Neie soi. Dunnerkeidel nochämol! Was än neie Schulmäschder so alles bewirge kann, wescht, wie ich mähn?« Er nickte mir respektvoll zu. »Ich hab schunn iwwerlegt, des ganze Inventar in de

Turnhall rauszuschmeiße und Liegestiehl hiezustelle. Die junge Leit strenge sich heitzudaach jo sowieso nimmie a, un die Lehrer sowieso net. Wie hoschten dess hiekriggt?«

»Das Internet ist tot«, antwortete ich knapp.

»Jetztert nimmi«, konterte er. »Als ich reikumme bin in die Hall, hab ich gsehe, dass ähner des Kawel vum Ruder rausgemacht hott. Dess nenn ich Sabodaasch. Fascht hät ich weeche dem doode Internet ä Sportwett verlore, wescht, wie ich mähn?«

»Ich nenne das Motivation«, antwortete ich. »Sind Sie Lehrer an dieser Schule? Ich muss zu Ralf Frohnhäuser.«

»Im Lewe net«, antwortete er. »Ich bin blos de Hausmeschter vun dere Schul. Jeden Daach bin ich uffs Neie froh, dass ich kän Lehrer bin. Du willscht zum Chef? Dess kannscht heit knigge, der is net do.«

Na prima, dachte ich. Umsonst die Jugend der Welt in Rödersheim-Gronau gerettet.

»Wanns dringend is, kannscht dir im Sekretariat än Termin gewwe losse odder du fahrscht glei uff dess Wocheendgrundstick vun unserm Chef. Alsemol nemmt der sich ä kläni Auszeit, kä Wunner bei demm Stress jeden Daach, wescht, wie ich mähn?«

Mein Selbsterhaltungstrieb sagte mir, dass ein Wochenendgrundstück, egal wo, lebenswerter sein müsse als ein Schulgrundstück.

»Es ist wirklich dringend«, sagte ich. »Wo ist das Grundstück des Chefs?«

»Dess derf isch eischentlich net sage«, meinte der Hausmeister in verschwörerischem Ton. »Dess is awwer inzwische so ebbes wie ä offenes Geheimnis. De Chef hot vor ä paar Johr ä kleenes Holzheisel geerbt, dess hott er in de letschde Johre großzigisch ausgebaut, mit allem drum un draa. Dess wes ich, weil ich öfters mol fer de Chef Zeich do higebrocht hab, wu mer in de Schul nimmi brauchn. Sogar Strom un Wasser hot er inzwische in soim Heisel, awwer wahrschoins net legal, wann de mich frogscht, wescht, wie ich mähn?«

»Und wo finde ich diese Villa?«

»Jo, ä Villa isses noch net«, antwortete er. »Awwer de Chef is laufend am Vergreßere vun seim Wocheendheisel. Ich weeß net, wie der dess macht, bestimmt kennt der do ä paar vum Gemeinderoot.«

»Jaja, und wo kann ich mir das Prachtstück ansehen?«

»Do muscht aus unserm Derfel owwe naus fahre, dann direkt uff de anner Seit vum Fußballblatz Röderschem, glei hinnerm Raseblatz. Des siehscht dann schun, dess greeschde Heisel ghert unserm Chef, wescht, wie ich mähn?«

Ich hatte keine Ahnung, ob er mit »owwe naus« die nördliche Richtung oder irgendwo anders auf der Erde oder einem anderen Planeten meinte. Die Ortsangabe Fußballplatz Rödersheim schien mir jedenfalls ein eindeutiger Hinweis zu sein.

»Dann wünsche ich Ihnen noch einen schönen Tag«, verabschiedete ich mich von dem Hausmeister.

»Un was is mit denne Kinner?«, fragte er überrascht.

»Die sind beschäftigt. Und hinterher setzen sie sich brav hin und starren auf ihre Handys. Sie haben das Internet repariert. Irgendjemand wird die Kinder vermissen. Wenn ein paar übrig bleiben, kümmert sich das Jugendamt darum, ein bisschen Verlust ist immer.« Ich ließ einen ratlosen Hausmeister zurück.

Als ich im Auto saß, überlegte ich kurz, ob ich als Quereinsteiger eine Chance auf eine Stelle als Sportlehrer an einer Grundschule haben könnte. Sofort verwarf ich diesen selbstmörderischen Gedanken.

Die Verkehrsführung in der Gemeinde war für einen Ortsfremden wie mich verwirrend. Ich überwand das vor allem von Frauen gepflegte Klischee, dass Männer aus Stolz nicht nach dem Weg fragen. Dank dieser Überwindung brauchte ich nur wenige Minuten, um den Fußballverein im Nordwesten der Gemeinde zu finden. Zuerst passierte ich einen Hartplatz, dann einen Rasenplatz. Als ein Schild nach links auf einen Hundeverein hinwies, sah ich rechts ein Gebäude, von dem ich auf Anhieb wusste, dass es sich um das mehrfach erweiterte Anwesen von Ralf Frohnhäuser handelte. Das lag nicht an meinen hellseherischen Fähigkeiten, sondern an dem groß an der Fassade angebrachten Familiennamen. Jedenfalls schien der Rektor der Grundschule aus seinem Anwesen kein Geheimnis zu machen.

Ich parkte direkt neben dem Gebäude und wunderte mich über den offenen Eingang. Als ich näher kam, begann es nach Ammoniak zu stinken. Zuerst dachte ich an Pauls Experiment mit seinem Biogastank, aber dann wurde mir klar, dass ein Unfall realistischer war.

Als Polizist wusste ich, dass Ammoniak alkalisch auf die Schleimhäute von Augen und Rachen wirkt und je nach Konzentration zu Husten, Übelkeit, Brechreiz, Kopfschmerzen und im Extremfall zum Tod führen kann. In Ludwigshafen musste vor einigen Jahren ein Teil von Mundenheim gesperrt werden, weil in der Eissporthalle neben dem Südweststadion Ammoniak aus der Kühlanlage austrat. Schwerverletzte oder gar Tote waren nicht zu beklagen, aber es hätte auch anders ausgehen können.

Da ich noch keine Nebenwirkungen verspürte, vielleicht handelte es sich nur um eine ammoniakähnliche Substanz, hielt ich mir ein Taschentuch vor Nase und Mund und betrat das Haus.

Küche und Wohnzimmer waren leer, niemand reagierte auf mein Rufen. Der Geruch kam eindeutig aus der Richtung einer breiten Tür, die zur Rückseite des einstöckigen Hauses führte. Der Raum, den ich betrat, war nur auf den ersten Blick als Badezimmer zu identifizieren. Es gab eine Dusche, eine Badewanne und sogar eine Toilette, aber auch einen großen Edelstahltank, der mehr als die Hälfte des Raumes einnahm. Was mich neben dem Geruch irritierte, waren die Regale an zwei Seiten des Raumes, auf denen wie in einem Museum Hunderte oder eher Tausende verschiedenste Seifen lagen.

Der Ammoniakgeruch kam aus der Badewanne. Diese war zur Hälfte mit einer braunen, seifigen Flüssigkeit gefüllt. Deutliche Spuren auf den Bodenfliesen ließen darauf schließen, dass sich die Substanz zuvor im Edelstahltank befunden hatte und dann in die Badewanne umgefüllt worden war.

Betrieb Ralf Frohnhäuser gemeinsam mit seiner Frau im Nebenerwerb eine Seifensiederei? Ich konnte mir beim besten Willen nicht vorstellen, dass man mit der Herstellung von Seife so viel Geld verdienen konnte, dass man damit sein Gehalt als Schulleiter deutlich aufbessern konnte. Oder war ich bei meinen Ermittlungen wieder einmal auf einen Zufallsfund gestoßen und hatte eine Drogenküche entdeckt? Wurden die Drogen in Seifenstücken eingeschmuggelt und unbemerkt ins Ausland exportiert? Hatte ich einen europäischen Drogenumschlagplatz aufgetan?

Ich öffnete das Fenster, um die Geruchsbelästigung zu verringern. Der Geruch schien nicht gefährlich zu sein. Dann betrachtete ich die Flüssigkeit in der Wanne, die die Konsistenz einer dicken braunen Soße hatte. Ohne lange nachzudenken, nahm ich einen Stab, der halb aus der Wanne ragte, in die Hand und rührte in der Flüssigkeit herum.

Mit einem lauten Plopp tauchte in derselben Sekunde ein Totenschädel aus der Brühe auf. Der Schreck fuhr mir so in die Knochen, dass ich rückwärts taumelte und schmerzhaft über die Kloschüssel fiel. Aus der unbequemen Liegeposition starrte ich den Schädel an, bis ich sah, dass es sich um ein vollständiges Skelett handelte. Um den ersten inneren Druck loszuwerden, übergab ich mich auf die ohnehin schon schmutzigen Bodenfliesen.

Mit einem ähnlich hohen Adrenalinspiegel wie vorhin in der Schule rief ich über mein Handy die Kollegen in Ludwigshafen an. Ich hatte zwar sofort entschieden, dass ich weiter in dem Mordfall ermitteln würde, aber die Ermittlungshoheit wollte ich dem Präsidium in Ludwigshafen überlassen. Ich vermutete ohnehin, dass es sich bei der Leiche um Ralf Frohnhäuser handelte.

Ich wartete auf einer Bank vor dem Haus und ließ meine Gedanken mäandern. Was war hier los? Warum all diese sinnlosen Morde? War es ein aus Norddeutschland zugewanderter Hochdeutschsprecher, der den Pfälzer Dialekt nicht ausstehen konnte und ihn vielleicht sogar ausrotten wollte, nach dem Motto: Sprich Pfälzisch und du stirbst! Oder war der Täter im Umfeld der Mundartwettbewerbe zu suchen? Vielleicht jemand, der es mit seinen Gedichten oder Geschichten nicht in die Endrunde geschafft hatte und die Juroren dafür mit dem Tod bestrafte? Das könnte vom Motiv her durchaus auf KPD zutreffen, wobei ich meinen Chef als Täter sofort kategorisch ausschloss. Niemals wäre er in der Lage gewesen, so etwas Komplexes auf die Beine zu stellen.

Während der recht langen Wartezeit, die Ludwigshafener Beamten mussten wohl nach dem Weg fragen, schossen mir immer abwegigere Gedanken durch den Kopf. Könnte man dem freien Journalisten Schärf die Morde zutrauen? Immerhin zeichnete er sich durch Detailkenntnisse aus, die durchaus Täterwissen sein konnten. Wollte er im wahrsten Sinne des Wortes mit Gewalt bekannt und berühmt werden?

»Herr Palzki?«, rief mir plötzlich jemand zu. Völlig in Gedanken versunken, sprang ich von der Bank auf.

»Ja, hier«, antwortete ich. »Sie sind aber schnell gekommen«, fügte ich mit einem kleinen Unterton hinzu.

»Das hier ist auch die hinterste Ecke der Welt«, sagte die Beamtin. »Wir mussten mehrmals nach dem Weg fragen. Sie hätten uns ruhig konkretere Angaben zum Tatort machen können. Wissen Sie, wie viele Fußballvereine es hier gibt?«

Ich ließ die ohnehin rhetorisch gemeinte Frage unbeantwortet. Mit wenigen Worten erläuterte ich ihr die Situation und ging dabei auch auf die Geruchssituation im Haus ein.

»Okay, dann lassen wir der Spurensicherung am besten den Vortritt. Ich bin heute Abend bei meiner Schwester zum Grillen eingeladen, da will ich mir nicht vorher den Appetit verderben.«

»Wie Sie meinen«, sagte ich. »Die Kotze auf dem Boden des Badezimmers ist übrigens von mir, falls Sie Ihre Kollegen vorab instruieren möchten.« Mit einer übertriebenen Geste wischte ich mir mit dem Ärmel über den längst gesäuberten Mund.

Es tat gut, den Kollegen aus Ludwigshafen in aller Ruhe bei der Arbeit aus einer relativen Ferne zuschauen zu können. Erst nach weit über einer Stunde wurde der skelettierte Leichnam in einer Zinkwanne abtransportiert.

»Na, hat es sich gelohnt?«, fragte ich den Notarzt, der außer der Ausstellung des Totenscheins wohl nichts mehr tun konnte.

»Das war eine richtig eklige Angelegenheit«, äußerte er und setzte sich neben mich auf die Bank. »Kaum zu glauben, dass die Resomation in den USA in mehreren Bundesstaaten und selbst in europäischen Ländern wie Großbritannien als Bestattungsform zugelassen ist.«

»Hä?«, sagte ich, denn ich verstand kein Wort.

»Ach, Sie wissen nicht, was eine Resomation ist? Ich dachte, Sie hätten die Leiche gefunden, oder zumindest, was von ihr übrig ist?«

»Gefunden ja, aber ich habe nicht so genau hingesehen. Es hat ziemlich gestunken.«

Der Arzt grinste. »Das kommt von der Hitze und der Kalilauge.« Er sah mich amüsiert an. »Das Opfer wurde in den Stahlkessel gelegt, wahrscheinlich war es da schon tot oder zumindest bewusstlos, das hoffe ich zumindest. Dann wurde der Kessel mit Wasser und Kalilauge gefüllt und auf 180 Grad erhitzt. Das funktioniert wie ein Schnellkochtopf, nach drei Stunden hat sich der Körper komplett aufgelöst, übrig bleiben diese penetrant riechende braune Flüssigkeit, zäh wie Motoröl, und natürlich die Knochen.«

»Das Opfer wurde gekocht?«

»Vereinfacht gesagt, haben Sie den Nagel auf den Kopf getroffen. Das Verfahren heißt alkalische Hydrolyse. Sie ist in vielen Ländern offiziell als Bestattungsmethode zugelassen. Sie ist wesentlich umweltfreundlicher als die Verbrennung im Krematorium. Die Flüssigkeit kann bedenkenlos in die Kanalisation geleitet werden, die Abwasserbelastung ist vernachlässigbar. Nur bei bestimmten Medikamenten kann es in seltenen Fällen zu Problemen kommen. Bei der Bestattung kommen nur die Knochen, die vorher zu Pulver gemahlen werden, in die Urne.«

Ich hatte Mühe, mich nicht abermals zu übergeben. »Habe ich den Täter vielleicht überrascht?«, fragte ich. »Ich meine, bevor er sein Werk zu Ende gebracht und die Knochen zum Verschwinden gebracht hat?«

Der Notarzt zuckte mit den Achseln. »Ich bin Notarzt, ich überlasse die Ermittlungen den Spezialisten. Aber wenn der Täter das Opfer spurlos verschwinden lassen wollte, hätte er sich nicht die Mühe gemacht, die seifige Flüssigkeit in die Badewanne zu schütten. Die Tatsache, dass er das Skelett in die Wanne legte, erscheint mir eher als ein makabrer Ansatz. Der Mörder wollte, dass die Leiche gefunden wird.«

Diesen Eindruck hatte ich auch. »Weiß man, wer der Tote ist?«

»Mit an Sicherheit grenzender Wahrscheinlichkeit handelt es sich um einen gewissen Ralf Frohnhäuser. Im Wohnzimmer haben die Beamten Kleidung und einen Ausweis gefunden, außerdem steckte ein Ehering am Finger. Dieser könnte aber auch nachträglich angebracht worden sein. Im Moment suchen die Beamten nach seiner Frau.« Er stand auf. »Mehr kann ich hier nicht tun. Einen schönen Tag noch, ich stehe leider etwas unter Zeitdruck, da ich nachher auf einem Grillfest eingeladen bin.«

Ich überlegte, ob ich bleiben oder zurück nach Schifferstadt fahren sollte. Beides hatte Vor- und Nachteile. Ich entschied mich, den Rest des Tages im Entspannungsmodus zu verbringen. Immerhin hatte ich heute innerhalb kürzester Zeit zwei schlimme Erlebnisse in der Turnhalle und in der Seifensiederei hinter mir.

Lange konnte ich nicht entspannen, denn eine Polizistin kam und brachte Frau Frohnhäuser mit. Sie machte auf mich einen recht gefassten Eindruck, als sie ins Haus geführt wurde. Keine Minute später kam sie wieder heraus und setzte sich mit der Beamtin zu mir an die Sitzgruppe. Aus einem Auge kullerte eine winzige Träne. »Warum?«, fragte sie mehrmals, immer nur dieses eine Wort.

Die Polizistin versuchte, sie zu beruhigen. Dabei bemerkte sie, dass sie mich nicht kannte. Wahrscheinlich aus Datenschutzgründen fragte sie mich: »In welcher Rolle sind Sie am Tatort, Herr – äh?«

Solche Frageprovokationen mit *»äh«* und »Fragezeichen« waren mir schon immer zuwider. »Tut mir leid, Sie verwechseln mich, ich bin nicht Herr äh.«

»Zeigen Sie mir bitte Ihren Ausweis.« Die Kollegin reagierte unnachgiebig, sie verstand auch keinen Spaß.

»Bitte sehr, Frau äh«, revanchierte ich mich und hielt ihr meinen Dienstausweis entgegen.

»Kriminalinspektion Schifferstadt, KHK Reiner Palzki«, las sie laut vor. »Was machen Sie am Tatort?«

Frau Frohnhäuser kam mir zuvor. »Herr Palzki?«, fragte sie mich ungläubig. »Hat mein Mann Sie erreicht?«

Wieder brach das Unerwartete über mich herein. »Woher kennen Sie und Ihr Mann meinen Namen?«

»Dann hat er Sie wohl nicht erreicht«, sagte sie und seufzte tief. Die Beamtin aus Ludwigshafen war noch verwirrter als ich.

»Warum wollte er mich erreichen?«, fragte ich.

»Ein Bekannter von uns hat meinem Mann gestern Abend empfohlen, sich an Sie zu wenden. Angeblich ging es um einen Brief.«

»Den Drohbrief?«

Frau Frohnhäuser machte große Augen. »Ein Drohbrief? Von einem Drohbrief weiß ich nichts. Mein Mann hat einen anonymen Brief bekommen, aber den Inhalt wollte er mir nicht verraten. Irgendein Schmierfink, meinte er. Wahrscheinlich ein ehemaliger Schüler, der sich über seine Schulzeit geärgert und ihn beleidigt hat.« Sie sah mir in die Augen. »Was stand in dem Drohbrief? Wurde mein Mann erpresst?«

»Ich weiß es nicht«, gestand ich. »Deshalb bin ich nach Rödersheim-Gronau gefahren, um die Sache zu klären. Da Ihr Mann nicht in der Schule war, sagte mir der Hausmeister, dass ich ihn auf dem Wochenendgrundstück finden könnte.«

»Hausmeister?«, unterbrach sie mich überrascht. »Ich dachte, der wurde letzte Woche fristlos entlassen, weil er neuwertige Schulmöbel im Internet verkaufte.«

Ich notierte mir das Problem mit dem Hausmeister im Kopf, blieb aber beim Thema, um keine unnötige Verwirrung zu stiften.

Die Beamtin mischte sich ein. »Woher wussten Sie von dem Drohbrief, wenn Herr Frohnhäuser Sie nicht erreicht hat?«

»Von einer dritten Person«, erklärte ich. »Bei einem informellen Gespräch gestern in Fußgönheim habe ich von einem der Gesprächspartner erfahren, dass der Rektor der Grundschule Rödersheim-Gronau einen Drohbrief erhalten haben soll.«

»Und wer war Ihr Gesprächspartner?« Die Beamtin blieb hartnäckig. Inzwischen hatte sie sogar begonnen, sich schriftliche Notizen zu machen.

»Ein gewisser Monji El Beji, den kennen Sie nicht …«

»Monji?«, unterbrach Frau Frohnhäuser.

»Kennen Sie ihn?«, fragten wir gleichzeitig.

»Natürlich, das ist ein Bekannter von uns. Er war es, der meinem Mann gestern Abend empfahl, sich bei Ihnen zu melden, Herr Palzki.«

Ich atmete auf. Der Knoten war gelöst. Nach unserem Gespräch fuhr Monji zu seinen Bekannten nach Rödersheim-Gronau. Die beiden Morde, von denen er gerade erfahren hatte, machten ihm sicher zu schaffen.

»Was hat Ihr Mann danach gemacht?«

»Monji war nur kurz bei uns. Er ist ja immer mit seinen Bands unterwegs. Ralf wollte noch kurz in die Schule und dann bei Ihnen, Herr Palzki, anrufen. Er wollte gerade aus dem Haus gehen, da haben zwei Journalisten geklingelt, aber die sind auch nur kurz geblieben.«

»Journalisten?«, fragte die Beamtin überrascht. Auch für mich kam diese Aussage völlig überraschend, obwohl ich eine Ahnung hatte, um wen es sich handelte.

»Mein Mann und ich haben die beiden noch nie gesehen. Der Wortführer stellte sich als Alexander Schärf vor. Er gab vor, einen Artikel über die Mundartwettbewerbe in der Pfalz und das bald stattfindende *Babbel-Doch!-Festival* zu schreiben. Das war meinem Mann und mir sehr suspekt, zumal Monji der Organisator des Festivals ist. Wir schickten die beiden weg, ohne ihnen Informationen zu geben. Woher auch, wir wussten ja nichts, außer dass mein Mann Jurymitglied beim Wettbewerb in Dannstadt ist, äh, war.«

Unglaublich, wie schnell sich alles herumgesprochen hatte. Auch wenn ich diesen Journalisten im Moment nicht für den Täter hielt, würde sich der Tod des Rektors in Windeseile herumsprechen. Mit Schrecken dachte ich an die Todesliste, die Schärf im Internet veröffentlicht hatte.

Zur Sicherheit wollte ich die zweite Person verifizieren. »War der zweite Journalist so ein großer, schlaksiger Typ?«

Frau Frohnhäuser schüttelte den Kopf. »Groß war er schon, aber eher stämmig. Er hat sich nicht vorgestellt, aber ich bin mir sicher, dass ich ihn schon mal in der Zeitung gesehen habe.«

Die Beamtin interessierte sich nicht sonderlich für den Besuch der Journalisten. »Ist Ihr Mann danach zur Schule gefahren?«

»Ich glaube schon«, antwortete sie unsicher. »Seitdem habe ich ihn nicht mehr gesehen, lebend, meine ich.«

»Er ist gestern nicht nach Hause gekommen?«

Sie schüttelte den Kopf. »Ich hatte Migräne und bin früh ins Bett gegangen. Ralf ist oft erst spät abends auf unser Wochenendgrundstück gefahren, vor allem, wenn er einen freien Tag hatte, so wie heute.«

Langsam ergab sich ein Bild vom gestrigen Tagesablauf des Opfers. Jetzt war es an der Zeit, Details über den Edelstahltank im Badezimmer zu erfahren. Das Thema Drogen musste ich zunächst verschweigen, um die Beamtin aus Ludwigshafen nicht auf die gleiche Idee zu bringen. Diesen Ermittlungserfolg wollte ich für mich verbuchen.

»Seit wann stellt Ihr Mann Seifen her?«

»Ralf?«, fragte sie überrascht. »Mein Mann hat davon keine Ahnung. Manchmal hilft er mir ein bisschen, aber sonst mache ich alles alleine.«

»Sie? Haben Sie all die Seifen gemacht?«

»Ich experimentiere viel mit Laugen«, sagte sie mit ein wenig Stolz in der Stimme. »Die chemischen Vorgänge bei der Seifenherstellung kenne ich aus dem Effeff. Ich verkaufe sie auf Kunsthandwerkermärkten und über Partner in Supermärkten.«

»Und was ist mit dem Edelstahltank?«

»Was ist damit?«, fragte sie erstaunt. »Den habe ich vor ein paar Jahren gebraucht erworben. Er ist zwar für meine Zwecke etwas überdimensioniert, aber dafür war er spottbillig.«

»Immerhin kann man darin einen erwachsenen Menschen umbring…, äh, unterbringen.« Sofort korrigierte ich meinen etwas unsensiblen Satz, trotzdem kullerten ein paar Tränen.

»Ich habe den Tank doch nicht gekauft, um darin …« Sie unterbrach sich selbst, um sofort mit einem anderen Satz fortzufahren, den sie aber ebenfalls nicht beendete. »Auch wenn ich mich mit Laugen und Säuren auskenne, würde ich niemals …«

Ich sah, wie zwei Spurensicherer, die im Flur standen, der Beamtin zuwinkten. »Ich komme gleich wieder, Frau Frohnhäuser«, sagte die Polizistin und erhob sich.

Frau Frohnhäuser atmete ein paarmal tief durch, dann sah sie mich traurig an. »Es ist nicht leicht, mit einem Lehrer verheiratet zu sein«, sagte sie mit ernster Stimme, ohne ins Detail zu gehen. »Aber wir hatten noch so viel vor in unserem Leben.« Sie blickte in Richtung des Wochenendhauses. »Ob ich meine Seifensiederei weiterführen werde, weiß ich noch nicht, da mein Mann …« Wieder kullerten Tränen.

Dann sah sie mich unsicher an. »Ich weiß, dass die Frage jetzt unpassend ist, aber wissen Sie zufällig, ab welchem

Alter man eine Große Witwenrente bekommt? Soweit ich weiß, ist das bei Beamten ähnlich wie bei Angestellten.«

Allein wegen dieser Frage strich ich sie sofort von meiner persönlichen Verdächtigenliste. Egal, welche Probleme sie mit ihrem Mann hatte oder auch nicht, als Mörderin hätte sie niemals so abgebrüht reagieren können, von einem fehlenden Motiv ganz zu schweigen.

»Tut mir leid, da kann ich Ihnen nicht weiterhelfen, als Polizeibeamter bekomme ich sowieso nur eine kleine Pension, wenn ich alt genug dafür werde.«

Ich erinnerte mich, dass Stefanie sich im letzten Jahr mit Themen wie Testament, Vorsorgevollmacht und Witwenrente beschäftigt hatte. Natürlich wusste ich genauso gut wie sie, dass ein Handeln beziehungsweise Nichthandeln nach dem Motto »Das machen wir dann, wenn es so weit ist« das Falscheste und Fatalste ist, was man seiner eigenen Zukunft und seinen Nachkommen antun kann. Stefanie besorgte sich mehrere Fachbücher und durchforstete das halbe Internet, zumindest den seriösen Teil des Internets. Nach mehreren Monaten überreichte sie mir einen dicken Packen Formulare zum Lesen und Unterschreiben.

Die vierseitige gegenseitige Vorsorgevollmacht war die leichteste Übung und halbwegs verständlich. Das von meiner Frau handgeschriebene Berliner Testament mit seinen halb unendlichen Klauseln und »Was-wäre-wenn«-Bestimmungen war schon härterer Tobak. Aber auch das war kein Vergleich zu der Patientenverfügung mit ihren wahnwitzigen Satzungetümen, die nicht einmal ein Experte für Beamtendeutsch oder ein Oberstudienrat für Germanistik oder ein Professor für deutsche Sprach- und Literaturwissenschaft über den zweiten Satz hinaus verstand.

Ich war mutig und habe alles unterschrieben. Grenzenloses Vertrauen in den Ehepartner ist in solchen Situationen sehr wichtig. Da sich nach der Unterzeichnung der Dokumente in unserem Leben für mich nichts zum Negativen verändert hatte, ging ich davon aus, alles richtig gemacht zu haben.

Die Beamtin kam zurück an unseren Tisch. »Frau Frohnhäuser, ich möchte Sie zur Schule begleiten, damit wir gemeinsam das Büro durchsuchen können. Die Kollegen haben bisher keine Hinweise auf ein Motiv oder einen bestimmten Täterkreis gefunden.«

Ich grinste in mich hinein. Hausmeister und Drogenlabor, zwei Aspekte, von denen die Beamten des Präsidiums offensichtlich noch keine Ahnung hatten.

»Sie verlassen am besten auch den Tatort, Herr Palzki«, wandte sie sich nun an mich. »Ich wüsste nicht, wie Sie uns bei unserer Arbeit helfen könnten.«

»Ich auch nicht«, stimmte ich ihr zu. Dann reichte ich der Witwe die Hand. »Ich habe einen Kollegen, der Ihnen vielleicht bei Ihrem Problem helfen kann. Sie wissen schon, bei Ihrer speziellen Frage.«

Dankbar nickte sie und zog eine Visitenkarte aus der Tasche.

»Was für ein Problem?«, fragte die Beamtin neugierig.

»Seife«, log ich dreist und versuchte, einen neutralen Gesichtsausdruck aufzusetzen. »Wir haben über innovative Möglichkeiten der Seifenherstellung gesprochen, während Sie sich mit der Spusi abgestimmt haben.«

Nach ihrem Gesichtsausdruck zu urteilen, glaubte sie mir kein Wort.

UFFBASSE MIT DEM HERZ!

Der Rückweg zur Dienststelle war einfacher, da der Weg zur Autobahn in östlicher Richtung gut ausgeschildert war.

Im Dienstgebäude nahm ich wie üblich einen Schleichweg zu Juttas Büro, um das Risiko zu minimieren, KPD über die Füße zu stolpern.

Da ich mit dieser Vermeidungsstrategie nicht allein war, wäre ich beinahe mit meinem Kollegen Gerhard Steinbeißer zusammengestoßen.

»Na«, sagte er überrascht, »bist du schon lange hier?«

»Seit Jahrzehnten«, antwortete ich mit philosophischem Unterton.

»Ach, Quatsch, das meine ich nicht, Reiner«, entgegnete er leicht genervt. »Ich komme gerade von KPD, der sucht dich schon seit Stunden.«

»Dann bleibe ich besser erst mal unsichtbar.«

Gerhard hatte eine gute Nachricht. »Er ist sowieso auf dem Weg zu einem Termin, zu dem du mitkommen solltest. So wütend wie heute habe ich ihn seit Tagen nicht mehr gesehen.«

»Und wenn schon«, spielte ich die Katastrophe herunter. »Er will bestimmt, dass ich wieder den Dolmetscher für ihn spiele. Warum lernt er nicht wie jeder anständige Bürger in der Pfalz ordentliches Pfälzisch? Schließlich gibt es dafür sogar einen DUDEN-Band.«

Gerhard winkte mürrisch ab. »Du hattest ausnahmsweise recht, Jürgen ist wieder im Dienst.«

»Von wegen ausnahmsweise«, lobte ich mich selbst, »wann habe ich mich das letzte Mal geirrt?«

»Einbildung scheint deine einzige Bildung zu sein«, entgegnete er mit einem verschmitzten Lächeln. »Du hast es nur mir zu verdanken, dass Jürgen zurück ist. Als psychologisch hochgeschulter Beamter kenne ich nämlich alle Tricks und Kniffe.«

Ich war kurz irritiert, weil Gerhard einen meiner eigenen Lieblingssprüche auf sich gemünzt hatte. Schnell beschloss ich, sein Gesicht zu wahren und ihm ein Erfolgserlebnis zu gönnen. »Und wie hat der große Meister das gemacht? Schwarze Magie oder plumpe Drohung?«

»Du bist nur neidisch, Reiner. Ich habe Jürgen mit dem alten Meister Wilhelm Busch geknackt.«

Sofort dachte ich an *Max und Moritz* und ihre gefährlichen Streiche, die ihnen am Ende zum Verhängnis wurden. Auch ich war als Kind von diesem und weiteren Werken anderer Autoren wie dem *Struwwelpeter* sehr angetan. Später, als Erwachsener, konnte ich jedoch nicht verstehen, wie man Ende des 20. Jahrhunderts Kindern noch solche schrecklichen Geschichten antun konnte. Als Melanie in die Grundschule ging, wurde der *Struwwelpeter* sogar von einer Lehrerin empfohlen, um mit den Zweitklässlern das Lesen zu üben. Auf meine sarkastisch gemeinte Frage, warum man nicht gleich *Hannibal Lecter* als Pflichtlektüre in der Grundschule einführe, wurde nur mit Unverständnis reagiert.

»Hat dieser Busch auch Geschichten ohne grausam zugerichtete Menschen geschrieben oder gezeichnet?«, fragte ich meinen Kollegen.

»Hat er«, antwortete er entschlossen. »Vor allem die sehr unbekannte Geschichte von Rosalie und ihrer Katze Lola.«

»Nein, oder?« Wieder bekam ich eine völlig unerwartete Antwort.

Gerhard lächelte. »Stimmt leider nicht, aber Jürgen hat es geglaubt, das ist die Hauptsache.«

Mir fiel der Fehler sofort auf. »Jürgen glaubt dir eine erfundene Geschichte, die er nicht im Internet nachprüfen kann? Auf keinen Fall!«

»So einfach war es nicht«, gab er zu. »Bei Jürgen muss man aufpassen und professionell arbeiten. Sagt dir KI etwas?«

»Ein einsilbiger Vorname, der mit zwei Silben ausgesprochen wird?« Ich sah an Gerhards Gesichtsausdruck, dass er meinen Scherz ernst nahm. Schnell korrigierte ich mich. »Natürlich weiß ich, was KI ist. Ich musste schon ein paarmal in Melanies Schule vorsprechen, weil die Lehrer behauptet haben, unsere Tochter hätte ihre Hausaufgaben von so einem künstlichen Computerprogramm schreiben lassen. Das hat so einen komischen …«

»*ChatGPT*«, unterbrach er mich. »Von diesem genialen Teil habe ich mir einen Zeitungsartikel schreiben lassen, der in einer amerikanischen Fachzeitschrift erschienen sein soll. Demnach hätten Forscher im Archiv eines alten, längst aufgegebenen Verlages eine bisher unveröffentlichte Geschichte von Wilhelm Busch gefunden.«

»Alles gelogen?«, riet ich.

»Von A bis Z«, bestätigte Gerhard. »Trotzdem liest sich der Artikel total authentisch. Jürgen hat ihn sofort angenommen. Keine Stunde später war er wieder im Dienst.«

»Gut gemacht«, lobte ich ihn. »Trotzdem wissen wir noch nicht, was Uli Valnion mit seinen letzten Worten meinte.«

»Egal«, entschied Gerhard. »Wichtiger ist, dass Jürgen

wieder arbeitet. Jutta hat sofort eine Palette Papier und zwei Ersatzdrucker bestellt.«

Ich atmete erleichtert auf. Ständig wurden mir bei meinen Recherchen Steine oder gar Felsbrocken in den Weg gelegt. Da tat es gut, einmal etwas Entlastung zu haben. Jürgen und die Papierindustrie würden sich bestimmt über meine vielen neuen Arbeitsaufträge freuen.

Voller Elan betrat ich Juttas Büro. Das Glück war mir hold, KPD war nicht da.

»Du musst sofort zum Chef«, sagten Jutta und Jürgen gleichzeitig zur Begrüßung.

»Guten Morgen«, konterte ich, um etwas Ruhe in den Laden zu bringen. Mit einem Blick auf die Wanduhr korrigierte ich mich: »Ich meine, guten Tag. Wie die Zeit vergeht.«

»KPD wird dich pfählen«, übertrieb meine Kollegin. »Der ist fuchsteufelswild.«

»Übertreib nicht so, Jutta«, entgegnete Jürgen.

Wir drei starrten unseren Jungkollegen an. So etwas wie aktives Widersprechen lag nicht in seiner Natur, das hatte er schon als Kind von seiner Mama eingetrichtert bekommen. In einem Anflug von Paranoia dachte ich kurz an eine außerirdische Intelligenz, die uns einen Klon untergeschoben hatte. »Jürgen, bist du das wirklich?«, fragte ich, obwohl die Frage logisch gesehen eigentlich sinnlos war.

»Wer denn sonst?«, fragte er zurück. »In neuer Frische, freust du dich nicht, Reiner?«

»Doch«, antwortete ich. »Du glaubst nicht, wie froh ich bin, dass du zurück im Dienst bist.«

»Wer glaubt das schon«, sagte Jürgen. »Du hast doch gerade die Kekspackung entdeckt, die Jutta wegen meiner Rückkehr auf den Tisch gestellt hat.«

»Stimmt«, sagte ich, denn alles andere würde er sowieso nicht glauben. »Aber erklär mir mal, warum KPD nicht fuchsteufelswild war?«

»Ganz einfach«, erklärte er. »Ich habe unserem Chef eine App auf sein Handy gespielt.«

»Du meinst diese kleinen Programme auf den Handys?«

Jürgen nickte. »Einen Übersetzer, um genau zu sein.«

»Ich glaube nicht, dass das funktioniert«, mischte sich Jutta ein. »KPD schien zwar mit dem Programm zufrieden zu sein, aber in der Praxis dürfte es Probleme geben.«

Inzwischen hatte auch ich verstanden, worum es ging. »Das Programm übersetzt den Pfälzer Dialekt ins Hochdeutsche? Das kann doch nicht funktionieren, oder?« Ich wusste, dass es pfälzische Ausdrücke gab, die je nach Kontext zig verschiedene Bedeutungen haben konnten.

»Es ist eine Alpha-Version«, gab Jürgen zu. »Aber besser als nichts. Sonst wäre er zu dir nach Hause gefahren, um sich bei deiner Frau über dein unmögliches Verhalten zu beschweren.«

»Der spinnt«, sagte ich. »Okay, der spinnt immer. Danke, Jürgen, dass du den Wutanfall von KPD entschärft hast.«

»Ein Lob aus deinem Mund tut gut«, sagte Jürgen. »Ich habe übrigens streng darauf geachtet, dass unser Chef mit seinem Handy nicht auf den Social-Media-Account unserer Dienststelle zugreifen kann. Die Videos, die in den letzten Tagen hochgeladen wurden, sind meiner Meinung nach schon recht grenzwertig.« Er lachte kurz auf. »Ich habe übrigens die Zeit genutzt, um im Vorfeld ein bisschen zu recherchieren. Jutta und Gerhard haben mir erzählt, dass du in Rödersheim-Gronau warst.« Er sah mich an. »Man kann dich wirklich nirgendwo hingehen lassen, ohne dass es Tote gibt.«

»Woher weißt du das?«

»Hast du vergessen, dass ich den Hauptserver des Präsidiums unter meiner Kontrolle habe?«, erklärte er selbstbewusst. »Mittlerweile steht fest, dass die Knochen von Schulleiter Ralf Frohnhäuser stammen. Ansonsten tappen die Kollegen völlig im Dunkeln. Selbst die Verbindung zu Valnion und Zimmermann haben sie noch nicht herausgefunden.«

»Das wird nicht mehr lange dauern«, sagte ich seufzend. Um die Spannung zu steigern und mein Magenknurren zu unterdrücken, stopfte ich mir ein paar Kekse in den Mund.

»Der Internetjournalist Alexander Schärf war gestern Abend bei dem Opfer und seiner Frau. Wahrscheinlich hatte er Dietmar Becker dabei. Die beiden scheinen jedenfalls etwas zu wissen oder zumindest zu ahnen.«

»Hast *du* wenigstens etwas herausgefunden?«, fragte Gerhard. »Du warst ja lange genug weg.«

»Es waren sehr schwierige Ermittlungen«, erklärte ich die Dauer meiner Abwesenheit. »An der Grundschule scheint es eklatante organisatorische Konflikte und Probleme zu geben. Der Hausmeister, den ich in der Turnhalle getroffen habe, ist laut der Witwe vor ein paar Tagen entlassen worden.«

»Okay, ich überprüfe das«, sagte Jürgen und machte sich Notizen.

»Du warst in einer Turnhalle?«, spottete Jutta.

Auf diesen überflüssigen Kommentar ging ich nicht ein. »Danach fuhr ich zum Wochenendgrundstück der Frohnhäusers und entdeckte die Leiche oder vielmehr das, was von ihr übrig war.« Nach einer kurzen Pause fügte ich hinzu: »Der Arzt meinte, die Leiche sei in Kalilauge aufgelöst worden. Jürgen, kannst du bitte recherchieren, ob man einen Menschen wirklich in Lauge auflösen kann? Ich dachte, das geht nur mit Säure? Leider war Chemie in der Schule keiner meiner Lernschwerpunkte.«

»Ist das dein Ernst?«, fragte Jutta.

»Das kannst du ihm ruhig glauben«, spottete Gerhard. »Unser Reiner hatte in der Schule keinen einzigen Lernschwerpunkt.«

Ich wollte heftig widersprechen, aber Jürgen spulte schon sein Wissen ab. »Glaub niemals einem Krimi, in dem ein Opfer in Säure aufgelöst wird. Das funktioniert nur in der Theorie und auch nur dann, wenn genügend Säure vorhanden ist, und ich meine wirklich viel Säure. Außerdem dauert der Prozess mehrere Wochen, und das Opfer ist danach immer noch leicht zu identifizieren. Ich drucke dir schnell die wichtigsten Infos aus. Jutta, kann ich mal an deinen Computer?«

Während Jürgen die Tastatur quälte, erklärte Gerhard: »Ich habe neulich einen Krimi im Fernsehen gesehen. Da hat der Laborassistent seinen Chef mit Flusssäure umgebracht. Der Drehbuchautor hat zwar darauf geachtet, keine Salzsäure zu nehmen, weil das sowieso nicht funktioniert, aber absurd war das gezeigte Szenario trotzdem.«

Im Hintergrund arbeiteten zwei Drucker wie verrückt.

»Der Laborassistent legte sein Opfer in eine Keramikbadewanne, was ziemlich dumm ist, denn Flusssäure durchlöchert die Wanne in kürzester Zeit. Außerdem ist Flusssäure extrem giftig, nur wenige Chemiker trauen sich, damit zu arbeiten. Der Laborassistent hätte den Anschlag also selbst nicht überlebt.«

Jürgen knallte einen Stapel Papier auf den Besprechungstisch. »Den Rest liefere ich später, ich muss zunächst die Drucker Nummer drei und vier wieder in das System einbinden.«

»Gut gemacht«, lobte ich Jürgen. »Aber diese Informationen reichen uns für eine erste grobe Einschätzung. Ich melde mich, wenn ich eine tiefere Recherche über die Säure brauche.« Ich wählte wahllos ein paar Blätter aus und erfuhr, dass ein normalgewichtiger Mensch zur Hälfte aus Wasser und 24 Kilogramm Fett, zwölf Kilogramm Eiweiß und vier Kilogramm Knochen bestand. Das alles wäre theoretisch in Säure löslich, mit Ausnahme von Dingen wie Zahnprothesen, Gallensteinen und einigem mehr.

Gerhard unterbrach meine Lektüre, indem er laut von einem anderen Blatt vorlas: »Hört mal, das ist interessant. Wenn man einen Menschen in Säure auflösen will, muss man die verschiedenen Säuren genau kennen. Je nach Säure werden entweder die Knochen oder die Weichteile zersetzt. Es gibt keine Säure, die beides vollständig auflöst. In der Regel bleiben mehr oder weniger große Teile des Gewebes oder der Knochen zurück. Das Ergebnis ist ein riesiger Gewebeberg, der durch die Säureeinwirkung sehr glitschig und alles andere als einfach zu handhaben ist. Auf jeden Fall ist das auch für den Täter sehr gefährlich.« Gerhard legte das Blatt mit einer treffenden Bemerkung zurück. »Das ist schon ziemlich eklig.«

»Mit Lauge ist es einfacher«, bemerkte Jutta. »Wobei dann natürlich die Knochen übrig bleiben. Im legalen Fall werden sie zermahlen und in einer Urne beigesetzt. Das könnte ein Mörder auch tun, aber das ist ein wahnsinniger Aufwand. Zermalme mal einen Schädel.«

»Das habe ich nicht vor«, sagte ich. »Jedenfalls nicht in absehbarer Zeit.«

»Übrigens«, bemerkte Jürgen. »Zwei uns bekannte Ärzte haben das vor nicht allzu langer Zeit gemacht, das mit der Lauge meine ich.«

Als er die ratlosen Gesichter sah, klärte er uns auf. »Im Zusammenhang mit unserem Neustadter Fall, wo diese wertvolle Bibel gestohlen wurde, haben Doktor Metzger und Günter Wallmen mit einem Schnellkochtopf und Lauge gefälschte Reliquien hergestellt.«

Ich erinnerte mich. »Na gut, sie haben aber für ihre widerlichen Experimente niemanden umgebracht, sondern organische Abfälle aus Krankenhäusern verwendet.«

»Illegal war es trotzdem«, behauptete Gerhard. »Reliquien fälschen und kontaminierte Abfälle aus dem Krankenhaus klauen sind keine Kavaliersdelikte.«

»Das ist lange her«, sagte ich. »Außerdem frage ich mich, ob es überhaupt echte Reliquien aus früherer Zeit gibt. Aber das kann uns heute egal sein.« Ich schob Jürgen den Papierstapel zu. »Das kannst du ins Archiv bringen.«

Jürgen sah mich fragend an. »Meinst du dein Büro?«

»Versteh ich nicht.«

»Weil, äh«, Jürgen begann zu stottern, »weil ich dein Büro, äh, seit Monaten als Archiv benutze. Wir haben sonst nirgendwo Platz für meine Recherchen.«

Das hatte ich davon, dass ich schon lange nicht mehr in meinem eigenen Büro war, sondern alle unsere Abstimmungen bei Jutta durchgeführt wurden. Seit Wochen hatte ich mir vorgenommen, in meinem Büro nach dem Rechten zu sehen, aber das war jetzt wohl überflüssig geworden. »Mach, was du willst«, sagte ich und rechnete in Gedanken die maximale Anzahl der Monate bis zu meiner Pensionierung hoch.

»Wenn du schon dabei bist, das Internet zu befragen, warum schaust du nicht mal, inwieweit sich eine Seifensiederei für ein verstecktes Drogenlabor eignet? Fotos kannst du dir auf dem Server der Ludwigshafener Kollegen anschauen.«

»Hast du einen Verdacht, Reiner?«, fragte Jutta.

»Einen Verdacht ja«, antwortete ich unsicher. »Ich will nur nichts übersehen.« Ich weiß nicht, warum, aber in diesem Moment schoss mir mein alter Freund Jacques Bosco durch den Kopf. Eine Verbindung zur Brennerei in Venningen erschien mir doch sehr unwahrscheinlich.

»Hab's mir notiert«, strahlte Jürgen, sichtlich froh, wieder voll in die Ermittlungen eingebunden zu sein.

»Schön, dass es dir wieder gutgeht«, sagte ich und klopfte ihm leicht auf die Schulter. »Wie gut, dass Gerhard das Rätsel um Rosalie und ihre Katze gelöst hat.«

Jürgen sah mich schelmisch an. »Du glaubst doch nicht im Ernst, dass ich Gerhard diesen Fake geglaubt habe? Ich habe auf den ersten Blick erkannt, dass der Artikel ein KI-Produkt ist.«

»Und warum …?« Mir fehlten die Worte für einen ganzen Satz.

»Weil alles besser ist, als den ganzen Tag bei Mama zu sein«, behauptete unser Jungkollege. »Ich brauchte nur eine gute Ausrede, um wieder zur Arbeit gehen zu können. Stellt euch vor, Mama hat gesagt, dass wir …«

»Das wollen wir gar nicht so genau wissen«, unterbrach ich ihn. »Jedenfalls freue ich mich, dass unser erfolgreiches Team komplett ist.« Ich sah Gerhard an, der enttäuscht zu Boden blickte. Sein Trick mit dem Artikel hatte funktioniert, aber anders, als er dachte.

Ich beschloss, Feierabend zu machen. Schließlich hatte ich heute schon Sportunterricht gegeben, eine Leiche gefunden und ein Drogenlabor entdeckt. »KPD müsste inzwischen in Fußgönheim sein«, sagte ich zu meinen Kollegen. »Dann könnte ich ausnahmsweise früher nach Hause gehen.«

»Ausnahmsweise?«, fragte Gerhard.

»Überstunden abbauen«, ergänzte ich. Was war ich froh, dass die im letzten Jahr von KPD angeschaffte Stechuhr regelmäßig defekt war und nach kurzer Zeit wieder abgeschafft wurde. »Jürgen?«, sagte ich in einem Ton, bei dem Gerhard und Jutta sofort Unheil witterten. »Kannst du bitte noch ein, zwei Sachen nachschauen, oder willst du auch früher nach Hause?«

»Früher nach Hause?«, beschwerte er sich. »Warum denn? Heute kommen die Freundinnen meiner Mama zum *Bingo* Spielen. Was soll ich denn für dich recherchieren?« Er stand auf und überprüfte das Papierlager in der Ecke des Büros.

Ich schrieb ihm ein paar Stichworte auf einen Block und bat ihn, die Ergebnisse auf einem Blatt zusammenzufassen.

»Das mache ich ganz zum Schluss«, sagte Jürgen. »Wenn ich daran denke.«

»Wir fahren auch bald nach Hause«, beschloss Jutta. »Ich will vorher noch runter zur Schutzpolizei und fragen, ob es etwas Neues zu dem gestrigen tödlichen Unfall in der Herzog-Otto-Straße gibt.«

»Mord«, korrigierte ich sie, »das war kein Unfall.«

Zu Hause musste ich zwangsweise vor dem Haus parken, denn der alte Standort des Carports und der dahinterliegende Garten waren etwa 30 Zentimeter tief ausgehoben worden. Erfreulicherweise blieb mir unsere Nachbarin erspart.

Der Gestank in der Wohnung hatte spürbar nachgelassen, Stefanie hatte die Anzahl der Kerzen und Räucherstäbchen um die Hälfte reduziert. »Ich habe Kopfschmerzen«, sagte meine Frau zur Begrüßung, »den ganzen Tag haben Bagger den kontaminierten Boden ausgehoben. Dazu der Lärm der vielen Lastwagen, ich bin völlig fertig.«

In diesem Moment kam mir die beste Idee seit langem. Vielleicht sogar die beste, seit ich verheiratet war. »Weißt du was, Stefanie? Lass uns essen gehen, wie wär's mit griechisch? Ich kenne da ein schönes Restaurant.«

Stefanie bekam eine veritable Maulsperre. »Du, äh, du willst mit mir essen gehen?« Für einen winzigen Moment strahlte sie, aber sofort wurde ihr Gesicht wieder eisig, und sie fragte: »Woher kennst du denn ein gutes griechisches Restaurant?«

Ich atmete auf. Da war sie wieder, die tiefe, unbegründete Eifersucht, die nicht nur meine Frau manchmal überkam. »Jutta hat es mir empfohlen.«

»Ach so.« Sie beruhigte sich. »Was machen wir mit den Kindern?«

»Sag mal, freust du dich nicht? Erst die Freude, dann kümmern wir uns um die Probleme, äh, ich meine um die Kinder.«

Es gelang mir, in keine weiteren Fettnäpfchen zu treten. Jedenfalls keine erwähnenswerten. Das griechische Restaurant war in der Tat ein Volltreffer, das Essen genauso schmackhaft wie teuer, und die Kinder trugen dazu bei, dass die Inhaber ihr Lokal vor dem nächsten Öffnungstag komplett entkernen und renovieren mussten.

»Das war wirklich gut«, attestierte Stefanie, als wir das Restaurant verließen. Sie zupfte gedankenversunken ein paar kleinere Porzellanscherben aus Lisas Haar, und Paul zeigte seiner Schwester Melanie stolz seine neue Trophäe, einen waffentauglichen Grillspieß.

Wie es sich für einen Kriminalbeamten gehörte, begann auch der nächste Tag mit einer Überraschung. Der größte Teil des Innenhofes unserer Kriminalinspektion war abgesperrt. Um ein Haar hätte ich KPD überfahren, der mit dem Rücken zu mir am Hofeingang stand und unverständliche Kommandos in die Gegend brüllte. Das Quietschen der Bremsen meines Wagens ließ ihn erschrocken zusammenzucken. »Palzki!«, brüllte er, dass mir trotz geschlossener Scheiben die Ohren klingelten. »Gestern waren Sie den ganzen Tag unauffindbar und heute schrecken Sie nicht einmal davor zurück, Ihren guten Chef zu ermorden. Das wird Konsequenzen haben!«

Da noch nie etwas so heiß gegessen wurde, wie KPD gebrüllt hatte, parkte ich den Wagen in einer Nische zwischen Fahrradständern und einem Blumenkübel mit halb verdorrtem Grünzeug.

KPD schien mich vorübergehend vergessen zu haben, denn er versuchte, einem halben Dutzend Untergebenen etwas zu erklären.

So gewann ich Zeit, die ungewohnte Szenerie auf mich wirken zu lassen. Im hinteren Teil des Hofes parkte ein mir bekannter roter Doppeldeckerbus. Ich dachte sofort an den Not-Notarzt Doktor Metzger und seinen Assistenten Günter Wallmen, die diesen altersschwachen und zweifelsohne fahruntüchtigen Bus einem Schrotthändler abgeluchst hatten, um darin eine Dialysestation zu betreiben. Natürlich ging es dabei nicht mit rechten Dingen zu, aber das schien niemanden zu interessieren. Mit diesem Horrorfahrzeug parkten die beiden in der Nähe von Weinfesten und boten den alkoholisierten Besuchern vor der Heimfahrt eine Schnelldialyse an, um mittels Blutwäsche die Fahrtüchtigkeit wiederherzustellen.

So absurd und gefährlich diese Dienstleistung war, so unverständlich war mir der Grund für das Parken des Doppeldeckerbusses auf dem Hof unserer Dienststelle. Hatte ihn KPD beschlagnahmt, weil er fürchtete, dass durch dieses Angebot die Trunkenheitsfahrten, eine der Haupteinnahmequellen seiner Bußgeldkasse, ausblieben?

Aber es wurde noch verwirrender. Unser Hof sah aus wie ein Hindernisparcours bei einem Reitturnier, nur viel übertriebener. Als ich genauer hinsah, bemerkte ich, dass einige der Hindernisse große Ähnlichkeit mit denen hatten, die ich gestern für die Viertklässler in der Turnhalle aufgebaut hatte. Einige der Elemente waren so komplex, dass sie wahrscheinlich nur von Spitzensportlern mit einer Ausbildung zum Schlangenmenschen gemeistert werden konnten. Ich konnte mir nur schwer vorstellen, dass jemand anderes bei der Gestaltung der Anlage auf die gleiche Idee gekommen war wie ich. Ich brauchte nicht weiter darüber nachzudenken, denn der Hausmeister, den ich gestern in Rödersheim-Gronau getroffen hatte, stieg gerade aus dem Ärztebus. Er bemerkte mich nicht, sondern ging zu einem der Parcourselemente, um es baulich zu korrigieren.

»Sie sind der erste Tester«, sprach mich plötzlich KPD von der Seite an. »Die vorgesehenen Untergebenen von der Schutzpolizei haben sich leider gerade krankgemeldet, aber jemand muss die Anlage überprüfen. Auf kostenpflichtige Laienaussagen wie die vom TÜV können wir bei meiner Fachkenntnis verzichten.«

Spontan begann ich zu humpeln. »Ich habe mir leider beim Aussteigen den Fuß verknackst, lieber Herr Vorgesetzter.«

KPD war um keine Antwort verlegen. »Doktor Metzger wird Ihnen zur Stabilisierung eine Schiene anlegen. Außerdem bekommen Sie einen kleinen Zeitvorteil, ich bin ja kein Unmensch, auch wenn Sie das nicht verdient haben.« Er zog eine Stoppuhr aus der Hosentasche. »Ich schätze, dass ein durchschnittlicher Beamter sieben Minuten für die Runde auf meiner neu entwickelten Cardiobahn braucht. Ich gebe Ihnen siebeneinhalb, Palzki. Aber dafür laufen Sie vier Runden am Stück, also insgesamt maximal 30 Minuten.«

»Kardio, äh, Kardiobahn?«, stotterte ich. »Sie meinen eine Kartbahn? Wie viel PS haben die Karts?«

»Palzki!«, schallte es über den Hof. Not-Notarzt Doktor Metzger hatte mich entdeckt. Zusammen mit seinem Assistenten Günter Wallmen kam er zu uns. »Hat Sie Ihr Chef doch noch gefunden? In welcher Kneipe haben Sie sich versteckt?« Er trat einen Schritt auf mich zu und zog sofort angewidert den Kopf zurück. »Boah, das habe ich mir gedacht, ich muss nur noch eins und eins zusammenzählen.«

Da KPD es nicht gewohnt war, dass ihm die Gesprächsführung entglitt, mischte er sich ein: »Was meinen Sie damit, Herr Doktor Metzger?«

»Ja, bemerken Sie nicht den starken Knoblauchgeruch bei Ihrem Mitarbeiter?«

»Welcher Mitarbeiter?«, hakte KPD sofort nach.

»Na, ich meine den Palzki.«

KPD schaute ratlos zwischen uns hin und her. Selbst auf seinen Standardspruch, dass er keine Mitarbeiter, sondern nur Untergebene habe, verzichtete er.

»Palzki ist gestern in einem griechischen Restaurant untergetaucht, als Sie ihn suchten. Günter hat vorhin in den sozialen Medien gelesen, dass der Grieche in der Salierstraße wegen Umbauarbeiten bis auf Weiteres schließen muss.«

Um die blöde Geschichte abzukürzen, unterbrach ich Metzger mit einer Notlüge: »Ich hatte gestern Hochzeitstag. Mit dem Umbau hat das nichts zu tun.«

Meinen Chef interessierte diese Geschichte nicht. Er streckte stolz seine Brust heraus und sagte: »Das ist meine neue Cardiobahn, die Doktor Metzger, Herr Wallmen und dieser, äh …«

»Schorsch«, ergänzte Wallmen und deutete auf den Hausmeister, der immer noch an den Elementen des Parcours herumschraubte.

»Ja, genau«, bedankte er sich. »Herr Palzki, diese drei Leute, bei denen ich mich noch erkenntlich zeigen werde, haben von gestern Nachmittag bis spät in die Nacht diesen Parcours aufgebaut. Das ist natürlich nur ein erstes Provisorium, bis der Anbau mit Indoor-Halle eingeweiht werden kann.«

»Herzlichen Glückwunsch«, sagte ich, verstand aber nur Bahnhof. »Wann kommen die Pferde, wenn es keine Karts gibt?«

Während sich die Pseudoärzte vor Lachen kringelten, machte KPD ein dummes Gesicht. »Was meinen Sie, Palzki? Der Cardiokurs ist ausschließlich für die medizinische Kontrolle meiner Untergebenen gedacht, also auch für Sie. Jeder, der in meiner Dienststelle arbeitet«, er machte eine kleine bedeutungsschwangere Pause, in der er mich ansah, »oder nur so tut, als ob, muss einmal in der Woche diesen Parcours absolvieren. Danach geht es sofort in den Sanitätsbus zur AP-Kontrolle.«

»Ich habe alles vorbereitet«, sagte Günter Wallmen zu KPD. »Der medizinische Teil ist in bester Ordnung, ich habe mich gerade noch einmal selbst überprüft.« Er zeigte auf sein Handgelenk, aus dem ein medizinischer Zugang herausbaumelte.

»Aha«, sagte ich und suchte nach einem günstigen Fluchtweg.

»Palzki weiß wahrscheinlich nicht, was eine AP ist«, sagte Metzger vorwurfsvoll zu Wallmen.

»Sollte er aber«, entgegnete der Unfallchirurg. »Angina pectoris, lateinisch, die Enge des Brustkorbes. Entsteht, wenn die Arteriosklerose, also Kalkablagerungen, in den Herzkranzgefäßen ein gewisses Maß überschritten haben und der Herzmuskel zu wenig mit Sauerstoff versorgt wird. Betroffen sind vor allem ältere, äh, reifere Männer zwischen 50 und 60. Aber auch jüngere und sogar Frauen sind nicht selten betroffen, nur sind die Symptome bei Frauen nicht immer so eindeutig.«

Mir war längst klar, dass KPD diese Aktion wegen unseres Gesprächs auf dem Weg nach Fußgönheim ausgelöst hatte. Mein Chef fürchtete also tatsächlich um die Funktionstüchtigkeit seiner Blutpumpe. »Ich bin immun gegen Angina pectoris«, sagte ich mit einem schelmischen Lächeln. »Aber ich weiß, dass Brustschmerzen oder ein Druck- oder Engegefühl in der Brust lebensbedrohlich sein können.«

»Sie kennen sich aus, Herr Palzki«, sagte Wallmen anerkennend. »Die Beschwerden, die Sie beschreiben, entstehen durch eine Unterversorgung des Herzens mit Sauerstoff. Meist betrifft das die Herzkranzgefäße, wie man die Arterien des Herzens nennt.«

»Ein äußerst wichtiges Thema!«, mischte sich KPD wieder ein. »Da ich für mich und meine Untergebenen verantwortlich bin, habe ich die Herren Doktor Metzger und Wallmen als neue Gesundheitsbeauftragte meiner Dienststelle eingesetzt. Zunächst für die Disziplin Kardiologie, weitere Fachabteilungen werden folgen. Für die praktische Durchführung des Parcours wird Herr, äh …«

»Schorsch«, sprang Metzger erneut ein.

»Ja, genau«, bestätigte KPD. »Damit sind die Personalien geklärt.«

Ich beschloss, die unmittelbare Gefahr, ein Opfer des Parcours zu werden, abzuwenden. »Herr Diefenbach, Sie haben mir erzählt, dass Sie von Zeit zu Zeit diese halb tödlichen Herzschmerzen verspüren.« Ich übertrieb absichtlich. »Deshalb halte ich es für dringend erforderlich, dass Sie zunächst die Strecke selbst testen. Wenn Sie eine oder zwei Runden überleben, können Sie die Herzschmerzen vernachlässigen.«

KPD starrte mich an. »Palzki! Soll ich mich zum Narren machen und im verschwitzten T-Shirt durch den Parcours laufen? Das ist ein absolutes No-Go für einen guten Chef wie mich! Ich besitze nicht einmal ein T-Shirt«, ergänzte er vorwurfsvoll.

»Das haben wir alles längst geklärt, Palzki«, sagte der Notarzt. »Für Ihren Chef verwenden wir für den AP-Test sogenannte passive Übungen.«

Wallmen zwinkerte mir zu. »Was Matthias meint, ist die Diagnose einer AP, also die Feststellung von verstopften Herzkranzgefäßen. Bis zu einem Verschlussgrad von etwa 70 Prozent funktioniert so eine Arterie noch ganz gut, darüber hinaus wird es langsam kritisch. Im Blutbild kann man Troponin T messen, ein Eiweiß, das nur in Herzmuskelzellen vorkommt. Wenn diese Zellen bei einem Herzinfarkt zerstört werden, gelangt das Troponin ins Blut. Dann ist es eigentlich schon fast zu spät.«

»Wir machen natürlich ab sofort jede Woche ein großes Blutbild bei allen Mitarbeitern …«

»Untergebenen!«

»… bei allen Untergebenen dieser Dienststelle. Aber wichtiger ist die AP-Kontrolle.« Metzger deutete auf die Strecke. »Herr Diefenbach will leider keine wöchentliche Reihenuntersuchung per Herzkatheter finanzieren, deshalb weichen wir auf unseren speziellen Parcours aus. Normale Kardiologen lassen ihre Patienten auf einem Ergometer strampeln, wir arbeiten nach neuesten wissenschaftlichen Erkenntnissen. Zwei Runden auf Schorschs Parcours und dann ab in den Bus zum EKG, egal ob die Brust schmerzt oder nicht. Wenn wir im EKG eine ST-Strecken-Hebung feststellen, den Fachbegriff müssen Sie sich nicht merken, Palzki, dann überweisen wir den Patienten auf dringenden Wunsch ins Krankenhaus.«

Wallmen ergänzte: »Unser OP-Bus ist natürlich für alle Eventualitäten gerüstet. Im Laufe der Zeit haben wir einen beachtlichen Fundus an gebrauchten Herzkathetern aus verschiedenen Kliniken zusammengetragen. Stents setzen kann mittlerweile jeder Schulpraktikant ab der achten Klasse, und auch die eine oder andere Bypass-Operation haben wir schon, häufig erfolgreich, durchgeführt. Zum Aufsägen des Brustbeins nehmen wir natürlich akkubetriebene Geräte aus dem Baumarkt, damit wir keinen Stromausfall befürchten müssen.«

Er machte eine kurze Pause und grinste schelmisch, bevor er weitersprach: »Diesbezüglich sind wir ohnehin mit unserem Dieselstromaggregat auf der Höhe der Zeit. Für die Herzkatheter brauchen wir ein mobiles Röntgengerät im Bus. Diese C-Bögen brauchen um die 25.000 Watt. Ein Föhn als Stromfresser braucht gerade mal 2000 Watt. Jetzt stellen Sie sich vor, was unser nachhaltig genutztes Gerät an Strom zieht. Das haben wir in einem Speyrer Krankenhaus im Keller gefunden. Mit dem habe ich schon in den 1990er Jahren in der Ambulanz gearbeitet. Damit habe ich Routine, das ist ein super Vintage-Teil.«

Metzger zelebrierte sein gefürchtetes Frankenstein-Lachen. »Natürlich sind unsere Geräte wie die Herzkatheter fast wie neu. Zum Desinfizieren verwenden wir einen speziellen Alkohol, den wir aus einer Brennerei in Venningen beziehen. In dieser Brühe überlebt kein einziges Bakterium, Virus oder Pilz.«

KPD nickte den beiden Ärzten dankbar zu. »Danke, dass Sie auch Herrn Palzki über mein neues Projekt informiert haben. Bevor er den Parcours testet, muss ich kurz in mein Büro, einen Kaffee trinken.« Er sah Wallmen an. »Sind Sie sicher, dass mein Kaffeekonsum nichts mit dem vermuteten Herzleiden zu tun hat?«

»Viel Koffein ist todsicher«, warf Wallmen ein, und ich sah, wie er sich ein Lachen verkniff.

»Na dann«, sagte KPD. »Bis später.«

»Ihr Chef ist paranoid«, stellte Wallmen fest, als er außer Hörweite war. »Ich glaube, er hat leichtes Übergewicht, und sein Cholesterinspiegel ist grenzwertig, deshalb frisst er jetzt kiloweise Cholesterinsenker. Er leidet zudem unter starkem Bewegungsmangel, aber Sport ist für ihn kein Thema, das muss jeder selbst wissen. Das

Wichtigste aber ist, dass er Nichtraucher ist. Rauchen ist der Todfeind der Arterien.«

»Also ist er gesund?«, fragte ich, ohne mir eine latente Enttäuschung anmerken zu lassen.

»Was heißt gesund?«, antwortete Wallmen. »Wenn Matthias und ich suchen, finden wir immer etwas. Alles andere wäre geschäftsschädigend. Es gibt keine Gesunden, nur schlecht Diagnostizierte.«

»Dann tun Sie doch etwas. Schicken Sie KPD für ein halbes Jahr oder von mir aus für immer zur Kur nach Sonstwo.«

»Mal sehen«, meinte Wallmen. »Im Moment wird unsere Arbeit als neue Gesundheitsbeauftragte sehr gut bezahlt. Bei der Anzahl der Beamten kommt jede Woche ein hübsches Sümmchen zusammen. Da können wir es uns sogar leisten, den Schorsch offiziell bei Finanzamt und Sozialversicherung anzumelden. Ich habe zwar keine Ahnung, wie das geht, aber das müsste sich schon machen lassen.«

»Wo haben Sie eigentlich den Schorsch aufgegabelt?«, fragte ich möglichst unauffällig.

»Ach den«, antwortete Metzger. »Der hat jahrelang als Hausmeister in einer Schule gearbeitet. Ich glaube, es gibt neben dem Lehrerberuf keinen öderen Job als Hausmeister in einer Schule. Wir haben ihn zufällig auf einem Weinfest getroffen, und er erzählte uns, dass er fristlos entlassen wurde, weil er eigenmächtig arbeitete.«

»Aha«, sagte ich, denn ich wusste, dass es sich bei dieser Eigenmächtigkeit um Diebstahl handelte.

»Zum Schluss erzählte er, dass die Turnhalle seiner ehemaligen Schule voll mit alten Geräten steht, die kein Schüler und kein Lehrer mehr brauchte. Im Prinzip alles Sperrmüll, dachten wir uns, als wir gestern Nachmittag mit Herrn Diefenbach in Fußgönheim ins Gespräch kamen. Wir haben dort einen kleinen Auftrag für so ein komisches Festival ergattert. Am Rande hat Ihr Chef seine gesundheitlichen Probleme erwähnt. Wir zauberten daraufhin spontan ein Konzept aus dem Hut, das ihn überzeugte. Dann reichte ein Anruf bei Schorsch, und am frühen Abend haben wir mithilfe einer Spedition die Turnhalle leer geräumt. Es war sowieso niemand vor Ort, jemand aus dem Dorf erzählte uns, dass ein paar Stunden zuvor der Schulleiter unter tragischen Umständen ums Leben gekommen sei. Wissen Sie das eigentlich schon?«

Ich hatte nun mehr erfahren, als ich erwartet hatte, aber jetzt war es Zeit zu verschwinden. Nur eine Frage brannte mir noch unter den Nägeln: »Wie sieht die alternative Behandlung von KPD aus? Alles Fake?«

Metzger grunzte animalisch, bevor er antwortete. »Wo denken Sie hin, Palzki! Wir sind seriöse Ärzte. AP-Beschwerden treten nicht nur bei körperlichen Beschwerden auf, sondern manchmal auch beim Essen, vor allem, wenn man zu schnell zu viel in sich hineinstopft.«

Wallmen übernahm: »Dann drückt die Speiseröhre auf die Herzkranzgefäße und diese wiederum auf das Herz. Wenn die Arterien ohnehin bereits verengt sind, hat das Herz zumindest kurzzeitig ein Sauerstoffproblem. Hin und wieder sieht man im Restaurant Gäste, die mit hochrotem Kopf beim Essen sitzen, schwitzen und scheinbar Druckschmerzen im Brustbereich haben. Laien bringen das aber meist nicht mit dem Herz in Verbindung, was manchmal sehr tragisch endet. Sozusagen totgefressen.«

Ich ahnte die Lösung. »Sie haben KPD empfohlen, regelmäßig zu essen?«

»Natürlich«, bestätigte Wallmen und lachte. »Möglichst fett und viel. Wenn's dann drückt, kann er zu uns in den Bus kommen, und wir schieben ihm einen der fingerdicken Herzkatheter von der Leiste bis hoch zum Herz. Wir arbeiten in Notfällen auch nachts, mit entsprechenden Chef-Zuschlägen beim Honorar.«

Günter Wallmen deutete auf den Doppeldeckerbus. »Aus Platzgründen sind wir noch etwas eingeschränkt. Im Neubau von Herrn Diefenbach wird das Arbeiten dann angenehmer sein. Leider besitzen wir weder einen Kernspintomografen noch einen Computertomografen, diese großen Geräte stehen leider selten herrenlos in einem Krankenhaus oder einer Arztpraxis herum. Aber Ihr Chef will uns das neueste Gerät finanzieren, das es auf dem Markt gibt. Es wird eine bisher unerreichte Auflösung haben, fast wie ein Elektronenmikroskop. Sogar einzelne Blutkörperchen soll man damit sehen können, absolut nobelpreisverdächtig.«

»Sehr gut«, sagte ich und verabschiedete mich. »Wie schlimm steht's mit meinem Chef? Könnten Sie ihn nicht prophylaktisch …«

»Ihrem Chef geht es besser als Ihnen, Palzki«, sagte der Not-Notarzt mit ernster Stimme und dazu passender Mimik. »Ich kenne mich ein wenig mit der Symptomatik von Pupillen und daraus erkennbaren Krankheiten aus. Ihr Blick verheißt nichts Gutes. Günter und ich können in Ihren Innereien gerne mal mit unserem experimentellen Ganzkörperkathedersystem nachschauen.«

OBS NOCH Ä LEICH GIBT?

Ich redete mir ein, dass Metzger mir nur Angst einjagen wollte. Niemals würde ich mir von diesen beiden Möchtegern-Medizinern einen Katheter legen lassen. Nicht einmal einen gewöhnlichen und rezeptfreien Hustensaft würde ich von den beiden annehmen, dazu hing ich viel zu sehr an meinem Leben, trotz aller Widrigkeiten, die ich täglich mehrfach zu überwinden hatte.

»Das ist mein typischer Serienkillerblick«, neckte ich den Not-Notarzt. »Ärzte gehören neben Lehrern zu meinem bevorzugten Beuteschema.«

»Oha!«, schrie Metzger und gab eine Kostprobe seines Frankensteinlachens. »Palzki versucht sich mal wieder an einem Witz.«

»Seit ich Sie kennenlernen musste, ist mir das Lachen vergangen«, antwortete ich mit deutlich sarkastischem Unterton. »Um meine Zeit nicht zu vergeuden, verabschiede ich mich. Falls mein Chef fragt, ich bin …«, ich überlegte kurz, »bei der Streckenerprobung verunglückt und liege bis auf weiteres im Koma.« Ich hob zum Abschied den Arm und verließ den Hof. Ohne Feindkontakt mit Diefenbach erreichte ich Juttas Büro. Dort erwartete mich der nächste Ärger.

»Guten Tag, Herr Palzki«, wurde ich zweistimmig begrüßt.

»Wir sind gerade gekommen«, sagte Dietmar Becker. »Alexander und ich waren mit Herrn Diefenbach verabredet, aber der hat keine Zeit, weil es ein Problem mit seiner neuen Kaffeemaschine gibt.«

Ich hatte die Begrüßung des unsäglichen Krimiautors wahrgenommen, war aber durch etwas anderes abgelenkt. Mit Entsetzen starrte ich auf die Kappen, die die beiden trugen, jede mit einer anderen Aufschrift. ›Schärf klärt auf‹ stand auf der Mütze des Internetjournalisten, während auf Beckers Mütze ›BKW Dietmar Becker‹ stand. »Was bedeutet BKW?«, fragte ich, ohne auf seine Begrüßung einzugehen.

Der Krimiautor lächelte. »Die nicht auf Anhieb erkennbare Abkürzung dient dazu, mit meinen Fans ins Gespräch zu kommen, Herr Palzki. Man liest BKW, überlegt kurz und fragt mich dann, was die drei Buchstaben bedeuten. Genau wie Sie.«

»Dann lösen Sie doch auf«, knurrte ich genervt. »Oder nein, besser nicht.«

Becker war nicht zu bremsen. »Die Buchstaben lassen einen gewissen Interpretationsspielraum zu, der natürlich gewollt ist. Man könnte zum Beispiel annehmen, dass die Abkürzung BKW für ›Bester Krimiautor weltweit‹ steht.«

Ich stöhnte auf und antwortete schnell: »Oder für ›Polizei-Kriminalwachtmeister‹.«

Becker sah mich irritiert an. »Polizei schreibt man doch mit P und nicht mit B«, korrigierte er mich. »Polizei mit B, das schreibt doch nur jemand, der keine Ahnung von deutscher Rechtschreibung hat.«

»Stimmt«, antwortete ich kurz und knapp. »Kommen wir zu dem Grund, warum Sie hier sind. Was wollen Sie von uns?«

Alexander Schärf schaute seinen Buddy Becker an. »Der

ist wirklich so, wie du ihn in deinen Büchern beschreibst, Chapeau!«

Im ersten Moment wollte ich überreagieren und die beiden aus dem Büro werfen. Aber falls sie etwas Relevantes zu sagen hatten, würde ich mir damit keinen Gefallen tun. Ich einigte mich mit mir selbst auf den kleinsten gemeinsamen Nenner, der aus einem Wort bestand: »Und?«, fragte ich.

»Ich habe den Mord an Schulleiter Frohnhäuser in die Schlagzeilen gebracht«, erklärte Schärf stolz. »Die Nachricht verbreitete sich in Windeseile. Es gibt bereits Übersetzungen meines Artikels in mehrere Sprachen, sogar ins Russische und Mongolische.«

Während sich meine Kollegen Jutta und Gerhard erstaunlich passiv verhielten, mischte sich Jungkollege Jürgen ein. »Was Sie machen, ist alles andere als Qualitätsjournalismus«, wetterte er. »Ich habe mir erlaubt, Ihre Unterstellungen zu überprüfen. Was Sie über das Opfer, Herrn Frohnhäuser, behaupten, ist in höchstem Maße absurd. Er hat keineswegs …«

»Aber, aber«, unterbrach ihn der Internetjournalist. »Qualität und Internet, das sind keine Synonyme. Außerdem sind Überschriften mit Fragezeichen generell keine Fakten, das gehört zur Allgemeinbildung. Im Text unter den jeweiligen Überschriften versuche ich, die Fragen – natürlich im Rahmen des aktuellen Wissensstandes – zu beantworten.«

»Was mein Freund damit meint, ist, dass die hohe Kunst des Journalismus darin besteht, aus Nichts einen prallen Artikel zu basteln. Man kann das durchaus mit der Homöopathie vergleichen, wo man Ähnliches mit Ähnlichem heilen will. Wenn es zu einer aktuellen Meldung keine näheren Informationen gibt, weil zum Beispiel die Polizei eine Nachrichtensperre verhängt, dann versucht der kluge Journalist, sich an ähnliche Vorfälle in der Vergangenheit zu klammern. Bei einem Flugzeugunglück wird im Archiv nachgeschaut, welche Unglücke es in den letzten Jahren gab. Das gibt dem Artikel richtig viel glaubwürdige Substanz mit Tiefgang.«

»Danke für die Aufklärung«, sagte ich und gähnte breit. Dann sah ich Jürgen an. »Welche Fakten über Ralf Frohnhäuser sind derzeit bekannt? Das Internetgeschwätz von Herrn Schärf interessiert mich nicht die Bohne.«

»Das sollte es aber«, lenkte Jutta ein. »Inzwischen berichten sogar die öffentlich-rechtlichen Fernsehsender über die Mordserie. Die haben das zwar größtenteils von ihm abgeschrieben«, sie deutete auf Schärf, »aber in Rödersheim-Gronau drehen sie jeden Stein um. Ganze Rudel von Medienvertretern sind vor Ort.«

Ich griff nach einem Ausdruck, der auf Juttas Schreibtisch lag. Ganz oben stand »Schärfs mörderischer Newsletter«. Darunter: »Wer ist verantwortlich für den Mord an R.F., einem Schulleiter aus dem westlichen Rhein-Pfalz-Kreis?«

Ich ersparte es mir, den Text zu lesen. »Wenigstens ist er anonymisiert«, sagte ich. »Was sagt KPD dazu?«

Jürgen reichte mir einen Stapel Papier. »Was du in der Hand hältst, ist nur die erste Meldung, Ort, Name und sogar die Adresse von Frohnhäuser wurden inzwischen tausendfach gepostet. Die Beamten aus Ludwigshafen mussten das Wochenendhaus weiträumig absperren.«

Schärf grinste. »Ich bin eben vom Fach. Die Zugriffszahlen auf meine Seite sind astronomisch gestiegen. Allein heute habe ich drei neue Werbepartner gewonnen, eines davon ist sogar ein *DAX*-Unternehmen. Wenn das so weitergeht, kann ich mich nach den nächsten zwei, drei Kapitalverbrechen zur Ruhe setzen und andere für mich arbeiten lassen.«

»Aber erst, wenn ich einen genialen Krimi über die Mordserie geschrieben habe«, sagte Dietmar Becker. »Ein Exposé habe ich sogar bereits erstellt, nur der Täter ist mir noch nicht ganz klar. Vielleicht könnte es …«

»Ich sein«, unterbrach ich den ewigen Studenten und Buchschreiber wütend. »Meine ersten drei Opfer dienten nur der Ablenkung, damit niemand auf das wahre Motiv der letzten Bluttat kommt.«

»Und das wäre?«, fragte Becker vorsichtig.

Ich starrte ihn unverhohlen grinsend an, sagte aber kein Wort. Irgendwann begriff er.

»Oh nein, Herr Palzki. Ich als Opfer, das würde kein Leser glauben und es wäre völlig abwegig. Warum sollte ich …« Er unterbrach sich selbst, sprach aber sofort weiter. »Authentischer wäre es, wenn …«

»Genug«, unterbrach ich ihn. »Es wird keine Morde mehr geben. Stattdessen wiederhole ich meine Frage: Was weiß KPD?«

»Nichts«, antwortete Gerhard. »Ich habe ihn vorhin auf dem Flur getroffen, er muss gerade von seiner letzten Spinnerei im Hof gekommen sein. Der Mord in Rödersheim-Gronau hat ihn nicht interessiert. Stattdessen fragte er mich, ob mir an ihm etwas auffalle. Da ich nicht wusste, worauf er hinauswollte, erfand ich etwas und sagte ihm, dass er seit ein paar Tagen fahl und kränklich aussehe. Das sollte eigentlich nur ein kleiner Scherz sein, aber von einem Moment auf den anderen wurde sein Gesicht so weiß, dass ich dachte, er würde tot vor mir auf den Boden fallen. Dann stürmte er in sein Büro und rief nach Koffein.«

»Das hast du gut gemacht, Gerhard«, lobte ich ihn. »Das Präsidium in Ludwigshafen beschäftigt sich mit der Mordserie, und unser Chef weiß von nichts. Das sind ausnahmsweise ideale Voraussetzungen, um heute pünktlich Feierabend zu machen.«

»Es ist noch nicht mal Mittag und du redest von Feierabend?«, fragte Jutta entsetzt.

»Ach, ist es noch so früh? Wir sollten jetzt auf jeden Fall eine intensive Teambesprechung abhalten, aber ohne Zivilpersonen.« Ich sah Becker und Schärf an. »Na, was ist, meine Herren? Sie haben doch bestimmt Wichtiges zu erledigen? Bücher schreiben oder die Welt mit tollen Artikeln verunsichern.«

»Das mit der KI sollten Sie vorher wissen«, stammelte Becker unsicher.

»Hören Sie auf mit diesen blöden Abkürzungen«, herrschte ich ihn an. Ich wusste zwar, was KI war, aber im Moment wollte ich einfach nur meine Ruhe haben.

»Lass die beiden doch erzählen«, verteidigte Jutta sie. »Was sie uns zu dem Thema erzählt haben, bevor du ins Büro kamst, klang vielversprechend.«

Ich seufzte und setzte mich zu den anderen, die, bis auf Jürgen, der sich wie immer an Juttas Computer zu schaffen machte, am Besprechungstisch saßen. »Gibt's keine Kekse?«

»Du hast schon alle aufgefressen.«

Schärf grinste. »Seit ich in diesem Büro bin, habe ich ein Déjà-vu nach dem anderen. Dietmar hat Sie alle so authentisch in seinen Krimis beschrieben. Sie sind genau wie in Dietmars Büchern, weil …«

»Wunderbar«, schnitt ich ihm das Wort ab, obwohl ich ehrlicherweise etwas anderes hätte sagen müssen. »Kommen wir zu Ihrem Vortrag. Wie wollen Sie mit Ihrer KI die PI schlagen?«

»PI?«, fragte Becker. »Sie meinen Ihre Kollegen von der Polizeiinspektion?«

Ich schüttelte den Kopf. »Mit PI meine ich die Polizeiliche Intelligenz, das sollten Sie schon mal gehört haben. Unsere PI ist unfehlbar und allwissend.«

Gerhard und Jutta sahen sich an, weil sie auch nicht wussten, worauf ich hinauswollte.

»Und wo ist Ihre polizeiliche Intelligenz?«, fragte der Krimiautor und sah sich suchend im Büro um.

Ich zeigte auf Jürgen. »Hier, das ist das Gehirn unserer PI«, erklärte ich selbstbewusst. »Keine MI, also menschliche Intelligenz, und auch keine KI kann unserem Jürgen das Wasser reichen. So ist das, meine Herren. Und meine Dame«, fügte ich in Juttas Richtung hinzu.

Jürgen platzte fast vor Stolz. »Meinst du das wirklich ernst, Reiner?«, fragte er vorsichtig. »Kein Scherz, keine Ironie oder sonst was?«

»Auf jeden Fall«, bestätigte ich, auch mit dem Hintergedanken, Jürgen einen Motivationsschub zu geben, damit er bei der nächsten unauffindbaren Katze nicht gleich wieder kapitulierte. »Neben Jutta und Gerhard bist du das wichtigste Mitglied unseres Ermittlungsteams. Gegen dich bin ich nur ein kleiner Puzzleteilchensammler, während du am Computer die Schwerstarbeit machst und die einzelnen Fäden zusammenführst. Ohne dich hätten wir in den letzten Jahren kaum einen großen Fall lösen können.«

Ich konnte an seinem Gesicht ablesen, wie sein persönlicher Lebensfreude-Index um mehrere Stufen anstieg. Während Jutta und Gerhard mir erstaunt zunickten, überlegte ich, wie mein Leben wohl verlaufen wäre, wenn ich Psychologie studiert hätte.

Alexander Schärf wagte einen Einwand. »Es könnte trotzdem hilfreich sein, wenn Sie mich anhören, dann kann Ihr Kollege gerne versuchen, alles zu verifizieren. Auch wenn ich nicht weiß, wie man das mit PI macht.«

»Dann mal los.« Ich verkniff mir einen weiteren Kommentar, der unser Gespräch nur verzögern würde.

Der Internetjournalist zog ein Tablet aus seiner Umhängetasche. »Ich habe mit einigen Kollegen, die über die ganze Welt verstreut sind, eine Media Future KI, kurz MFK, entwickelt. Diese Software kann nicht nur aus vorhandenen Daten, also dem Wissen der Welt, Schlüsse ziehen und Antworten generieren. Nein, die MFK kann die Daten auch zielsicher extrapolieren, also in die Zukunft schauen.«

Oje, dachte ich. Wie oft boten selbsternannte Hellseher uns Beamten ihre Dienste an, vor allem dann, wenn ein prominenter Mensch in der Öffentlichkeit vermisst wurde. Nach einer verlässlichen Statistik waren etwa fünf Prozent aller Bürger als Hochstapler einzustufen, wenn auch nicht alle in strafrechtlich relevantem Ausmaß. Nicht nur deshalb gehörte der Begriff UFFBASSE zu meinem 1a-Grundwortschatz.

»Was sagt die Zukunft?«, fragte ich desinteressiert. Hoffentlich konnte ich diese Diskussion kurz halten.

»Das weiß ich auch nicht«, antwortete Schärf. »Ich habe das MFK nur nach den Serientaten befragt. Aber das Ergebnis ist wenig überraschend. Mit ein bisschen Nachdenken hätte man fast selbst draufkommen können.«

»Lassen Sie mich raten: Ihr Dingsda antwortet, dass es

eine weitere Straftat geben wird oder auch nicht. Trefferwahrscheinlichkeit 100 Prozent.«

»Fast.« Der Internetjournalist grinste. »Trefferwahrscheinlichkeit über 99 Prozent, dass es zu einem weiteren Kapitalverbrechen kommen wird.« Er atmete tief durch. »Und hier steht, wo es passiert und wer das Opfer sein wird.« Er reichte mir sein Tablet.

»In Bockenheim an der Weinstraße«, las ich vom Bildschirm ab. »Da findet doch auch so ein Mundartwettbewerb statt.«

»Genau, lesen Sie weiter«, forderte mich Schärf auf.

Unter dem Ort stand genau ein Name. »Diese Person steht auf der Todesliste, die Sie ins Internet gestellt haben. Daran erinnere ich mich genau.«

»Weil diese Person mit dem Mundartdichterwettstreit in Bockenheim zu tun hat.«

»Nein, das ist mir zu einfach. Für solch eine Vorhersage braucht man keinen Computer. Da reicht der gesunde Menschenverstand. Außerdem glaube ich nicht an ein weiteres Verbrechen.«

»Und wenn diese Person doch ermordet wird?«, fragte Schärf scharf.

»Mir fehlt die Begründung für diese Aussage«, sagte ich. »Das kann doch jeder behaupten. Alle Personen auf Ihrer Liste könnten in Gefahr sein, und sei es nur durch einen Trittbrettfahrer.«

»Ich gebe zu, dass es ein Fehler war, diese Liste zu veröffentlichen. Aber es ist nun mal passiert.«

»Warum fragen Sie nicht Ihre Kiste, wer der Mörder ist?« Ich gab ihm sein Tablet zurück.

»Das haben Dietmar und ich natürlich schon lange getan«, erklärte er uns. »Aber so genau will sich die MFK bisher nicht festlegen. Da im Moment eine gewisse Unsicherheit herrscht, wollen wir den Namen des möglichen Täters für uns behalten. Schließlich wollen wir niemanden falsch verdächtigen.«

Becker fügte hinzu: »Ich sehe, dass Herrn Palzki die Skepsis ins Gesicht geschrieben steht. Den werden wir eines Besseren belehren.«

»Auf jeden Fall«, unterstützte Schärf seinen Kumpel. »Wir haben die MFK einem Härtetest unterzogen. Im Lotto hatten wir am vergangenen Samstag mit nur 150 Euro Einsatz zwei Vierer und fast einen Fünfer. Wenn statt der 42 die …«

»Das reicht«, unterbrach ich ihn mit einem Blick auf die Uhr. »Wir Beamten müssen uns jetzt auf unsere Arbeit konzentrieren, statt weiter Steuergelder zu verschwenden.«

Dietmar Becker stand auf. »Komm, Alexander, wir fahren direkt nach Bockenheim, Herr Palzki wird schon sehen, was er von seiner Ignoranz hat.«

Nachdem die beiden das Büro verlassen hatten, fragte Jutta: »Wie gehen wir damit um, Reiner? Wenn noch ein Mord passiert, sind wir die Gelackmeierten.«

Nach einem tiefen Seufzer beschloss ich: »Ich reise heute Mittag sicherheitshalber nach Bockenheim. Das ist zwar eine weite Strecke, aber besser, als dem Höllenparcours von KPD im Hof unserer Dienststelle ausgesetzt zu sein. Für euch ist es bestimmt auch besser, euch nicht von KPD erwischen zu lassen. Schaut mal hinten aus dem Fenster.«

Mein Vorschlag, die Dienststelle als geschlossenes Team vorübergehend zu verlassen, um irgendwelche pauschalen Ermittlungen anzustellen, wurde einstimmig angenommen. Der *Imbiss Caravella*, den ich seit dem Sommer 1980 immer wieder aufsuchte, wickelte unseren vielfältigen Auftrag souverän ab.

»Wie kann man nur so viel essen«, meinte Gerhard mit Blick auf meine Familienpizza mit Pommes und Sättigungsbeilage.

Erst als uns die Gewissensbisse wie Nadelstiche traktierten, beendeten wir die hoffnungslos überzogene Mittagspause. »Das können wir uns nicht jeden Tag leisten«, meinte Jutta.

»Ach, so schlimm war es doch gar nicht.«

»Das war eher eine Bemerkung über die Kosten, vor allem deine, Reiner. Du isst mehr und schneller, als du das Geld dazu verdienst.«

Zumindest teilweise hatte meine Kollegin recht. Während die drei zurück zur Dienststelle fuhren, machte ich mich mit aufgeblähtem Bauch und den dazugehörenden selbst produzierten Geräuschen mit offenen Fenstern auf den Weg nach Bockenheim.

DORT FANGT DIE PALZ AA

Bis Grünstadt konnte ich mich an den Autobahnen orientieren. Auch für die restliche Strecke konnte ich dank der guten Beschilderung entlang der B 271 auf meinen zerfledderten Straßenatlas verzichten. Sicherlich war dieser Abschnitt der Deutschen Weinstraße vor Jahrzehnten idyllischer zu befahren, allerdings auch mit wesentlich weniger Verkehr. Wegen der endlosen Rebzeilen beiderseits der Straße hätte man auf die Beschilderung der Deutschen Weinstraße verzichten können.

Die Spontaneität und die damit verbundene Unüberlegtheit der Fahrt nach Bockenheim rächte sich kurz vor dem Ziel: Ich kannte zwar den Namen des potenziellen Opfers, aber sonst nichts. Hätte ich doch nur vorher unsere PI Jürgen befragt, ging es mir durch den Kopf.

Da meine Kombinationsgabe als erfolgreicher Kriminalbeamter überdurchschnittlich ausgeprägt war, kam ich zu dem Schluss, dass eine Person im Zusammenhang mit dem *Pfälzischen Mundartdichterwettstreit* mehr oder weniger im Fokus der Öffentlichkeit stehen müsse. Mein erster Gedanke war, im Rathaus nachzufragen, nach 16 Uhr wohl ein eher hoffnungsloses Unterfangen. Noch während ich in Gedanken nach einer Alternative suchte, sah ich die Lösung vor mir: Das 1995 erbaute *Haus der Deutschen Weinstraße*, das das nördliche Ende der Weinstraße symbolisierte. Es handelte sich um ein äußerst seltenes sogenanntes »Brückenrestaurant«, das ich bisher nur aus einem *Asterix*-Band kannte. Mit dem Auto fuhr man unter Teilen des Restaurants hindurch, während eine Etage höher die Gäste aus den Fenstern winkten.

Neben dem Restaurant entdeckte ich einen kleinen See sowie einen idealen Platz zum Parken. Im selben Moment stockte mir der Atem. Auf dem schmalen Rasenstreifen zwischen See und Straße saßen heftig diskutierend Dietmar Becker und Alexander Schärf auf einem Sandstein. Für eine Flucht war es zu spät, die beiden hatten mich ebenso entdeckt.

Mit gemischten Gefühlen parkte ich und ging ihnen entgegen, denn sie blieben auf dem Sandstein sitzen.

»Wir sind zu spät«, begrüßte mich der Internetjournalist.

»Sie aber auch«, ergänzte Becker in meine Richtung.

»Ich bin noch nie zu spät gekommen«, verbesserte ich. »Es interessiert mich auch nicht, warum Sie hier sitzen. Ich brauche nur die Adresse von …«

»Die brauchen Sie nicht mehr«, bekam ich zur Antwort.

Erst jetzt verstand ich. »Tot?«, fragte ich zögernd und bekam ein doppeltes Nicken zur Antwort.

»Haben Sie wenigstens die Polizei gerufen?« Ich vermutete den Tatort in unmittelbarer Nähe.

»Die war schneller als wir«, sagte Becker und fügte schnell hinzu: »Aber nur, weil die Leiche zufällig von einer Wanderin gefunden wurde.«

»Aha«, sagte ich, weil mir nichts Besseres einfiel. Was sollte ich nun tun? Die hiesigen Beamten waren sicher längst bei der Arbeit, wenn man dem Studenten ausnahmsweise Glauben schenken durfte. Natürlich konnte ich nach Schifferstadt zurückfahren und Jürgen beauftragen, den Polizeiserver in Grünstadt zu inspizieren. Doch diesen Gedanken verwarf ich schnell wieder. Ich musste mir selbst ein Bild vom Tatort machen, alles andere wäre fahrlässig. Schließlich galt es, einen Serientäter zu fassen, der bisher an mehreren Orten mit unglaublicher Brutalität und Finesse zugeschlagen hatte. »Wo ist der Tatort?«, fragte ich die beiden Steinsitzer.

»Ein paar Meter geradeaus«, sagte Schärf und zeigte nach Norden. »Dann die erste Straße rechts, Leininger Ring, glaube ich.«

»Dort ist aber alles abgesperrt«, unterbrach ihn Becker. »Neben der Emichsburg steht die Martinskirche. Direkt neben dem Turm muss der Tatort sein. Leider scheint mich hier niemand zu kennen, obwohl ich jedem gesagt habe, wer ich bin.«

»Ein einfacher Krimiautor ist kein Spurensicherer«, ärgerte ich ihn. »Außerdem sind Sie höchstens, und die Betonung liegt auf höchstens, ein regional oder lokal bekannter Krimiautor, wie zum Beispiel in Schifferstadt Südost. Hier an der Weinstraße sind Sie ein Nobody.«

Das saß, dachte ich jedenfalls. Aber wie immer reagierte der Buchautor nicht auf meine latenten und gelegentlich auch offenen Beleidigungen. »Herr Palzki, aber mit Ihrer Hilfe könnten Alexander und ich doch …«

»Niemals«, schmetterte ich den allzu offensichtlichen Versuch ab. »Zivilisten haben bei einer Mordermittlung nichts zu suchen.«

»Wir würden uns revanchieren«, versuchte Schärf, seinem Kumpel beizuspringen.

»Kein Interesse«, lehnte ich ab.

»Wie Sie meinen.« Schärf wirkte plötzlich ganz ruhig. »Dann werden Dietmar und ich den Täter morgen selbst überführen. Zum ersten Mal ohne die Hilfe der Polizei. Der nächste Krimi meines Freundes wird vor lauter Authentizität eine Überraschung für die Weltöffentlichkeit, das garantiere ich Ihnen schon jetzt. Die Auflage von Dietmars Büchern wird sich vervierfachen, mindestens.«

»16 statt vier verkaufte Bücher, das kann ich locker verkraften«, entgegnete ich mit einem süßsauren Lächeln. »Das meiste sind sowieso kostenlose Presseexemplare oder Ramschware auf dem Wühltisch.«

Ich ließ sie auf ihrem Stein zurück. Die Weiterfahrt unter dem Brückenrestaurant hindurch nach Norden lohnte sich kaum. Ein nicht unbeträchtlicher Teil des Straßenrandes war durch parkende Einsatzfahrzeuge aller Art blockiert, viele davon so verkehrsbehindernd halb auf dem Grasstreifen, halb auf der Straße stehend, dass mehrere Abschleppunternehmen den Umsatz ihres Lebens machen könnten, wenn es sich um privat abgestellte Fahrzeuge handeln würde. Die Polizeibeamten hatten in dieser Hinsicht mehr Freiheiten bei der Auslegung der geltenden Verkehrsregeln.

Trotzdem wunderte ich mich über die Vielzahl der Fahrzeuge. Der einzige denkbare Grund war, dass es in dieser Gegend selten zu Kapitalverbrechen kam und daher aus Sicherheitsgründen alle verfügbaren Einsatzkräfte nebst Polizeifahrzeugen angefordert wurden.

Ich konnte eine winzige Parklücke ergattern, die eine Nuance verkehrswidriger war als die Parksituation der anderen Fahrzeuge. Den sofort auf mich zustürmenden Beamten konnte ich durch Vorzeigen meines Dienstausweises beruhigen. »Die Kollegen vom Präsidium Ludwigshafen müssen auch gleich kommen«, erklärte er mir. »Ich soll sie empfangen und zum Tatort führen.«

»Dann wünsche ich den Kollegen viel Spaß bei der Parkplatzsuche.«

Auch die erste Absperrung war mit dem Ausweis kein Problem. Dietmar Becker würde vor Neid erblassen, wenn er das sehen würde. »Nach ein paar Metern links in den Schlossweg bis zum *Weingut Schloss Janson*«, erklärte mir eine Beamtin.

»Ich dachte, der Tatort sei neben der Emichsburg bei einer Kirche.«

Die Beamtin sah mich an. »Sie sind nicht von hier, oder? Von der Emichsburg stehen nur noch das Portal und ein paar Mauerreste. Heutzutage nutzt das Weingut Janson die Anlage als Weingut. Aber mit der Kirche haben Sie recht.« Sie zeigte in die betreffende Richtung. Tatsächlich ragte hinter der Wohnbebauung ein Kirchturm empor. Ich bedankte mich und fand kurz darauf das besagte Weingut.

Der Kirchturm war in Luftlinie nur einen Steinwurf entfernt, aber mit einer kleinen Steigung verbunden, die ich ohne Atemnot meisterte. Auf der Anhöhe befand sich neben der Kirche der frei stehende Glockenturm. Unmittelbar vor dem Turm war provisorisch ein Zeltpavillon errichtet worden, der die Sicht auf den Tatort versperrte. Die letzte Absperrung vor der Leiche war von einem hartnäckigen Beamten besetzt.

»Sie dürfen sich hier nicht aufhalten, bitte verlassen Sie sofort diesen Ort.«

Immerhin studierte er aufmerksam meinen Dienstausweis, den ich ihm entgegenhielt. »Tut mir leid, Sie sind nicht zuständig. Wir haben bereits das Polizeipräsidium Ludwigshafen verständigt. Bitte gehen Sie jetzt, Herr Palzki.«

Die letzten beiden Worte hatte er überdeutlich und laut ausgesprochen, sodass ein anderer Beamter, der gerade aus dem Pavillon kam, hellhörig wurde. »Habe ich gerade den Namen Palzki gehört?«, fragte er neugierig und kam auf uns zu.

»Persönlich«, antwortete ich ihm fröhlich und freute mich über meinen offensichtlichen Prominentenstatus. »Man kennt mich also selbst hier am Ende der, äh, ich meine mitten in der, äh, also in Bockenheim.« Wenn Becker das hören würde.

»Ich habe keine Ahnung, wer Sie sind.« Mein Gegenüber zerstörte mit einem Satz meine Illusion, in der Öffentlichkeit einen gewissen Bekanntheitsgrad zu besitzen. Beckers Bücher schienen wirklich keinen großen, räumlich ausgedehnten Leserkreis zu haben. »Ich bin gekommen, um Ihre Leiche zu warnen«, sagte ich in meiner Not.

»Sie wollen was? Eine Leiche warnen?«

»Nein, natürlich die Leiche warnen, als sie noch lebte«, verhaspelte ich mich ein weiteres Mal.

Der Beamte runzelte die Stirn. Wahrscheinlich überlegte er gerade, ob er einen Verrückten vor sich hatte, der in irgendeiner Weise gefährlich werden könnte. »In welcher Beziehung standen Sie zu der Ermordeten?«

»Sie ist mir völlig unbekannt«, antwortete ich wahrheitsgemäß. »Ich habe ihren Namen gestern zum ersten Mal bewusst gelesen.«

Er sah mich lange an, bevor er die nächste Frage stellte. »Sie haben gestern ihren Namen gelesen und sofort gewusst, dass sie heute ermordet wird?«

Ich nickte, weil diese Aussage zumindest im Großen und Ganzen stimmte. »Na ja, dass sie heute ermordet wird, das wusste ich nicht so genau. Aber so ungefähr.«

»Irgendwas stimmt hier nicht«, antwortete er und schüttelte den Kopf. »Vorhin waren schon zwei komische Typen unten bei der Absperrung, die ebenfalls behaupteten, sie hätten den Tod des Opfers vorhergesehen.« Dann schaute er mir wieder fest in die Augen. »Auf jeden Fall bleiben Sie bei uns, bis die Kollegen aus Ludwigshafen da sind.«

Dann fiel ihm noch etwas ein. »Wenn Sie angeblich über hellseherische Fähigkeiten verfügen, dann wissen Sie sicher, wer die Tote ist?«

»Natürlich«, antwortete ich so beiläufig wie möglich, um dem Beamten die leichte Arroganz in seinem Verhalten mir gegenüber zu nehmen. »Heike Benß, die Geschäftsführerin des *Förderkreises Mundart* in Bockenheim. Jeder hier im Ort und im weiten Umkreis kennt sie.« Mein letzter Satz beruhte zwar nur auf einer Vermutung, aber mein Gegenüber war von der Antwort beeindruckt. Ich entschloss mich zu einer weiteren rhetorischen Salve. »Da Sie einer der wenigen Polizisten in Rheinland-Pfalz sind, die mich nicht kennen, empfehle ich Ihnen, im Präsidium anzurufen. Das macht die Sache einfacher.«

»Gute Idee«, sagte er und zog ein Mobiltelefon aus der Tasche.

Während er telefonierte, stand ich abwartend daneben. Ich wunderte mich, dass der Beamte etwa zwei Minuten lang nur zuhörte, ohne selbst etwas zu sagen. Dann bedankte er sich und beendete das Gespräch.

»Herr Palzki«, sagte er schließlich. »Ich weiß nicht, welche Funktion Sie haben. Das Polizeipräsidium hat Sie zwar bestätigt, aber erst nachdem die Beamtin, mit der ich telefonierte, ihren Lachanfall unter Kontrolle hatte. Auch im Hintergrund hörte ich mehrere Leute laut lachen.«

»Alles Neider ohne Selbstvertrauen«, entgegnete ich wütend. »Ich reiße mir jeden Tag im Außendienst den …«

»Hallo, Herr Palzki!«, wurde ich in diesem Moment in meinem Zorn unterbrochen.

»Hallo, Michael.« Diese Worte kamen nicht aus meinem Mund. »Wer hat dich durchgelassen? Und woher kennst du Herrn Palzki?«

Michael Landgraf grinste. »Sorgt der bekannteste Kriminalist der Vorderpfalz mal wieder für Chaos?« Er gab uns beiden die Hand.

»Jetzt bin ich mit meinem Latein am Ende«, sagte der Beamte.

»Kein Wunder, hattest du nicht Französisch als zweite Fremdsprache, Peter?«

Ich war hin- und hergerissen. Natürlich freute ich mich, dass Michael Landgraf, aus welchem Grund auch immer, auftauchte und seinen Freund über mich aufklärte. Auf der anderen Seite würde Landgraf sich nun in die Ermittlungen einmischen und schnell den Zusammenhang mit den anderen Verbrechen erahnen. Und nur wenige Meter von uns entfernt saßen zwei Schreiberlinge, die für weiteres Chaos prädestiniert waren.

Nachdem Landgraf seinem Bekannten Peter – beide, wie ich hörte, Mitglieder der *Weinbruderschaft der Pfalz* – von unseren gemeinsamen und ebenso erfolgreichen Ermittlungen in Neustadt berichtet hatte, entspannte sich die Lage zwischen uns zusehends. »Dann will ich mal nicht so sein und Sie am Tatort dulden«, sagte er zu mir, bevor er sich an Landgraf wandte. »Aber jetzt sag mal, warum bist du hier? Hattest du wie Herr Palzki und die beiden anderen auch eine Vision, dass Frau Benß ermordet wird?«

Da Landgraf entscheidende Informationen fehlten, klärte ich ihn und damit auch diesen Peter auf. »Dietmar Becker und Alexander Schärf«, begann ich, »das sind die beiden, die vorhin bei Ihnen auftauchten, kamen heute Morgen zu uns in die Dienststelle und behaupteten, sie hätten eine Software entwickelt, mit der man in die Zukunft sehen kann.« Ich verzichtete auf einen allzu detaillierten Bericht, um das Gespräch nicht ausufern zu lassen. »Das Ergebnis war, dass Frau Benß als Nächste ermordet wird.«

»Als Nächste?«, fragte Peter.

»Genau«, bestätigte ich. »Ihr Leichenfund ist nämlich der Mord eines Serientäters. Wenn man Trittbrettfahrer ausschließt, ist das heute Nummer vier.«

Peter klatschte sich mit der Hand gegen die Stirn. »Jetzt verstehe ich, warum die im Präsidium so aufgeregt waren, als wir die Tat meldeten. Ich habe nicht verstanden, warum wir so viele Leute zum Tatort schicken und alles weiträumig absperren sollen.«

»Davon wusste ich selbst nichts«, sagte Landgraf betroffen. »Von den ersten beiden Toten habe ich bei einem Treffen in Fußgönheim erfahren. Die Sache mit dem dritten Toten las ich vorhin irgendwo im Internet, aber das habe ich für Fake-News gehalten.«

»Das spielt jetzt keine Rolle«, sagte ich und versuchte, eine aktive Rolle einzunehmen. »Herr Landgraf, Sie haben die Frage Ihres Freundes noch nicht beantwortet. Warum sind Sie am Tatort?«

Landgraf wurde kreidebleich. »Aber Herr Palzki, Sie werden mich doch nicht …«

»Noch nicht«, antwortete ich. »Zu Ihrem Glück wurde ich bisher vom Präsidium nicht offiziell mit den Ermittlungen beauftragt.« Das Wort *offiziell* betonte ich aus psychologischen Gründen deutlich.

Peter nickte scheinbar wissend. »Sie sind also verdeckt in diese Mordserie eingeschleust worden, Herr Palzki? Entschuldigen Sie, aber die Umstände …«

»Kein Problem«, sagte ich mit einem gütigen Lächeln. »Herr Landgraf, wir warten immer noch auf eine Antwort.«

»Ich war mit Heike Benß in der Gemeindeverwaltung verabredet.«

»Um diese Uhrzeit in der Verwaltung?«

»Es war kein offizieller Besuch«, erklärte er. »In den kommenden Tagen beginnt in Fußgönheim das *Babbel-Doch!-Festival*, bei dem ich als Moderator einen neuen Mundartwettbewerb moderieren werde. Deswegen wollte ich mir von Frau Benß ein paar Tipps geben lassen und sie fragen, ob sie als Jurymitglied mitmachen möchte.«

Die Erklärung klang für mich logisch, bis auf einen wichtigen Punkt. »Haben Sie das mit KPD abgeklärt? Der will doch …«

»Wer oder was ist KPD?«, unterbrach Peter, der immer noch keinen Nachnamen hatte.

»Das ist ein interner Code für einen unsäglichen Menschen, der das Festival torpedieren will«, erklärte ich kurz.

»Vielleicht der Täter?«, mutmaßte Peter.

»Alles ist möglich«, antwortete ich vage, obwohl die Wahrscheinlichkeit, dass mein Chef der Täter war, genauso groß war wie die, dass es Michael Landgraf war. Dennoch machte mich gerade dieser Gedanke etwas unsicher.

Da die Umstände unseres Hierseins meines Erachtens hinreichend erörtert worden waren, versuchte ich, mehr über die aktuelle Tat in Erfahrung zu bringen. »Wie ist

Frau Benß gestorben?«, fragte ich frech. »Ich will sehen, ob das in die bisherige Reihe passt.«

Peter schöpfte keinen Verdacht. »Dann kommen Sie mit.« Er wandte sich an Landgraf. »Du auch, Michael, auch wenn es gegen die Vorschriften verstößt.«

Der Beamte öffnete die Seitenwand des Pavillons. Die Leiche war mit einem Tuch zugedeckt. Neben der Toten lag ein mittelgroßer Sandstein, etwas kleiner als der, auf dem vorhin die beiden Möchtegern-Schriftsteller saßen. Der Tathergang war eindeutig. Nach den weit verstreuten Blutspritzern zu urteilen, musste der Stein aus großer Höhe auf Heike Benß gefallen sein. Ich verließ den Pavillon und sah nach oben.

»Gut erkannt, Herr Palzki«, lobte mich der hiesige Beamte. »Da hat sich jemand große Mühe gegeben, den sicher 20 bis 30 Kilogramm schweren Stein auf den Turm der Martinskirche zu schleppen.«

»Woher wusste der Täter, dass sie gerade an dieser Stelle entlanglaufen würde?«, fragte sich Landgraf. »Vielleicht war Heike Benß nur das zufällige Opfer eines Wahnsinnigen?«

»Frau Benß ist nicht am Turm vorbeigelaufen, sondern sie hat genau an der Stelle, an der sie gestorben ist, eine Zeit lang gestanden«, sagte Peter mit Bestimmtheit.

Landgraf wunderte sich. »Das konnte man in so kurzer Zeit feststellen? Muss das nicht …«

Peter ließ ihn nicht ausreden. »Das ist nur eine Vermutung.« Er gab einem Beamten im weißen Overall ein Zeichen. Der reichte ihm einen Zettel, der in einer Plastiktüte steckte. Peter las vor: »Kommen Sie allein um 15 Uhr zur Martinskirche. Warten Sie auf mich vor dem Turm. Ich habe eine wichtige Information.« Er machte eine kurze

Pause. »Das ist der vollständige Text, mit Ausnahme der Unterschrift.« Der Beamte zeigte mir den Zettel, und mich traf fast der Schlag.

»Da steht zwar mein Name, aber es ist nicht meine Unterschrift«, sagte ich schockiert und fügte hinzu: »Das ist eine plumpe Fälschung. Immerhin ist der Zettel der erste konkrete Hinweis auf den Täter.« Damit war klar, dass der Mörder die ganze Zeit Katz und Maus mit uns spielte.

»Ist das wirklich nicht von Ihnen?«, fragte Landgraf sicherheitshalber noch einmal nach, obwohl meine Reaktion eigentlich eindeutig war.

»Natürlich nicht«, widersprach ich vehement. »Das war jemand, der mich kennt.«

»Bei Ihrem Bekanntheitsgrad grenzt das den Täterkreis kaum ein«, sagte Landgraf.

Ich freute mich zwar über diese Aussage, die seinem Bekannten Peter einen zusätzlichen Seitenhieb versetzen musste, aber in der Sache half es mir nicht weiter. Ich würde es nie zugeben, aber im Moment war ich einfach ratlos.

Ein örtlicher Beamter, der ein Funkgerät in der Hand hielt, rief: »Peter, die Leute aus Ludwigshafen kommen gerade an. Sie müssen nur noch einen Parkplatz finden, dann sind sie in ein paar Minuten bei uns.«

Ich beschloss, die Gelegenheit zu nutzen. »Dann fahre ich jetzt zurück nach Schifferstadt, um mit technischer Unterstützung die aktuelle Lage zu beurteilen. Wir haben in der Kriminalinspektion neue softwaregestützte Systeme.«

»Wollen Sie nicht auf Ihre Kollegen warten?«, fragte Peter.

»Lieber nicht«, antwortete ich schnell. »Nur wenige Beamte sind in meine heikle Mission eingeweiht. Wenn ich erkannt werde, gibt es nur noch mehr Chaos.«

Der Beamte nickte. »Das kann ich verstehen, bei Ihrem Bekanntheitsgrad. In so einem Fall würde ich einen weniger prominenten Beamten mit verdeckten Ermittlungen beauftragen.«

»Die Aufklärungsquoten von Herrn Palzki sind legendär«, fiel ihm Landgraf ins Wort. »Ich habe mich gerade entschlossen, ihn auch dieses Mal wieder tatkräftig zu unterstützen. Deshalb verabschiede ich mich jetzt ebenfalls. Mach's gut, Peter.«

Der erste Satz von Landgraf ging noch runter wie Öl, aber sein zweiter ließ mir den Atem gefrieren. Bevor ich mir eine Ausrede einfallen lassen musste, warum ich keine Hilfe von ihm benötigte, gab ich dem namenlosen Peter eine Empfehlung mit auf den Weg: »Wenn einige Kollegen aus Ludwigshafen anfangen zu lachen, wenn sie hören, dass ich am Tatort war, dann lassen Sie sie einfach lachen. Das tut mir nicht weh, aber hilft ihnen, ihr Ego zu stärken. Denn die Statistik zeigt regelmäßig, dass wir in Schifferstadt den Beamten in Ludwigshafen um eine oder mehrere Nasenlängen voraus sind. Nicht umsonst hat sich unser guter Chef vor ein paar Jahren von Ludwigshafen nach Schifferstadt versetzen lassen.« Dass er strafversetzt worden war und alle Statistiken nach seinem Gutdünken gefälscht hatte, verschwieg ich.

»Von mir aus müssen sie nicht wissen, dass Sie hier waren, Herr Palzki. Das wäre wohl das Beste.« Er deutete auf einen schmalen Pfad zwischen einer Mauer und wucherndem Gebüsch. »Wenn Sie diesen Weg nehmen, kommen Sie zur Straße, ohne von den Ludwigshafenern gesehen zu werden.«

»Sie haben einen neuen Freund«, sagte Landgraf, als wir außer Hörweite waren. »Peter ist sonst sehr förmlich und braucht eine Weile, bis er mit Fremden locker umgehen kann. Ich glaube, er mag Sie.«

Dann blieb er plötzlich stehen. »Den Herrn Becker und diesen Alexander Schärf habe ich im Vorbeifahren gesehen. Kurz vorher habe ich in der Ortschaft von dem Mord an Heike Benß gehört und habe deshalb bei den beiden nicht angehalten. Aber in Bockenheim habe ich noch jemanden gesehen, glaube ich.«

Ich sah ihn fragend an.

»Ich muss mich geirrt haben.« Landgraf seufzte. »Das wäre so unwahrscheinlich wie ...«

»Dann sagen Sie es.« Ich hasste es, auf die Folter gespannt zu werden.

Landgraf zögerte. »Ich kann es nicht mit meinem Gewissen vereinbaren. Wenn ich mich irre, würde ich diese Person großes Unrecht antun. Außerdem könnte sie zufällig in Bockenheim gewesen sein, auch wenn das sehr unwahrscheinlich ist.«

»Und wie geht es jetzt weiter?«

»Ich kläre das und rufe Sie später an, ist das in Ordnung?«

Bevor ich ihm wegen akuter Lebensgefahr davon abraten konnte, sprach er weiter. »Stimmt es, dass das dritte Opfer Ralf Frohnhäuser ist?«

»Woher wissen Sie das schon wieder?«

»Das stand im Internet«, antwortete Landgraf. »Und nicht nur dort. Wie ist Ralf gestorben? In den Medienberichten stehen nur irgendwelche Schauergeschichten. Er soll in Säure aufgelöst worden sein oder so.«

»Lauge«, korrigierte ich automatisch. »Woher kennen

Sie das Opfer?« Die Frage war durchaus berechtigt, denn in diesem Fall wäre Michael Landgraf jemand, der alle vier Opfer kannte.

»Ralf Frohnhäuser war Jurymitglied beim Dannstadter Wettbewerb, ein sehr sympathischer Zeitgenosse. Sie sind doch normalerweise so genau, haben Sie das übersehen?«

Mist, wie konnte ich nur so vergesslich sein. Ich beschloss, mir keine Blöße zu geben. »Doch, natürlich, ich weiß, dass Sie seit Jahren den Dannstadter Wettbewerb moderieren.«

Inzwischen hatten wir die Bundesstraße erreicht. »Wollen Sie nicht bis Schifferstadt mitfahren?«, fragte ich den Theologen. »Das wäre mir viel lieber.«

Landgraf sah auf die Uhr. »Leider habe ich heute Abend einen wichtigen Termin, sonst würde ich Sie sofort bei den Ermittlungen unterstützen. Aber ich rufe Sie auf jeden Fall nachher an, und ab morgen helfe ich Ihnen, diesen Mörder zu fassen.«

Mit einem flauen Gefühl im Magen fuhr ich nach Schifferstadt zurück. Hoffentlich kam Landgraf nicht auf die Idee, den scheinbar in Bockenheim Erkannten persönlich aufzusuchen.

»Hallo, Reiner«, wurde ich in Juttas Büro vielstimmig begrüßt. »Setz dich, ich habe neue Kekse besorgt«, ergänzte meine Lieblingskollegin.

»Das kommt mir gerade recht«, sagte ich und griff mit beiden Händen zu. »Ich bin vor lauter Arbeit nicht zum Essen gekommen.«

Gerhard lachte laut auf. »Wir waren vor drei Stunden im *Caravella*.«

»Wirklich?«, tat ich gespielt erstaunt. »Kommt mir vor wie 30 Stunden.«

»Hast du dich wieder verfahren?«, frotzelte Jürgen und zeigte auf zwei neue Papierstapel. Wenn Jürgen so weitermachte, wäre Europa in ein paar Jahren baumfrei. »Es steht bisher fast nichts in der Präsidiums-Akte über den Bockenheimer Fall. Die Kollegen vor Ort scheinen noch viel handschriftlich zu machen.«

»Ihr wisst also Bescheid?«, fragte ich in die Runde. »Frau Benß ist tot, so wie es das komische Ding von den beiden Schreiberlingen vorausgesagt hat.«

»Ich habe es auch mit KI versucht«, sagte Jürgen. »Aber das Ergebnis hat uns nicht schlauer gemacht.«

»Dann erklär mir doch mal in Stichworten, was du damit meinst. Aber bitte ohne Papierstapel oder millionenseitige *PowerPoint*-Präsentation.«

»Spielverderber«, sagte unser Jungkollege. »Ich habe in das Online-KI-System meiner Wahl die Umstände der bisherigen Verbrechen eingegeben wie Personen, Orte, Zeiten und Beschreibung der Umgebung. So hoffte ich, einen roten Faden zu finden, der uns auf die Spur des Täters führen könnte. Jeder Täter macht früher oder später Fehler, oft ist er sich dessen gar nicht bewusst.«

»Diese Binsenweisheit ist nicht gerade die neueste Erkenntnis der Kriminalitätsforschung«, gab ich Jürgen zu bedenken. »Oder hat sie zu unerwarteten Ergebnissen geführt?«

»Ob unerwartet oder nicht, das weiß ich nicht so genau«, antwortete Jürgen zaghaft. »Es ist eher ein Hinweis zu dem letzten Tatort.«

Es dauerte einen Moment, bis ich ihn zum Weiterreden auffordern konnte, da ich mich mit der Keksdose beschäftigte.

»Im Jahre 1906 stieß man bei Erdarbeiten neben der

Martinskirche zufällig auf die alte Gruft der Grafen von Leiningen. Leider war die Gruft in früheren Jahren geplündert worden, sodass sie wieder zugeschüttet wurde. Diese Gruft befand sich nur wenige Meter vom Tatort entfernt.«

Ich überlegte, ob uns dieser Aspekt weiterbringen könnte. Bisher gab es keinen Hinweis auf ein historisches Ereignis. Ich beschloss, den Tipp mit der Gruft im Hinterkopf zu behalten und bei Gelegenheit mit Michael Landgraf zu besprechen, ob es eine Querverbindung von den Leininger Grafen zu den Wittelsbachern gab. Das alte Thema, dass sich KPD als der letzte große Erbe der Wittelsbacher hielt, war nach wie vor nicht vom Tisch. »Danke, Jürgen, für den Hinweis. Mal sehen, ob uns das weiterbringt.«

Jürgen blieb hartnäckig. Er reichte mir ein Blatt Papier. »Ich habe außerdem einen wichtigen Hinweis zu Lauge und Seife gefunden.«

»Und wo ist die Recherche?« Ich sah mich im Büro um, konnte aber keine weiteren Papierstapel entdecken.

»Die hältst du in der Hand«, sagte Jürgen überrascht.

»Das ist ein einzelnes Blatt. Bestimmt nur das Deckblatt.«

»Ich kann ausnahmsweise auch mal wenig«, sagte unser Jungkollege.

Irritiert las ich den kurzen Abschnitt, in dem es um verschiedene Laugen ging. Beim ersten Lesen wusste ich nichts damit anzufangen, aber dann begann ich zu verstehen. Ich schaute meine Kollegen an. »Versteht ihr das auch?« Alle nickten. »Das ist ja krass«, sagte ich und gab Jürgen das Blatt zurück. »Diese Information halten wir unter Verschluss«, sagte ich mit Nachdruck. »Vor allem unsere Internetjournalisten und Romanautoren brauchen das nicht zu wissen.«

Juttas Telefon klingelte. »Ja?«, meldete sie sich. Dann hörte sie ein paar Minuten zu, bedankte sich und legte wieder auf. »Komisch«, sagte sie und sah mich an. »Du hast Herrn Landgraf in Bockenheim getroffen?«

Ich nickte, da ich im Moment nicht sprechen konnte.

»Er sagt, er sei sich ganz sicher, wer der Mörder ist.«

Es war nicht leicht, den Besprechungstisch und seine Umgebung wieder sauber zu bekommen. In die Kategorie »Nahtoderfahrung« konnte mein heftiges Verschlucken ohne Weiteres eingeordnet werden. Erst nach fünf Minuten hatten sich Puls und Atmung soweit stabilisiert, dass ich wieder am normalen Leben teilnehmen konnte.

Gerhard quittierte meine Genesung mit einem Frotzeln: »Doktor Metzger kann ich leider nicht rufen, der ist vorhin mit Wallmen im Doppeldeckerbus weggefahren.«

Diese Information nahm ich beiläufig auf, aber viel wichtiger war der Anruf von Landgraf. »Bevor wir uns in Bockenheim trennten, sagte er, er habe in der Nähe des Tatorts eine Person gesehen, die als Täter infrage käme. Fragt mich nicht, wen er damit meinte und warum, er wollte das erst selbst überprüfen, bevor er einen Unschuldigen verdächtigt.«

»Um Himmels willen«, unterbrach Jutta. »Hast du ihm das nicht verboten?«

»Verbieten?«, fragte ich zurück. »Der Mann ist volljährig und weiß normalerweise, was er tut. Ich habe ihn natürlich gewarnt, aber das hat ihn nicht beeindruckt. Er passe schon auf sich auf, meinte er.«

»Selbstüberschätzung«, sagte Jürgen. »Der Friedhof ist voll mit solchen Leuten.«

»Was hat Landgraf noch gesagt?«, fragte ich Jutta.

»Er hat keinen Namen genannt«, antwortete sie. »Nur, dass die Person morgen bei der Generalprobe des *Babbel-Doch!-Festivals* in Fußgönheim ist.«

Gerhard überlegte laut. »Wenn wir nach Neustadt ins *Bibelmuseum* fahren und Landgraf dort ins Kreuzverhör nehmen, inoffiziell natürlich, retten wir ihm damit vielleicht das Leben.«

»Er hat heute einen Termin«, sagte ich. »Und ich weiß nicht, wo er ist.« Ich gab Jürgen einen Auftrag. »Kannst du, bevor du Feierabend machst, kurz nachschauen, wann morgen die Generalprobe ist? Ich muss da unbedingt hin.«

»Klar«, stimmte Jürgen zu. »Meine Mama will heute Abend mit mir in einen Handarbeitskurs der Volkshochschule gehen. Makramee für Fortgeschrittene. Ihr glaubt gar nicht, wie unsere Wohnung seit den ersten Kursen aussieht.« Er schüttelte sich, dann fügte er mit einem verschmitzten Lächeln hinzu: »Da muss ich Mama leider absagen, der Dienst geht vor.«

»Prima, das nenne ich Engagement«, lobte ich Jürgen.

»Und wir kommen morgen mit«, sagten Jutta und Gerhard fast gleichzeitig.

Da sich das wohl nicht vermeiden ließ, stimmte ich zu: »Okay, wir treffen uns morgen früh hier zur Besprechung. Der Rest ergibt sich dann wie immer spontan.«

»9 Uhr?«, schlug Jutta vor.

»So früh?«, protestierte ich. »Obwohl, du hast natürlich recht. Wer weiß, was wir alles vorbereiten müssen.«

JETZTERT GEHT'S DEM KILLER AN DE SCHLAWITTEL

Zu Hause bemühte ich mich trotz innerer Aufregung, Ruhe auszustrahlen. Da das Hauptthema in der Familie immer noch der wahnsinnige Gestank und der zerstörte Garten war, bekam meine Frau nichts mit. Nur mein geringer Hunger beim Abendessen – es gab vegane Fleischbällchen, Grünkohl mit etwas noch Schlimmerem als Beilage – veranlasste sie zu einer ihrer üblichen sarkastischen Bemerkungen.

Mit der Aussage, ausnahmsweise mal einen vollen Kalender zu haben, verabschiedete ich mich am frühen Morgen kurz vor 9 Uhr. Meine Laune war trotz der außergewöhnlichen Tageszeit nicht schlecht, hatte mir doch ausgerechnet meine 13-jährige Tochter Melanie den ultimativen Trick verraten, wie sie sich gegen die Verbalattacken unserer Nachbarin wehrte. »Papa, wenn ich das Haus verlasse, setze ich mir die Ohrhörer auf und starte auf dem Handy meine Playlist. Die ersten paar Mal hat die Alte nebenan noch blöd geschaut, weil ich auf ihr Gequatsche nicht reagierte, doch inzwischen lässt sie mich in Ruhe.«

Ich muss zugeben, dass ich manchmal noch etwas von meinen Kindern lernen konnte. Schade, dass es so lange dauerte, bis ich diesen Trick kennenlernen durfte. Ich hatte zwar weder eine Playlist noch diese modernen Funkkopfhörer, die man sich in die Ohren steckt, aber zur Not tat es auch mein alter, ziemlich klobiger Bügelkopfhörer, den ich mir vor Jahrzehnten zusammen mit meiner ersten Stereoanlage kaufte. Im Prinzip war der optische Effekt sogar noch besser, da der Kopfhörer auch aus größerer Entfernung zu erkennen war. Nur das fünf Meter lange Kabel, das ich mir um mein Handgelenk wickelte, nervte ein wenig. Da ich auch den Blickkontakt zum Haus unserer Nachbarn vermied, konnte ich ohne physische oder psychische Schäden ins Auto einsteigen.

Der Tag hätte so schön weitergehen können, aber leider holte mich die Realität des Lebens schnell wieder ein.

»Heute kriegst du Ärger mit KPD«, rief mir Jutta bereits im Treppenhaus der Dienststelle zur Begrüßung zu. Dann stutzte sie. »Was machst du mit dem Museumsstück?« Sie zeigte auf den Kopfhörer und das Kabel, das noch um meinen Arm gewickelt war.

»Ich habe es einem Kollegen von der Schutzpolizei versprochen.« Ich war selten um eine Ausrede verlegen. »Der hat so ein historisches Technikprojekt am Laufen.« Ich riss mir den Kopfhörer vom Kopf.

»Wie auch immer«, sagte Jutta. »KPD ärgert sich, dass du mit seinem Destillierprojekt in der Arrestzelle noch nicht angefangen hast. Und er wartet auf ein paar andere Unterlagen, die du ihm vorlegen solltest. Außerdem sollst du noch heute Vormittag den Parcours im Hof testen, weil sich deswegen zwölf weitere Beamte der Schutzpolizei krankgemeldet haben.«

»Ist er in seinem Büro?«, fragte ich. Mein Puls, der sich vor einer Minute noch auf gesunde 60 Schläge eingependelt hatte, trommelte jetzt mit drei- bis vierfacher Geschwindigkeit gegen meine Halsschlagader. »Lass uns kurz in dein Büro gehen, dann fahren wir nach Fußgönheim. KPD kann mir heute und auch in Zukunft gestohlen bleiben.«

»Habt ihr den Schleichweg genommen?«, fragte Gerhard zur Begrüßung, der mit Jürgen am Besprechungstisch saß. Während ich mit Genugtuung feststellte, dass der Stapel bedruckten Papiers in Juttas Büro nur wenig angewachsen war, reagierte Gerhard ungewöhnlich.

»Wow, wo hast du denn den *Sony ECR-400* her?«, rief er und nahm mir den Kopfhörer ab. »Das ist das *Sony*-Flaggschiff von 1976, sogar in der First-Edition, wie man an der Seriennummer erkennen kann.«

Ich zuckte mit den Schultern, weil ich mit dieser Information nichts anfangen konnte.

»Der kostete damals neu 250 DM«, schwärmte Gerhard weiter. »Heute werden mindestens 600 Euro für einen solchen Kopfhörer verlangt, und die 100 Exemplare der ersten Auflage sind praktisch unbezahlbar. Ich kann mich nicht erinnern, dass so einer jemals auf dem freien Markt angeboten wurde.«

Beinahe hätte das Hirnareal, das bei mir für den Bereich Unüberlegtheit zuständig ist, meinem Kollegen das gute Stück geschenkt. Zum Glück war der Bereich Vermögensbildung schneller. Ich reichte den Kopfhörer nicht Gerhard, sondern Jürgen. »Würdest du das bitte bei Gelegenheit im Internet anbieten oder versteigern lassen? Da kommt bestimmt ein Haufen Geld zusammen.«

»Geld, das in die Kaffee- und Kekskasse unseres Teams fließt«, fügte Jutta hinzu. »Die neuen Kekse haben für Ebbe in der Kasse gesorgt.«

Notgedrungen stimmte ich zu. Im Grunde hatte sie vollkommen recht. Wahrscheinlich wäre der Kopfhörer sowieso irgendwann auf dem Sperrmüll gelandet, spätestens nach dem Ableben unserer Nachbarin.

Bevor ich den Tagesplan mit den Kollegen besprechen konnte, überreichte mir Jürgen eine überraschend dünne Mappe. Im Innern des Pappdeckels befanden sich etwa fünf bis sechs lose Blätter, alle mit tabellenartigen Zahlen bedruckt. »Nachhilfe in Mathe?« Mir war sofort klar, dass mein Versuch, darüber einen Witz zu machen, wenig zielführend oder gar lustig war.

»Das sind Protokolle von Handyverbindungen«, klärte mich der Jungkollege auf. »Natürlich nicht 100-prozentig offiziell im Sinne des Gesetzes«, fügte er hinzu. »Aber der Zweck heiligt die Mittel, das muss ja niemand wissen.«

»Und was können wir damit anfangen?«, fragte ich hoffnungsvoll.

»Seite zwei, der rot markierte Bereich, das sind die Anrufe von Michael Landgraf in den letzten 24 Stunden.«

»Du hast was?«

»Das war nur ein Beifang«, schwächte Jürgen ab. »Eigentlich habe ich die Verbindungen von anderen Personen untersucht, die mit unserem Fall zu tun haben. Dabei bin ich auf diese Querverbindung gestoßen.«

»Jetzt sag schon«, forderte ich ihn auf, endlich mit der Lösung unseres Falles herauszurücken.

»Der Name oder die beiden Namen stehen doch daneben«, erläuterte Jürgen.

Erst jetzt bemerkte ich, dass neben den Zahlenkolonnen Personennamen standen. »Nee, oder?«, wunderte ich mich, als ich die Namen las.

»Das kann natürlich mit dem Fußgönheim-Festival zu tun haben«, versuchte Jürgen eine alternative Erklärung. »Landgraf hat irgendwie überall seine Finger im Spiel, wenn es um Mundart oder Moderation geht. Entweder ist er mehrfach geklont oder er hat 50 Stunden am Tag Zeit. Die Anrufe können ganz harmloser Natur sein. Wenn da nicht …« Jürgen unterbrach mit einem verschmitzten Lächeln, dann nahm er einen großen Bogen Papier, der auf Juttas Schreibtisch lag und mich an die Zeichenblöcke meiner barbarischen Schulzeit erinnerte. »Ich habe die Telefonanrufe der Betroffenen mit ihrem näheren Umfeld in Beziehung gesetzt, manuell und ohne den Einsatz irgendeiner KI.«

So verwirrend seine Erklärung für mich war, so chaotisch war die Zeichnung. Auf dem Blatt waren zahlreiche Namen verstreut, die mir alle etwas sagten. Die Personen waren allesamt mit farbigen Pfeilen verbunden, mal weniger, mal mehr.

»Der zeitliche Ablauf lässt sich analog zu einem Regenbogen ablesen«, erklärte Jürgen. »Rot sind die ältesten Gespräche, dann kommen die gelben und die grünen. Die blauen sind die neuesten.«

»Aha«, sagte ich. »Das sieht für mich aus wie ein modernes Strickmuster der Milchstraße.«

»Dein Abstraktionsvermögen ist mal wieder unter aller Sau«, echauffierte sich Jutta, die sich über den Plan beugte und versuchte, ihn zu verstehen. »Schade, dass es keine Gesprächsinhalte zu den Telefonaten gibt.«

»Das wird noch ein paar Monate dauern«, meinte Jürgen lapidar. »Das Problem ist die Speicherkapazität für die unglaublich großen Datenmengen. Viele Geheimdienste haben da zwar schon lange Projekte am Laufen, die ich natürlich alle kenne und hinter den Kulissen unauffällig beobachte, aber leider nichts, was uns im Moment weiterhelfen könnte.«

»Du meinst, die Inhalte von Telefongesprächen werden gespeichert?« Gerhard war mehr als überrascht.

»Die werden schon lange gescannt«, erklärte unser Computerexperte. »Nach allen möglichen Suchbegriffen, bei E-Mails macht man das schon seit über 20 Jahren. Aktuell geht es darum, Gesprächsinhalte dauerhaft oder zumindest für eine gewisse Zeit zu speichern. Aufgrund der enormen Datenmengen müssen verbesserte Kompressionsverfahren entwickelt werden, vergleichbar mit dem Mikrofiche im letzten Jahrhundert. Nur eben digital und nicht analog.«

»Zurück zum Thema«, unterbrach ich mit autoritärer Stimme, denn das Gespräch drohte in eine Fachdiskussion abzudriften. »Was ist die Essenz deiner Malerei?«

»Jacques Bosco«, antwortete Jürgen. Es waren nur diese zwei Worte, die mein Weltbild ins Wanken brachten.

»Jacques?«, schrie ich. »Was hat Jacques mit der Mordserie zu tun? Du musst dich irren, Jürgen, nur dieses eine Mal! Nie und nimmer kann das stimmen. KPD oder auch Landgraf als Täter, von mir aus. Aber niemals Jacques!«

Unser Jungkollege schaute mich erstaunt an. »Mit so einer heftigen Reaktion habe ich nicht gerechnet. Niemand behauptet, dass dein Freund ein Mörder ist, Reiner.« Er deutete mit dem Zeigefinger auf die Stelle des Plans, an der Boscos Name stand. »Schau mal, wie oft und mit wem er telefoniert hat.«

Die beträchtliche Anzahl von Pfeilen, die von Jacques' Eintrag ausgingen, überraschte mich in der Tat. »Da kann doch etwas nicht stimmen«, sagte ich.

»Ich habe es mehrmals kontrolliert«, erklärte Jürgen. »Auffällig ist, dass fast alle Gespräche nur wenige Sekunden dauerten. Außerdem gibt es nur eine Handvoll eingehende Gespräche, aber die waren auch sehr kurz.«

Ich stand auf. »Das klären wir nach unserem Termin in Fußgönheim. Ich weiß nicht einmal, ob Landgraf und Jacques sich überhaupt kennen. Ich halte es für völlig abwegig, dass Landgraf gestern meinen Freund, den Erfinder, in Bockenheim gesehen haben will.«

»Wie dem auch sei«, beendete Gerhard die Diskussion, indem er sich ebenfalls erhob. »Jedenfalls halte ich die Aussage von Herrn Landgraf für wesentlich glaubwürdiger als diese Internetberichte des Herrn Schärf. Und was unseren Schreiberling Becker angeht, sind wir uns sowieso einig.«

Gerhard machte mich neugierig. »Was schreibt er denn so im Internet, unser Fakenews-Schreiber?«

»Das erzähle ich dir unterwegs«, sagte Gerhard. »Ich werde in Fußgönheim die Gelegenheit nutzen, ein paar neue Videos für den Social-Media-Kanal unserer Dienststelle zu drehen. Es muss ja nicht immer KPD im Mittelpunkt stehen, manchmal versuche ich auch, seriös zu sein.« Er grinste schelmisch.

»So viel zum Thema Fake-News«, sagte ich und seufzte tief. »Jürgen, bleibst du bitte im Büro erreichbar, falls wir mal schnell eine Auskunft brauchen? Ich bin mir sicher, dass du uns auch dieses Mal bei der Lösung des Falles helfen kannst.«

Die Fahrt nach Fußgönheim war nicht der Rede wert. Jutta meinte, wir hätten uns wegen der potenziellen Gefährlichkeit unseres Unterfangens mehr vorbereiten sollen, aber keiner wusste so recht, wie das gehen sollte. Gerhard las uns während der Fahrt einige äußerst fragwürdige Artikel vor, die er ad hoc in einer Internet-Suchmaschine über den Pfälzer Serienmörder fand.

»Zeitverschwendung«, resümierte ich. »Da kann ich

ja gleich Pauls *Superman*-Hefte lesen, um mich weiterzubilden.«

»Machst du doch auch«, spottete Gerhard.

»Das hat rein historische Gründe.«

Das weitläufige und verwinkelte Freigelände vom *Genusshof Ehrlich* war kaum wiederzuerkennen. Rund um eine große Bühne wurden gerade Zelte und Verkaufsstände aufgebaut. Überall wuselten vielbeschäftigte Menschen herum, was den Überblick nicht gerade erleichterte. Als wir um die Ecke eines Nebengebäudes bogen, standen wir völlig unerwartet direkt vor dem Doppeldeckerbus der beiden Notärzte.

»Palzki!«, dröhnte mir Doktor Metzgers Stimme entgegen. »Hat Sie Ihr Chef zu uns geschickt? Sagen Sie bloß nicht, dass Sie den tödlichen Parcours absolviert haben. Sie würden sich wahrscheinlich schon auf dem Weg zum ersten Hindernis verlaufen.«

Ich tat so, als wäre er Luft. Leider trat jetzt sein Assistent Günter Wallmen aus dem Bus.

»Guten Tag, Herr Palzki«, begrüßte er mich und meine Kollegen wesentlich freundlicher als sein Doktorvater. »Wundern Sie sich nicht, dass wir in Fußgönheim sind. Da Herr Diefenbach sich derzeit außerstande sieht, einen geeigneten Beamten für die Prüfung von Schorschs Cardiokurs zu verpflichten, haben wir uns für ein großzügig verlängertes Wochenende von unserem neuen Standort im Hof der Kriminalinspektion Schifferstadt verabschiedet.«

»Aber nicht ohne monetäre Hintergedanken«, warf Metzger ein. »Als innovative Ärzte sind wir der aktuellen medizinischen Forschung immer einen entscheidenden Schritt voraus.« Er trat näher und senkte die Stimme. »Neue Ideen brauchen neue Kunden. Dieses Festival ist ideal, um diese neuen Kunden zu gewinnen. Wo sonst treffen wir in kurzer Zeit so viele Menschen, die unsere Dienstleistungen noch nicht kennen?«

»Wir bauen unser Gesundheitsportfolio ständig aus«, sagte Wallmen. »Beim Frühstücksbier kam mir die Idee, neben der bewährten Dialyse auch kardiologische Invasiv-Schnelltests anzubieten. Der eigentliche Hintergedanke, aber bitte nicht weiterverraten, ist, dass Matthias und ich noch ein wenig den Umgang mit den unhandlichen und starren Herzkathetern üben wollen. Manchmal sind wir noch etwas zu aufgeregt und schieben den fingerdicken Katheter durch die Arterien versehentlich in andere Organe. Hinzu kommt, dass Matthias kürzlich bei einem Kurz-vor-knapp-Kunden in der Hektik die Medikamente verwechselte. Aber wir haben uns schnell und unkonventionell mit den Erben geeinigt.«

Nicht zum ersten Mal war ich mir unsicher, ob die beiden mich auf den Arm nehmen und im nächsten Moment Kurt Felix oder einer seiner vielen Nachfolger hinter einem Busch hervorspringen und »Vorsicht Kamera« rufen würden. Auf jeden Fall mussten wir diesen Hort der Medizinkriminalität so schnell wie möglich verlassen. Nur eine Frage galt es noch zu klären. »Woher kennen Sie Jacques Bosco?«

Metzger schaute mich mit großen Augen an, dann lachte er wie Frankenstein. »Palzki, wie süß von Ihnen, Fragen zu stellen, die längst geklärt sind. Vielleicht sollten Sie mal einen Demenztest machen, der könnte für Sie einige Überraschungen bereithalten.« Er machte eine kurze Pause, in der er sehr unappetitlich und laut die Nase hochzog. »Ich kenne Jacques seit vielen Jahren, Palzki. Wenn Sie Dietmars Tatsachenromane genauer lesen würden, wüssten

Sie, dass Jacques nicht nur Ihr Freund ist, sondern auch seit vielen Jahren mit uns zusammenarbeitet.«

Auf seine herablassende Antwort ging ich nicht ein. »Warum haben Sie mit Jacques telefoniert?«

Ich hatte es geschafft, zum ersten Mal hatte ich den Notarzt verblüfft. Mit offenem Mund starrte er mich an, sodass sein Kumpel Günter Wallmen weitersprach. Er wandte sich aber nicht an uns, sondern an Metzger: »Ich sag's dir schon lange, unsere Telefone werden abgehört. Stell dir mal vor, wenn nicht nur die Polizei unsere Gespräche abhört, sondern auch die Konkurrenz? Dann ist es aus mit der Rente mit 50.«

Metzger winkte grob ab. »Du hast doch gehört: Die Bullen wissen, dass wir telefoniert haben, aber nicht, worüber.«

»Und genau das wollen wir jetzt wissen«, unterbrach ich die interne Diskussion der beiden Scheinärzte. »Alternativ klären wir das in Schifferstadt auf der Dienststelle. Dann muss Ihr Horror-Bus ein paar Stunden ohne Sie auskommen.«

»Warum so aggressiv?«, schimpfte Metzger. »Die Telefonate waren doch völlig harmlos. Wir haben Jacques ein paar Chemikalien besorgt, die er dringend braucht. Aber fragen Sie uns bitte nicht, was er damit vorhat, der gute Mann erfindet ständig alles Mögliche.«

Gerhard und Jutta standen regungslos neben mir und verfolgten das unfassbare Geschehen.

»Um welche Chemikalien ging es? Lassen Sie sich doch nicht alles aus der Nase ziehen.« Hoffentlich verstand Metzger das nicht als Aufforderung, seine Nase erneut hochzuziehen.

»Kalilauge«, war die überraschende Antwort. »Kaliumhydroxid, um genau zu sein. Jacques benötigte eine größere Menge dieses Stoffes, den man nicht einfach in jeder Apotheke kaufen kann, weil der Transport so aufwendig ist. Die Kalilauge muss luftdicht in Eisenfässern oder Kesselwagen aufbewahrt werden, sonst, äh, lassen Sie sich das von einem Fachmann erklären, wenn es wichtig ist.«

Meine Kollegen schauten mich konsterniert an. War das ein weiteres Indiz für die Schuld meines Freundes? Alles in mir sträubte sich gegen diese naheliegende Lösung. »Woher haben Sie die Ware?« Das wollte ich noch klären, bevor ich mich mit Gerhard und Jutta zur Beratung zurückzog.

»Wir geben doch unsere Bezugsquellen nicht preis«, wetterte Metzger. »Am Ende verraten Sie uns bei Zoll und Finanzamt. Renditekiller können Günter und ich in unserer wirtschaftlichen Lage wirklich nicht gebrauchen.«

Da ich von den beiden keine weitergehenden Informationen zu erwarten hatte, verabschiedete ich mich. »Machen Sie's gut, ich hoffe, es gibt nicht allzu viele tödliche Unfälle in Ihrem Bus.«

»Ich habe es nicht einmal geschafft, ein Video von den chaotischen Möchtegern-Ärzten zu drehen«, sagte Gerhard, als wir außer Hörweite waren. »Was die erzählt haben, ist echt starker Tobak. Ich lasse bei Gelegenheit Jürgen recherchieren, wie sich die durchschnittliche Lebenserwartung in der Kurpfalz in den letzten Jahren entwickelt hat. Ich habe Befürchtungen, dass wir, statistisch gesehen, auf dem Weg zurück ins Mittelalter sind.« Er schüttelte sich.

»Vor allem die Sache mit Jacques beunruhigt mich«, meinte Jutta. »Das sieht nicht gut aus für deinen Freund, Reiner.«

»Vielleicht ein Versehen?«, fragte ich leise.

»Vier Tote aus Versehen?«

Während ich in Gedanken nach einer Lösung suchte, um Jacques zu entlasten, wurde mein Name gerufen.

»Herr Palzki, Sie auch hier?«

Hinter einem pompösen Verkaufsstand standen Sigrid und Volker Spiegel. Ich hatte den Eindruck, sie hätten ihren gesamten Verkaufsraum in Venningen ausgeräumt und hier aufgebaut. Die bunten und exklusiv geformten Flaschen sowie das luxuriöse Drumherum wirkten sehr einladend. Obwohl das Festival noch nicht eröffnet war, wurde der Stand von einigen Personen belagert, die sich von Sigrid Spiegel beraten ließen. Besonders fiel mir das Werbebanner *XTremeBrand by VS-Spiegel* auf, das in der Mitte des Standes angebracht war.

»Wollen Sie mal probieren?«, fragte Volker Spiegel, als wir den Stand erreichten. »Meine Frau und ich haben eigens für dieses Festival einen Brand kreiert. Der *Babbel-Doch!*-Brand passt perfekt in das Sortiment unserer neuen *XTremeBrand*-Marke.« Er hielt ein üppiges Glas in der Hand, wenn auch nicht ganz so groß wie das von KPD, als er in Venningen sein vermeintliches, aber peinliches Wissen zum Besten gab.

»Vielen Dank, aber wir sind im Dienst«, sagte ich. »Was machen die bewusstseinserweiternden Pflanzen hinter Ihrer Scheune?«

Spiegel war keineswegs irritiert, als er antwortete: »Wir können unseren Cannabisbrand erst nächstes Jahr auf den Markt bringen, weil wir ein paar Probleme mit der richtigen Dosierung haben. Unsere Testkunden sind leider unterschiedlicher Meinung. Doktor Metzger, der übrigens mit seinem Assistenten auch hier ist, sagte, der Cannabisgehalt des Brandes sei viel zu niedrig, unser Schwiegersohn meinte aber, die Dosierung sei zu stark. Deshalb wollen wir noch ein bisschen experimentieren, bevor wir ihn auf den Markt bringen.«

»Es läuft doch auch ohne Cannabis gut für Ihr Unternehmen«, sagte ich mit Blick auf den von Kunden belagerten Stand.

»Ja, schon, schließlich legen wir Wert auf höchste Qualität.« Von einem Moment auf den anderen verfinsterte sich seine Miene. »Ihr Chef war vorhin auch bei uns am Stand.«

»Was? KPD, äh, Diefenbach ist hier?«

»Er hat sogar von Ihnen erzählt«, sagte Spiegel. »Zuerst hat er sich sehr geärgert, dass wir unseren Stand aufgebaut haben. Er habe das alleinige Recht, auf diesem Festival alkoholische Getränke zu verkaufen, behauptete er. Einen Beweis dafür konnte er mir aber nicht zeigen. Dann fluchte er, dass sein Untergebener Palzki ihn sabotiere, wo er nur könne. Das ging einige Minuten so, ich hörte einfach weg. Als er sich halbwegs beruhigt hatte, sprach er plötzlich von einer Zusammenarbeit zwischen uns, was ich natürlich vehement ablehnte. Ihr Chef ist, mit Verlaub, ein selbstverliebter Spinner, der von nichts eine Ahnung hat. Wie ist er überhaupt in eine Führungsposition gekommen? Gibt es im öffentlichen Dienst eine Tombola, bei der Nieten nach dem Zufallsprinzip befördert werden?«

Genau die Frage, die Spiegel gerade treffend formulierte, hatte ich mir selbst schon tausendmal gestellt. Leider glaubte ich nicht an Verschwörungstheorien, obwohl das Thema sehr gut passen würde. Und das nicht nur im öffentlichen Dienst, sondern durchaus auch in der freien Wirtschaft.

Volker Spiegel fuhr fort. »Sein Angebot, dass wir uns zusammentun könnten, hatte eher den Klang eines Geschenks von unserer Seite. Ich habe in meiner Not gesagt, dass ich darüber nachdenke. Sonst wäre ich ihn nie losgeworden.«

Es war zum Mäusemelken, egal, mit wem ich auf diesem Gelände sprach, jedes Mal erhielt ich eine Hiobsbotschaft. Bei den Scheinärzten war es der Hinweis auf Jacques als Täter und nun bei Spiegel die Nachricht, dass sich mein Chef in unmittelbarer Nähe herumtrieb.

»Wir müssen leider weiter, können Sie mir sagen, warum Sie mit Jacques telefoniert haben?«

»Mit Jacques Bosco? Woher wissen Sie das? Er hat immer noch sein Labor unter dem Dach der Scheune. In den letzten Tagen war Jacques viel unterwegs, aber er forscht immer noch fleißig an seinem Projekt. Kürzlich hat er einen Edelstahltank in meine Scheune gestellt. Ich weiß aber nicht, welche Substanz darin ist. Hoffentlich kein Alkohol«, fügte er schmunzelnd hinzu.

Ich bemerkte, wie Jutta und Gerhard sich besorgt ansahen. »Und warum haben Sie mit ihm telefoniert?«

»Nichts Wichtiges«, erklärte Spiegel. »Es ging um Terminabsprachen, zum Beispiel für die Anlieferung des Tanks. Einmal rief er an, als er mit einem Leihwagen unterwegs war und vor dem verschlossenen Hoftor stand, da er den Schlüssel vergessen hatte. Zum Glück waren Sigrid und ich im Nachbarort und konnten ihn reinlassen, sonst hätte er in Schifferstadt übernachten müssen.«

Die Antworten klangen plausibel, Volker Spiegel konnte uns im Moment nicht weiterhelfen.

»Dann wünschen wir Ihnen und Ihrer Frau viel Erfolg«, leitete ich die Verabschiedung ein. »Ich drücke Ihnen die Daumen, dass Sie mit meinem Chef klarkommen.«

Spiegel lachte. »Ich hatte in meinem Leben schon mit schwierigeren Menschen zu tun. Vor dem Blender Diefenbach habe ich keine Angst.« Er deutete auf einen Nachbarstand, der deutlich kleiner war und im Wesentlichen aus zwei hintereinandergestellten Bierzeltgarnituren bestand. »Wollen Sie sich nicht mal den Stand von Larissa anschauen? Sie ist die Schwester unseres Schwiegersohns Rouven.«

Als ich sah, was die junge Frau zum Verkauf anbot, wollte ich sofort weitergehen, doch Jutta machte mir einen Strich durch die Rechnung.

»Oh, schaut mal«, sagte sie offensichtlich zu Gerhard und mir. »So etwas Schönes habe ich noch nie gesehen.«

Als nonverbalen Kommentar gab ich Gerhard mit einer entsprechenden Mimik zu verstehen, dass wir Jutta einen Moment gönnen sollten, damit sie sich den Frauenkram anschauen konnte. Leider reagierte mein Kollege nicht wie gewünscht.

»Wahnsinn!«, sagte er. »Das ist das ideale Geburtstagsgeschenk für, äh …«

Gerhard vergaß oder verwechselte oft die Namen seiner aktuellen Lebensabschnittspartnerinnen.

»Andrea, äh, quatsch, Birgit, die ist bei der *Freiwilligen Feuerwehr*«, erklärte er mir und nahm das Objekt seiner Begierde vom Verkaufstisch.

Ich wagte einen genaueren Blick auf die Ware. Die Verkäuferin Larissa schien eine Meisterin der Häkelnadel zu sein. Die Hälfte des Tisches war mit selbstgehäkelten Einsatzfahrzeugen der Feuerwehr bedeckt, alle verblüffend realistisch bis ins kleinste Detail. Sogar ganze Szenarien wie ein Mülltonnenbrand, der gerade gelöscht wurde, waren aufgebaut. Neben den Modellen lag ein kleiner Stapel des Buches *Einsatz für die Häkelnadel – Häkeln, bis die Feuerwehr kommt*.

»Noch besser«, sagte Gerhard in diesem Moment und griff nach dem Buch. »Das schenke ich, äh, also ihr zusätzlich zum Löschfahrzeug. Mit dem Buch kann sie sich dann beschäftigen, wenn ich in Ruhe *Sportschau* gucken will.«

Währenddessen durchstöberte Jutta die Produkte auf der anderen Seite des Tisches, die sogar mich zum Schmunzeln brachten. »Zu deinem Pech sind die Sachen nur gehäkelt«, neckte mich Jutta. »Sonst würdest du alles im Handumdrehen auffressen. Aber es sieht schon verdammt echt aus.«

Obwohl ich wusste, dass es nur Wolle war, produzierte mein Magen unwillkürlich Magensäure. Auch zu diesem Sortiment bot die Verkäuferin ein eigenes Buch mit dem Titel *Kalorienfreies Fastfood* an.

»Ich habe Hunger«, sagte ich angesichts der Donuts, Muffins, Colaflaschen, Tortenstücke und der vielen anderen Fastfood-Artikel. Sattsehen war leider nicht möglich, eher der gegenteilige Effekt trat ein.

»Ich nehme den Pfälzer Teller, die Rettichspirale und den Eiskaffee«, sagte Jutta zur Verkäuferin. »Woher nehmen Sie die Ideen für Ihre Projekte?«

»Die fliegen mir einfach zu«, antwortete Larissa. »Demnächst fange ich mit einer neuen Häkelwelt an, und zwar mit Polizeifahrzeugen. Die will ich dann mit kriminellen Zutaten wie Messer, Pistole, Beil ergänzen, und wenn es klappt, dann werde ich ganze Mordszenarien häkeln. Ich kenne einen Krimiautor, der mir helfen will, skurrile Todesarten zu finden.«

Juttas Augen leuchteten. »Das passt ja prima, wir sollten in Kontakt bleiben. Haben Sie eine Internetadresse?«

»Klar«, meinte Larissa, »ich gebe Ihnen am besten meine Visitenkarte. Auf meiner Homepage finden Sie weitere Häkelprojekte.«

Während meine beiden Kollegen bezahlten, bemerkte ich, dass gegenüber ein weiterer Stand aufgebaut wurde. Die Produkte und vor allem die Verkäuferin erkannte ich sofort wieder.

»Guten Tag, Frau Frohnhäuser«, begrüßte ich die Witwe, die so gar nicht frisch verwitwet wirkte. »Konnten Sie Ihre Frage bezüglich der Witwenrente inzwischen klären?«

Christina Frohnhäuser, die gerade dabei war, einen Karton auszupacken, erschrak heftig. »Ach, Sie sind's«, schnaufte sie, nachdem sie sich beruhigt hatte. »Das Leben muss weitergehen«, sagte sie. »Irgendwie muss ich den Verdienstausfall meines Mannes kompensieren, denn unser Haus ist noch nicht abbezahlt.« Sie zeigte auf die bereits ausgepackten Sachen. »Zu Hause sitzen und Trübsal blasen ist auch keine gute Lösung. Hier bin ich wenigstens unter Leuten.«

Gerhard und Jutta kamen vom Häkelstand zu mir, und ich stellte sie Frau Frohnhäuser vor.

»Das riecht aber gut bei Ihnen«, sagte Gerhard. »Darf ich ein kleines Video von Ihrem Stand machen? Das würde gut zu den Häkelsachen von gegenüber passen.«

»Nur zu«, gestattete Frau Frohnhäuser. »Haben Sie schon einen Verdacht, wer meinen Mann ermordet haben könnte?«

»Leider noch nicht«, antwortete ich, ohne ihr zu sagen, dass sie selbst ganz oben auf der Liste der Verdächtigen stand. Und sei es nur als Trittbrettfahrerin, die die Gelegenheit nutzte, ihren Mann aus dem Weg zu räumen. Ich gab vor, mich für die Seifenstücke zu interessieren. Die Vielfalt war beeindruckend, in ihrem Wochenendhaus hatte ich nur einen kleinen Teil ihres Angebots gesehen. »Sie brauchen sicher viele Zutaten für Ihre Produkte. Lauge und Parfüm und so. Kann man das so einfach im Großhandel kaufen?«

Sie ahnte nicht, dass meine Frage einen beruflichen Hintergrund hatte. Völlig unbedarft antwortete sie: »Ja natürlich, es gibt mehrere Großhändler in der Branche. Die Qualitätsunterschiede bei den Chemikalien sind sehr groß, ebenso die Preisspanne. Bei mir gibt es preiswerte Seifen, aber auch hochwertige Premium-Stücke, die dann natürlich auch ihren Preis haben. Nicht jeder möchte heutzutage seine Körperpflege mit Kernseife durchführen.«

»Dann macht der Wareneinsatz bestimmt einen großen Teil Ihres Umsatzes aus«, schloss ich. Ich war stolz auf meine betriebswirtschaftlichen Grundkenntnisse, die ich mir in den letzten Jahren angeeignet hatte.

»Da will es aber jemand genau wissen«, antwortete Frohnhäuser und sah mir fest in die Augen. Ob sie ahnte, worauf ich hinauswollte?

»Keine Sorge, ich habe keinen Kontakt zum Finanzamt«, sagte ich schnell und lachte gekünstelt.

»Ich auch nicht«, entgegnete sie, »das macht meine Steuerberaterin für mich. So kann ich mich mehr auf mein Hobby konzentrieren.«

Fast hätte ich eine Bemerkung wie »aber ein lohnendes Hobby« gemacht, was sicher nicht zum Ziel geführt hätte. Also nahm ich eines der Seifenstücke in die Hand und roch daran. Trotz des penetranten Geruchs lobte ich: »Solche extr…, äh, wunderbar duftende Seifen haben wir in unserem Bad nicht.«

»Dann kaufen Sie doch ein paar für Ihre Frau«, sagte sie forsch.

Ohne auf den Kaufvorschlag einzugehen, las ich das Etikett. »Muss da nicht eine Zutatenliste draufstehen?«

»Herr Palzki, wollen Sie die Seife essen? Das ist kein Lebensmittel. Aber keine Sorge, die Grundzutaten sind stets die gleichen. Was die Seifen außer ihrer Form sonst noch einzigartig macht, können Sie auf dieser Liste nachlesen.« Sie reichte mir eine mehrseitige Broschüre.

»Und das kaufen Sie alles im Großhandel?«, fragte ich noch einmal, um mich weiter vorzutasten.

»Das meiste schon«, sagte Christina Frohnhäuser. »Möglicherweise habe ich demnächst für die Lauge eine andere Bezugsquelle.«

Gerhard und Jutta rückten näher, um kein Wort zu verpassen.

»Und wer ist diese Quelle?« Mir war klar, dass sie jetzt mauern musste, aber dann würde ich die Fragen offiziell in meiner Funktion als Polizeibeamter stellen.

»Zwei Ärzte, die während des Festivals für die Gesundheit der Besucher verantwortlich sind, haben mir ein Angebot gemacht, das kaum zu glauben ist. Ich habe aber zunächst nur eine kleine Probelieferung bestellt, um die Qualität zu prüfen. Zumindest einer der Ärzte sieht nicht gerade sehr seriös aus.«

Mir war natürlich klar, um wen es sich handelte. »Es wundert mich, dass die beiden, die ich übrigens gut kenne, überhaupt wissen, was Seife ist. Normalerweise ist das Einzige, was sie zum Reinigen benutzen, mehr oder weniger reiner Alkohol. Und zwar sowohl äußerlich als auch innerlich.«

»Das könnte durchaus passen«, pflichtete mir Christina Frohnhäuser mit einem zarten Lächeln bei. »Wenn Sie mich jetzt entschuldigen würden, ich habe noch viel zu tun.«

Gerhard fuhr noch einmal mit der Kamerafunktion seines Smartphones die bereits ausgestellten Seifen ab, dann verließen wir den Stand.

»Was ist denn da drüben los?«, fragte Jutta und zeigte auf ein schwarzes Zelt, aus dem Rockmusik drang.

Die Außenwände des Zeltes waren regelrecht mit Plakaten gepflastert. Neben dem obligatorischen Werbeplakat für das bald beginnende *Babbel-Doch!-Festival* wurden auch die Konzerte der Bands *Woifeschdkänisch* und *Fine R.I.P.* beworben, in denen Monji El Beji mitwirkte. An den Wänden hingen auch Plakate von anderen Künstlern wie Sängern, Bands oder Comedians, die auf dem Festival auftreten würden.

»Servus, Reiner!«, rief es plötzlich aus dem relativ dunklen Zelt. »Was mascht dann du do?« Aus dem Zelt trat Monji, heute nicht im T-Shirt, sondern im langärmeligen Sweatshirt. »Sin dess Kolleesche vun dir?« Ohne eine Antwort abzuwarten, reichte er Gerhard und Jutta die Hand. »Fer eisch bin ich de Monji.«

Nachdem sich meine Kollegen ebenfalls vorgestellt hatten, sagte Monji: »Kummt ämol nei ins Zelt, do kännen mer glei ä gemeinsames Foddo mache. Isch hab leider nur wennisch Zeit, weil ich iwwerall gebraucht werr. Un dann sin doch noch die zwää Repordder do, die misch ausquetsche wollen fer än Artiggel.«

Das Innere des Zeltes stellte sich als Merchandising-

Verkaufsshop heraus. Monji hielt mir ein T-Shirt mit »Babbel-Doch!«-Aufschrift vor die Brust. »Na, wär dess nix fer disch und die Kolleesche?«

»Dess geht leider net«, antwortete ich in Mundart. »Mir sin offiziell do, do känne mer so ebbes net aaziehe.«

»Offiziell?«, hakte Monji nach. »Is was bei uns bassiert? Ich wääß bloß vun äm verstobbte Klo, awwer desdeweche hot doch känner die Bulle gerufe.«

»Kä Angscht«, antwortete ich. »Mir sinn net wesche demm Klo do, mir wollen bloß ä bissel uff unsern Chef uffbasse, der do irgendwo rumturnt.«

»Des is ää guud Sach«, beruhigte sich Monji. »Isch hab vorhin schun än Dischput mit doim Chef khabt. Wann der so weidermacht, werr ich denn uffm Klo oisperre misse.«

Um ein Haar hätte ich ihm zehn Euro Trinkgeld für diese gute Idee zugesteckt.

Monji sprach weiter: »Isch muss mich jetzert um die Reporder kimmere, sunscht laafen se mer devu. Dess Foddo missen mer noochher mache.«

»Än klähne Moment noch, Monji, loss mich dodevor korz mit denne Schreiwerling redde.«

»Wannd määnscht«, antwortete er.

Alexander Schärf und Dietmar Becker hatten uns natürlich sofort erkannt, als wir das Zelt betraten. Sie saßen auf kleinen Hockern in einer Ecke.

»Na, die Herren«, begrüßte ich sie, »war die Mörderjagd immer noch nicht erfolgreich?«

Was als aufmunternder Gag gedacht war, kam nicht so an. Bedrückt standen die beiden auf und kamen auf mich zu. Meiner Meinung nach viel zu nah.

»Wir haben große Befürchtungen«, flüsterte Becker. »Mehrere Personen, die auf Alexanders Todesliste stehen, sind heute schon hier auf dem Festivalgelände. Bei einigen kennen wir den Grund, bei anderen nicht. Inzwischen vermuten wir, dass es sich bei einer Person auf dieser Liste um den Serientäter handeln könnte. Das ist ein neuer Ansatz, aber durchaus diskussionswürdig. Wie sehen Sie das?« Die Frage ging auch an meine Kollegen.

»Wer weiß?«, antwortete ich salomonisch mit einer Gegenfrage. »Sie haben doch sicher Ihre künstliche Intelligenz befragt, oder? Wenn die Antwort etwas mit einer verstopften Toilette zu tun hat, würde mich das nicht wundern.«

Becker sah mich mit großen Augen an. »Woher wissen Sie das schon wieder, Herr Palzki? Ich habe niemandem von meinem Missgeschick erzählt, nicht einmal Alexander.«

»Was hast du mir nicht erzählt?«, mischte sich der Internetreporter ein.

Dietmar Becker wurde kreidebleich und senkte erneut die Stimme. »Kaum waren wir hier angekommen, bekam ich plötzlich Durchfall. Der war so heftig, dass er leider die Toilette verstopft hat. Weil mir das peinlich war, bin ich danach rausgeschlichen. Ich bin mir sicher, dass mich niemand sah.«

»Aber das Klo schon«, antwortete ich. »Aber deshalb sind wir nicht hier. Was hat Ihr künstliches Programm sonst noch herausgefunden? Mit Bockenheim gab es immerhin einen Zufallstreffer.«

»Das war alles, nur kein Zufallstreffer«, korrigierte Schärf mit fester Stimme. »Die Software hat tatsächlich ein paar potenzielle Täter ausgespuckt. Allerdings, und das müssen wir leider zugeben, sind die Ergebnisse wenig plausibel. Diese Personen kommen auf keinen

Fall als Täter infrage. Das schließen wir beide kategorisch aus.«

»Das hat Michael Landgraf gestern auch gesagt. Lebt der eigentlich noch?« Mist, im selben Moment wurde mir klar, dass ich Informationen zu internen Ermittlungen ausgeplaudert hatte. Gerhard und Jutta warfen mir grimmige Blicke zu. Ich versuchte, mich mit einem Trick aus der Affäre zu ziehen. »Herr Landgraf hat sich geirrt, wie wir inzwischen wissen. Und die Frage, ob er noch lebt, war natürlich einer meiner berüchtigten Scherze.«

Becker verdrehte die Augen und schnaubte verächtlich. »Ach ja, die kenne ich zur Genüge.«

»Jetzt lassen Sie mal die Hosen runter«, sagte ich herrisch, ohne an Beckers Durchfall zu denken. »Wie lauten die Namen?«

Alexander Schärf sprang für seinen Freund in die Bresche. »Dietmar und ich haben beschlossen, dem Täter den Wind aus den Segeln zu nehmen und die Öffentlichkeit mit einzubeziehen. In einer Stunde können Sie alles in meinem Blog *Kriminelles aus der Kurpfalz* nachlesen. Oder Sie abonnieren gleich *Schärfs mörderischen Newsletter*.«

»In unserem Artikel schreiben wir diesmal Klarnamen«, kündigte Becker an. »Das haben wir uns gut überlegt. Denn wenn einer von ihnen unser Serienmörder ist, wird er sich hüten, noch einmal zuzuschlagen. Liegen wir falsch, bringen wir eine Gegendarstellung. Das ist nicht unüblich.«

»Aber es ist ein großes Problem für die Unschuldigen«, antwortete ich.

»Dafür retten wir mit unserer Aktion vielleicht ein oder mehrere Leben. Außerdem gewinnen wir Zeit, um den Täter und sein Motiv zu ermitteln.«

»Kenne mer losleche?«, rief Monji aus der anderen Zeltecke. »Ich muss in ä paar Minudde uff die Bühn fer ä Kontroll.«

»Wir kommen«, antwortete Becker.

»Wir machen nur noch schnell das Interview, Herr Palzki. Dann schreiben wir den Artikel fertig und stellen ihn online«, erklärte uns Schärf seinen Plan und schüttelte mir die Hand.

»Hoffentlich geht alles gut«, sagte ich zu Jutta und Gerhard, nachdem wir das Zelt verlassen hatten. »Lasst uns nun mal was trinken. Das ganze Gebabbel macht mächtig Durst.«

»Vor allem, wenn du versuchst, Dialekt zu sprechen«, spottete Jutta. »So wie vorhin mit Monji.«

»Ich bin eben ein Pälzer Bub.« Auf der anderen Seite des Platzes sah ich in diesem Moment Michael Landgraf. Dass er noch lebte, freute mich. »Da vorne ist der Landgraf«, rief ich meinen Kollegen zu. Wir kamen nicht weit.

»Herr Palzki!«, rief es von der Seite. Es war wie verhext, ständig riefen Leute nach mir. War ich wirklich so berühmt? Auch wenn es so war, manchmal nervte es, denn eigentlich wollte ich nur in Ruhe recherchieren. »Kommen Sie doch mal kurz zu mir«, rief die Stimme, die ich längst erkannt hatte.

»Guten Tag, Herr Boiselle, warum überrascht es mich nicht, Sie hier anzutreffen«, begrüßte ich den Karikaturisten.

»Wenn es um unsere Pfalz geht, bin ich immer ganz vorne mit dabei«, erwiderte Steffen Boiselle, der Erfinder der Cartoons rund um den *100%-PÄLZER!*, freundlich. Gerhard nutzte sofort die Gelegenheit, die vielen Bücher, Postkarten, Aufkleber und anderen Artikel mit seinem Handy zu fotografieren.

Ich nutzte die Gelegenheit, ihn zu seinen Telefonaten mit Jacques Bosco zu befragen. Dazu musste ich nur kurz in meinem Gedächtnis graben, um herauszufinden, dass sich die beiden schon seit Jahren kannten. Der gleiche Fehler wie vorhin mit dem Notarzt sollte mir nicht erneut passieren. »Es freut mich, dass sich unser gemeinsamer Bekannter Jacques Bosco bei Ihnen gemeldet hat.«

»Jacques wer?«, fragte Boiselle. »Ich kenne niemanden mit … ach so, den Jacques meinen Sie. Von dem habe ich schon lange nichts mehr gehört, tut mir leid.«

»Aber Sie haben doch in den letzten Tagen dreimal mit ihm telefoniert, oder?«

»Ich?«, fragte der Schnellzeichner irritiert. »Ganz bestimmt nicht. Warum sollte ich?«

Für einen winzigen Moment zweifelte ich, ob sich Jürgen geirrt haben könnte. Da ich das absolut ausschließen konnte, spielte ich mit offenen Karten. »Wir lassen Jacques' Handy seit ein paar Tagen überwachen, deshalb sind uns die Anrufe an Sie aufgefallen.«

Boiselle schüttelte den Kopf. »Da müssen Sie sich irren. Ich hatte aber in den letzten Tagen ein paar Anrufe, bei denen sich niemand meldete. Wahrscheinlich falsch verbunden, dachte ich. Sind das vielleicht die Verbindungen? Aber warum sollte sich Jacques bei mir melden? Er könnte es mir doch persönlich sagen. Vorhin habe ich ihn an der Bühne vorbeilaufen sehen.«

»Jacques ist hier?« Meine Stimme überschlug sich um ein Haar.

»Wussten Sie das nicht? Ich glaube, der Veranstalter hat ihn engagiert, um ein paar tolle Effekte auf die Bühne zu zaubern. Wahrscheinlich Feuerwerk und so Sachen.«

Langsam wurde es unübersichtlich, was die Anzahl

der persönlich bekannten Personen auf diesem Gelände anging. »Wissen Sie, wo ich Jacques Bosco finden kann?«

»Da kann ich Ihnen leider nicht weiterhelfen. Ich habe ihn nur einmal gesehen, als er mit Michael Landgraf an der Bühne vorbeigegangen ist.«

»Mit Herrn Landgraf?« Die Überraschungen nahmen kein Ende.

»Natürlich«, bestätigte der Karikaturist. »Michael moderiert einen Teil des Festivals.«

»Meine Kollegen und ich werden Jacques jetzt suchen.« Ich warf einen kurzen Blick auf sein Angebot. »Sind Sie mit Ihrer Live-Zeichnungsaktion auf dem Festival?«

»Eijo«, antwortete Boiselle. »Aber nicht jeden Tag. Ich zeichne wie immer Schnellporträts von den Leuten. Und des fer umme, also umsonst.«

»Ich bin des Pfälzischen mächtig«, entgegnete ich wegen seiner Übersetzung.

»Das habe ich nur wegen Ihrer Kollegen gesagt«, entschuldigte sich Boiselle.

»Ich denke, wir sehen uns später noch mal«, verabschiedete ich mich.

Nachdem wir den Stand verlassen hatten, empfahl ich Gerhard und Jutta: »Ich glaube, wir müssen unsere Prioritäten ändern. Lasst uns zunächst Michael Landgraf und Jacques Bosco suchen, bevor es zu spät ist.«

»Wenn Jacques wirklich …«, begann Gerhard.

»Quatsch«, unterbrach ich ihn barsch, gleichzeitig irritierte mich Musik, die aus unmittelbarer Nähe zu kommen schien.

»Willst du nicht an dein Handy gehen?«, fragte Jutta.

»Mein Handy? Das klingelt doch gar nicht.«

»Oh doch«, mischte sich Gerhard mit einem breiten Grinsen ein. »Ich habe mir erlaubt, dir den Song ›I Shot the Sheriff‹ von Bob Marley als Klingelton einzurichten.«

Inzwischen hatte ich begriffen, dass die Musik aus meiner Jackentasche kam. Mürrisch zückte ich mein Handy. Hoffentlich war es keine schlechte Nachricht aus dem Hause Palzki.

»Hier ist der Jürgen«, meldete sich stattdessen unser Jungkollege.

»Was gibt's?«, fragte ich hoffnungsvoll. Mir war klar, dass Jürgen nicht ohne Grund anrief.

»Ich konnte das Auto identifizieren, das Ute Zimmermann überfahren hat.«

»Was hast du? Das ist ja eine gute Nachricht! Sag schon, wem gehört das Auto?«

»Es ist ein Leihwagen«, antwortete Jürgen. »Aber das macht die Sache nicht einfacher.«

»Warum denn? Du kriegst doch sicher raus, wer den Wagen geliehen hat, alles andere wäre ja völlig unglaubwürdig.«

»Für wen hältst du mich, Reiner? Natürlich habe ich das herausgefunden. Aber ich sehe keinen Zusammenhang zwischen der Person, die den Wagen geliehen hat, und der Tat.«

»Egal, Hauptsache, Jacques ist entlastet.«

»Eben nicht«, entgegnete Jürgen und zerstörte damit zum wiederholten Mal meine heile Welt.

»Unmöglich«, antwortete ich. »Das kann nicht sein.«

»Ich habe es schwarz auf weiß«, beharrte Jürgen. »Jacques Bosco hat das Auto definitiv ausgeliehen. Soll ich ihn zur Fahndung ausschreiben?«

»Auf keinen Fall«, brüllte ich in das arme Handy. »Wir fragen ihn persönlich, er muss hier auf dem Gelände sein.«

»Wie du meinst«, sagte Jürgen. »Ich habe noch etwas herausgefunden. Jacques hat mehrmals mit einer Person telefoniert, die in seiner Nähe gewesen sein muss. Nach der Stärke der Signale zu urteilen, sogar in unmittelbarer Nähe.«

Jürgen nannte mir den Namen, was mich noch mehr verwirrte. »Könnte es sein, dass die beiden sich auf einem Fest oder einer größeren Menschenansammlung oder so treffen wollten und sich nicht gefunden haben? Dann würde ich auch den anderen anrufen. Vielleicht war er nur kurz auf dem Klo?«

»Alles ist möglich«, stimmte Jürgen zu. »Aber viermal in zwei Tagen?«

»Das muss ich mir erst einmal durch den Kopf gehen lassen«, teilte ich Jürgen mit und legte auf. Dann informierte ich die Kollegen über den Inhalt des Telefonats. Trotz heftiger Diskussion und immer verwirrender werdender Gedanken kamen wir zu keinem befriedigenden Ergebnis. Die bisherigen Erkenntnisse passten einfach nicht zusammen.

»Jacques!« Direkt vor uns schlurfte Jacques Bosco auf den Getränkestand zu. Durch seine gebeugte Haltung, die sicher seinem inzwischen fortgeschrittenen Alter geschuldet war, wirkte er auf Fremde greisenhaft. Dabei war er geistig reger als jeder Mittzwanziger mit Universitätsabschluss. Ob das auch noch für seine Motorik galt, wusste ich nicht. Hatte er beim Autofahren aus Versehen Bremse und Gaspedal verwechselt? War Utes Tod nur ein Unfall, völlig unabhängig von der Mordserie?

»Hallo, Reiner«, begrüßte mich mein Freund mit brüchiger Stimme. Dann gab er uns die Hand. »Ich habe euch vorhin bei den Ärzten gesehen. Was führt euch zum Festival? Es ist doch noch gar nicht eröffnet.«

Wenn Jacques wirklich ein Mörder wäre, würde er mit seiner schauspielerischen Leistung den einen oder anderen *Oscar* gewinnen. »Wir suchen dich.« Schnell fügte ich hinzu: »Unter anderem.«

Jacques' Augen begannen zu leuchten. »Habt ihr das Auto gefunden?« Er sah uns nacheinander an. »Kann nicht sein, deswegen seid ihr bestimmt nicht hier. Ist es wegen Ulis Tod? Da kann ich euch leider nichts Neues sagen. Die Beamten aus Ludwigshafen haben sich zwar mein Labor auf dem Dachboden der Scheune angesehen, einer ist sogar von der Leiter gefallen, aber ich wurde nicht als Zeuge befragt.«

»Es geht nicht nur um den Tod von Herrn Valnion.«

Jacques nickte eifrig. »Natürlich habe ich auch die Berichterstattung über die anderen Morde im Internet verfolgt. Stimmt das wirklich? Die Artikel, die ich gelesen habe, klangen nicht sehr seriös. Hätte ich meine Erfindungen auch so laissez-faire gehandhabt, man denke nur an die Lithium-Batterie, würden wir in Deutschland heute noch Atomkraftwerke bauen.«

Jutta bekam große Augen. »*Sie* haben die Lithium-Batterie erfunden?«

»Natürlich«, erklärte Jacques wie selbstverständlich. »Zwei Jahre bevor der japanische Chemiker und Ingenieur Akira Yoshino mir 1985 die Erfindung stahl. Es war einer meiner Geistesblitze, Petrolkoks zu verwenden, der die Lithiumionen der Kathode aufnehmen kann, anstatt wie bisher reaktives Lithium für die Anode zu verwenden.«

»Deshalb sind wir nicht hier«, unterbrach ich meinen Freund, bevor er einen stundenlangen wissenschaftlichen Vortrag über die historische Entwicklung der Batterie halten konnte. »Erzähl uns von deinem Mietwagen.«

»Ach so«, antwortete er überrascht. »Habt ihr den Wagen endlich gefunden? Aber warum ihr von der Kriminalpolizei?«

»Weil mit diesem Leihwagen Ute Zimmermann in Schifferstadt überfahren wurde.«

Die Reaktion war eindeutig. Jacques hatte damit nicht das Geringste zu tun. »Ihr tut so, als wäre ich mit dem Wagen gefahren«, wehrte er sich. »Ich habe den Diebstahl sofort auf eurer Dienststelle gemeldet.«

Verwirrt sah ich meine Kollegen an. Warum wusste Jürgen nichts davon? Diesen Widerspruch galt es aufzuklären, denn niemals würde Jacques uns so dreist anlügen. Oder war er inzwischen dement?

»Bist du sicher, dass du den Diebstahl angezeigt hast? Hast du von dem Beamten eine Bescheinigung bekommen?«

Jacques schüttelte den Kopf. »Das ging nicht, weil das Computersystem gerade abgestürzt war. Die Beamtin hat meine Diebstahlmeldung handschriftlich auf ein Papierformular geschrieben und mir gesagt, dass sie mir in den nächsten Tagen eine Kopie der Meldung schicken würde, damit ich sie an die Verleihfirma weiterleiten kann.«

Das war zum Haare raufen. Kein Wunder, dass Jürgen nichts von der Meldung wusste. Vermutlich war die Papiermeldung in einer der vielen Ablagen verloren gegangen. Solche Vorgehensweisen stellten für Jürgens Recherchen ein großes Problem dar. Ich konnte verstehen, dass unser Jungkollege ein vehementer Verfechter des papierlosen Büros war.

»Wo wurde das Auto gestohlen?« Das könnte ein wichtiger Hinweis sein.

»In Venningen, beim Brunnen mit der Sau«, erwiderte Jacques. »Leider war meine Tasche mit den Ausweisen im Auto, das Handy wurde auch gestohlen. Das war einen Tag vor dem Mord an Uli, hatte ich dir das nicht erzählt?«

»Was? Dein Handy ist auch weg?«

Jacques sah mich fassungslos an. »Das ist mein kleinstes Problem. In meiner Tasche waren wertvolle Unterlagen für meine nächsten Erfindungen. Ich werde die Welt revolutionieren mit meinem einzigartigen …«

»Nichts wirst du«, unterbrach ich ihn. »Du standest bis eben unter Mordverdacht!« Da mein Freund sprachlos war, fuhr ich fort: »Mit dem Auto wurde jemand totgefahren. Und mit deinem Handy hat der Täter weitere Verbrechen vorbereitet und vielleicht sogar seine nächsten Opfer in eine Falle gelockt.«

Wie ein begossener Pudel stand Jacques vor uns und wusste nicht, wie er reagieren sollte. »Das, äh, tut mir, äh, sehr leid«, stotterte er schließlich. »Das wusste ich nicht.«

»Warum bist du eigentlich hier?«, fragte ich ihn. »Willst du deinen synthetischen Alkohol verkaufen? Ich hoffe, du willst die Besucher nicht als Tester missbrauchen?«

»Nein, natürlich nicht«, verteidigte sich Jacques. »Meine Forschungen sind noch lange nicht abgeschlossen. Auf diesem Fest gibt es selbstverständlich nur reines Bier und besten Pfälzer Wein. Ich wollte mir gerade eine Rieslingschorle holen.«

»Also keine Alkoholexperimente«, resümierte ich. »Andere gefährliche Experimente?«

»Gefährlich?«, wiederholte Jacques. »Aber nicht für mich. Ich bin für die visuellen Effekte auf der Bühne zuständig. Ursprünglich waren ein paar kleine Feuerwerke geplant, aber die Genehmigungshürden sind in den letzten Jahren enorm gestiegen: Gewerbeaufsicht, Brandmeister, Feuerwehr, Berufsgenossenschaft und so weiter, alle wollen mitreden und widersprechen sich nicht selten genug. Legal darfst du eigentlich kein Feuerwerk mehr abbrennen.«

»Und du hast eine Gesetzeslücke gefunden, um ein Feuerwerk abzubrennen, das nicht als Feuerwerk gilt, oder?«

Jacques schüttelte sichtlich genervt den Kopf. »Ich arbeite neuerdings mit Lauge.«

»Mit Lauge?«, rief ich erstaunt.

»Warum schreist du so?«, fragte er überrascht. »Mit Lauge kann man geniale optische Tricks generieren, vergleichbar mit Seifenblasen, nur viel effektvoller.«

»Du machst Seifenblasen auf der Bühne?«

»Ach, Reiner«, entgegnete mein Freund. »Du bist immer noch so naiv und einfältig wie früher. Mit Seifenblasen würdest du heute nicht einmal mehr im Kindergarten auffallen. Ich werde auf der Bühne ein riesiges …«, er brach mitten im Satz ab. »Das darf ich nicht verraten, das ist noch streng geheim.«

»Dann verrate mir wenigstens, wie deine Seifenblasenerfindung funktioniert. Ich will nicht unbedingt wissen, wie die Effekte aussehen, sondern nur, wie gefährlich sie sind.«

Jacques winkte lächelnd ab. »Das würdest du sowieso nicht verstehen und auch nicht einschätzen können. Meine Neuentwicklung der optischen Effekte konnte ich aus

Zeitgründen leider nicht testen, aber ich bin überzeugt, dass sie absolut harmlos sind.« Er holte ein paar Papiere aus seiner Tasche. »Wenn du etwas von Chemie verstehen würdest, könntest du es hier nachlesen. Für dich in einfachen Worten: Du kennst sicher die Begriffe Abbeizen oder Ablaugen. Hinter dem letzten Begriff stehen ablaugende Beizmittel. Die sind bei unsachgemäßer Anwendung nicht ganz ungefährlich, aber dafür bin ich ja da. Diese Mittel gibt es schon länger auch in Gelform, um das Auftragen zu erleichtern. Meine Erfindung besteht darin, ein extrem stabiles Laugengemisch in Gelform herzustellen, um mit ein paar weiteren Zutaten die gewünschten optischen Effekte zu erzielen. Und damit höre ich auf mit der Erklärung, der Rest ist Geheimsache.«

Mir schwirrte der Kopf. Ein Seitenblick zu Gerhard und Jutta zeigte mir, dass es den beiden genauso ging.

Ich hatte keine Ahnung, wie ich die Bühnenshow meines Freundes bewerten sollte. Bevor ich mich mit meinen Kollegen zur Beratung zurückzog, hatte ich noch eine Frage: »Versorgst du auch diese Scheinärzte und Frau Frohnhäuser mit deiner Lauge?«

»Wen meinst du mit Scheinärzte, Reiner? Matthias und Günter? Das sind alles andere als Scheinärzte. Ihr kreatives Potenzial ist enorm. Vielleicht werde ich, wenn ich mal Zeit habe, mit ihnen zusammenarbeiten und Erfindungen in der Medizin vorantreiben. Gerade im Bereich der Sodbrennenforschung gibt es noch viel zu tun. Die Welt wird es mir danken.«

»Und was ist mit der Lauge?« Sein Verhältnis zu den beiden interessierte mich im Moment überhaupt nicht.

»Um einen günstigen Preis für die benötigte Lauge zu bekommen, musste ich eine größere Menge abnehmen. Das meiste habe ich an Matthias und Günter weiterverkauft, die auch ihre Abnehmer haben. Ich meine den Namen Frohnhäuser gehört zu haben. Aber da musst du bei denen mal nachfragen.«

»Okay, dann weiß ich jetzt Bescheid. Bleib bitte auf dem Gelände, falls wir noch Fragen haben.«

»Klar«, antwortete der Erfinder. »Ich hole mir schnell eine Schorle, dann bin ich auf der Bühne. Michael Landgraf ist übrigens auch dort, er bereitet seine Moderation vor.«

»Und was machen wir?«, fragte ich meine Kollegen.

»Bier«, reimte Gerhard unabsichtlich. »Mir raucht der Kopf vom Nachdenken, ich brauche jetzt ein Bier.«

Da ich die Idee gut fand, griff ich sie auf. Jutta spielte die Abweichlerin und gab sich mit einer Rieslingschorle zufrieden. »Mehr als ein alkoholisches Getränk gibt es aber nicht«, entschied sie. »Und das auch nur ausnahmsweise, schließlich sind wir im Dienst.«

»Keine Sorge, das verraten wir unserem Chef nicht«, antwortete ich.

»Was verraten Sie mir nicht?« Von uns völlig unbemerkt, stand plötzlich KPD neben uns und wippte arrogant auf den Fersen. Mit scharfer Stimme fuhr er fort: »Palzki, reichen Ihnen die Disziplinarverfahren nicht, die ich Ihnen heute noch anhängen werde?« Dann entdeckte er mein Bierglas. »Das ist ungeheuerlich«, donnerte er. »Betrunken im Dienst, das wird ja immer schlimmer.«

Längst hatte ich mir eine Ausrede zurechtgelegt. »Sie missverstehen die Situation, lieber Vorgesetzter«, schmeichelte ich. »Das ist nur unsere Tarnung. Schauen Sie genau hin, wir haben noch keinen Schluck aus unseren Gläsern getrunken.«

»Was soll der Quatsch?«, unterbrach mich KPD. »Sie kaufen sicher keine alkoholischen Getränke, um sie nur in der Hand zu halten. Das widerspricht doch jeder Lebenseinstellung, äh, Haltung, äh, Sache, äh, das macht doch kein vernünftiger Mensch«, verhaspelte er sich. »Wobei man bei Ihnen nicht von Vernunft sprechen kann.« Er sah Gerhard und Jutta kurz an. »Aber bei Ihnen?«

»Herr Palzki hat ausnahmsweise mal recht«, sprang Jutta mir zur Seite. »Wir haben uns diese Tarnung zugelegt, um Sie zu schützen, Herr Diefenbach.«

KPD reagierte unwirsch: »Mich schützen? Ich brauche keinen Schutz, ich kann mich selbst verteidigen.« Er machte eine kurze Pause und wurde nachdenklich. »Worum geht es denn?«

»Um Ihren Ruf als guter Chef«, zitierte ich eine seiner Lieblingsfloskeln. »Vielleicht sogar um Ihr Leben.« Den letzten Satz flüsterte ich geheimnisvoll.

»Dann muss ich um sofortige Aufklärung bitten«, befahl er.

Fast hätte ich einen Schluck Bier getrunken, wäre mir nicht Juttas warnender Blick aufgefallen. »Michael Landgraf und dieser Monji …«

Unser Chef reagierte wie gewünscht. Bei der Nennung seiner Lieblingsfeinde musste er überreagieren. »Die wollen mich umbringen? Dass die so weit gehen …«

»Dazu muss es nicht kommen«, ruderte ich ein wenig zurück, um ihn wieder auf den richtigen Weg zu bringen. »Es geht doch erst einmal nur um Ihr Festival, Herr Diefenbach.«

»Das Festival wird wohl nicht stattfinden«, polterte KPD. »Jedenfalls, solange es nicht zu meinen Bedingungen durchgeführt wird. Ich habe Herrn El Beji eine allerletzte Frist gesetzt, und die läuft bald ab. Und dass dieser Landgraf meinen Wettbewerb moderiert, das kann er auch vergessen. Wir sind hier schließlich nicht im Wilden Westen.«

»Dann wissen Sie es ja bereits«, sagte Jutta. »Wir dachten, wir hätten Neuigkeiten für unseren guten Chef.«

»Pah«, antwortete er verächtlich. »Da hat Ihnen Palzki wohl wieder einen Floh ins Ohr gesetzt. Statt sich in der Dienststelle auf seine Aufgaben zu konzentrieren, fährt er mit Ihnen nach Fußgönheim zum Besäufnis.« Er drehte sich zu mir um: »Ich gebe Ihnen eine letzte Chance: Wenn ich nachher in meine Dienststelle komme, möchte ich alle Protokolle, die Sie mir versprochen haben, in Reinschrift auf meinem Schreibtisch liegen haben. Außerdem laufen Sie heute noch den Parcours im Hof ab, bevor sich auch die anderen Schutzpolizisten krankmelden. Ich gehe jetzt Herrn Landgraf suchen.« Mit diesen Worten ließ er uns stehen.

Vor lauter Erregung schaffte ich es nicht, das Glas auf ex leer zu trinken.

»Ich weiß nicht, wie du das wieder hinkriegen willst«, meinte Jutta mitleidig.

Das Bier wirkte wie eine Wunderdroge, ich hörte meiner Kollegin gar nicht richtig zu. Das kühle Getränk rann durch meinen Körper und gab mir ein völlig entspanntes Glücksgefühl. Gleichzeitig beruhigten sich auch meine total überflutenden Gedanken der letzten Stunden, der letzten Tage. Wie ein Pfeil bohrte sich plötzlich der Anruf von Jürgen durch meinen Schädel. Die Anrufe, die Telefonate, das alles war kein Zufall, es steckte ein teuflischer Plan dahinter. Automatisch trank ich das Glas leer, dabei fiel es mir wie Schuppen von den Augen. Es gab nur eine

Möglichkeit, alles passte zusammen, bis auf das letzte Puzzlestück.

»Was ist los, Reiner?«, sprach mich Jutta an. »Du siehst so apathisch aus.«

Ich schüttelte in Zeitlupe den Kopf. »Wir haben das Wichtigste übersehen. Kommt, wir müssen zu Herrn Landgraf, bevor es zu spät ist.«

Wir fanden ihn schnell. Michael Landgraf stand am Rand der Bühne an einem Stehtisch und sortierte Papiere. Die Bühne selbst sah aus wie eine Messie-Wohnung. Im Hintergrund war das Equipment einer Rockband aufgebaut, an den Seiten standen regelrechte Lautsprechertürme, manche davon nicht angeschlossen, weil sie noch an ihren endgültigen Standort transportiert werden mussten. Die Hauptfläche der Bühne war vollgestellt mit Stühlen, Stehtischen, Stellwänden, riesigen Koffern und vielem mehr. Zudem erschwerte eine kaum erträgliche basslastige Musik die akustische Orientierung.

»Herr Landgraf!«, brüllte ich gegen den mörderischen, fast kriegswaffenartigen Rocksound an, als wir die Treppe zur Bühne hinaufstürmten.

Der Moderator erschrak, als wir plötzlich vor ihm standen, denn er hatte uns wegen des Höllenlärms nicht gehört. »Hallo, Herr Palzki«, sagte er laut und nickte uns dreien zu.

»Alles in Ordnung?« Ich brauchte meine Stimme nicht bis zum Äußersten zu strapazieren, da wir nun dicht beieinander standen und uns eine Trennwand vom nächsten Lautsprecher trennte.

»Herr Diefenbach dreht durch«, antwortete er. »Er wollte mich vorhin von der Bühne jagen. Sonst ist alles in Ordnung. Inzwischen hat sich mein Verdacht gegen den Serienmörder erhärtet. Ich bin mir aber sicher, dass im Moment keine Gefahr besteht, dass er wieder zuschlägt. Wir können nachher gerne darüber reden, aber ich muss erst noch meine Moderationstexte durchgehen.«

»Sie sind in Gefahr«, warnte ich ihn eindringlich.

Landgraf winkte amüsiert ab. »Ich bin nie in Gefahr«, antwortete er und sah sich suchend um. »Wo ist eigentlich meine Tasche? Könnte sie vielleicht neben dem Stuhl auf dem Boden liegen?« Landgraf ging in den hinteren Teil der Bühne.

In diesem Moment geschahen mehrere Dinge gleichzeitig: Die hintere vertikale Bühnentraverse knickte nach vorne und riss die gesamte Dachkonstruktion der Bühne mit sich. Landgraf wäre von den zentnerschweren Metallteilen brutal zerquetscht worden, wenn die Traverse nicht kurz vor dem Aufprall an einem der Lautsprechertürme hängen geblieben wäre. Gleichzeitig schoss aus einem Apparat ähnlich einer Schneekanone eine undefinierbare Masse quer über die Bühne an eine Stelle, die wegen einer Stellwand nicht einsehbar war. Nicht nur Landgraf schrie in Todespanik auf, auch eine weitere Person schien in Not zu sein.

Als meine Kollegen und ich zum Unglücksort eilten, verstummte plötzlich die Musik, und Jacques Bosco stand wie ein Zauberer vor uns.

»Ich habe den Lärm abgestellt«, sagte er ruhig. »Euer Mörder kann nicht mehr entkommen.« Jetzt lachte er sogar, was mir angesichts der Situation sehr merkwürdig vorkam. Wir befreiten Landgraf, der nur knapp dem Tod entronnen war, von einigen Lautsprecherkabeln, in denen er sich beim Sturz verheddert hatte. Außer ein paar blauen Flecken und dem Schreck seines Lebens war er unverletzt.

»Was isn des fer än Scheiß?«, rief eine bekannte Stimme aus dem Hintergrund.

Wir eilten hinter die Trennwand, wo sich uns ein Bild bot, das man höchstens aus Fantasy-Comics kannte. Monji El Beji stand bis zu den Oberschenkeln in einer übel riechenden cremefarbenen Masse, die ihn wie ein Vulkan umgab. Auch der Rest des Körpers war stellenweise mit der Substanz befleckt, die offensichtlich aus der Kanone gekommen war.

»Perfekt«, sagte Jaques zufrieden, ging zu Monji und drückte mit dem Zeigefinger auf die Masse. »Eine Sekunde Kontakt mit Sauerstoff reicht aus, um mein spezielles Xanthan-Lauge-Konzentrat aushärten zu lassen.«

»Machen dess Zeisch ab, isch kann misch net beweesche«, rief Monji zornig.

»Das ist so gewollt«, erklärte mein Freund, der Erfinder. »Ich habe beobachtet, wie Sie die Bühnentraverse gelockert haben, damit sie auf Herrn Landgraf fällt.«

»Das warst du?«, rief Landgraf erregt und schaute mit großen Augen den Festivalleiter an. »Warum zum Teufel …«

»Weil er der Mörder ist«, behauptete Jacques. »Bis vorhin hatte ich keine Ahnung. Erst als ich hörte, dass ein Opfer in Lauge aufgelöst wurde, kam ich darauf. Er hat mir nämlich eine große Menge Lauge abgekauft und mich gebeten, niemandem davon zu erzählen.«

»Ist das Zeug gefährlich?«, fragte ich Jacques und deutete auf den Haufen, in dem Monjis Beine steckten, die er keinen Millimeter bewegen konnte. Selbst wenn er ein Mörder war, konnten wir ihn kaum bis auf die Beinknochen entfleischen lassen.

Jacques winkte lässig ab. »Das Zeug wird durch die chemische Reaktion ganz gut warm, aber man muss ihn mit Hammer und Meißel befreien. Nach einer Viertelstunde ist alles knochenhart.«

»Lossen misch do raus, awwer sofort«, flehte Monji. »Mischael, isch hab dess net gewollt. Isch brauch disch doch als Modderator. Awwer du warscht so nah draa, misch zu verroode. A wann du än guuder Freund bischt, isch loss mer von kämm moi Feschdiwäl kabuttmache.«

Ich ging auf ihn zu. Mit einer blitzschnellen Bewegung schob ich den Ärmel seines Sweatshirts hoch, mehrere frische Narben kamen zum Vorschein. »Verätzungen«, sagte ich, »die Sie sich zugezogen haben, als Sie Ralf Frohnhäuser überwältigt haben. Er hat sich gewehrt, und in seinem Todeskampf sind Sie mit der Lauge in Berührung gekommen. Deshalb tragen Sie das T-Shirt nicht mehr.« Automatisch hatte ich auf das förmliche Sie umgeschaltet.

Ich war noch nicht fertig mit ihm. »Ihr zweitgrößter Fehler war die Verwendung von Kalilauge, die zwar für Ihren Zweck sehr effektiv ist, aber normalerweise nur für Flüssigseifen verwendet wird. Christina Frohnhäuser dagegen arbeitet ausschließlich mit Natronlauge, was sie als Täterin ausschließt.«

Monji warf mir einen vernichtenden Blick zu, konnte aber mangels Bewegungsfreiheit nichts unternehmen.

»Die Telefonate waren Ihr größter Fehler«, fuhr ich fort. »Sie haben mit Jacques' gestohlenem Handy Ihre anderen Opfer angerufen. Oder Personen, die als Verdächtige gut in Ihr Konzept passten. Aber Sie haben es übertrieben, denn Sie haben auch sich selbst mit Jacques' Handy angerufen, um uns zu täuschen. Anhand der gemessenen Signalstärken an den Sendemasten können wir nachweisen, dass die Handys am selben Ort waren.«

»So än Scheiße!«, schrie Monji wütend.

»Und das alles nur, um Ihr Festival in die Presse zu bringen, damit möglichst viele zahlende Gäste zu Ihnen nach Fußgönheim pilgern. Die ermordeten Jurymitglieder der anderen Wettbewerbe waren nur Mittel zum Zweck.«

»Palzki!« Der Ruf kam von vor der Bühne. »Was haben Sie jetzt wieder angestellt? Warum sind Sie nicht schon längst in Schifferstadt?« KPD kam zu uns heraufgestürmt. »Ist das alles von Palzki zerstört worden?«, fragte er Gerhard und Jutta.

Stumm deutete ich auf Monji. »Hier ist Ihr Mörder, Herr Diefenbach. Er ist für die vielen Kapitalverbrechen der letzten Tage verantwortlich.«

KPD überlegte kurz, dann änderte er seine Taktik. »Ich wusste doch, dass El Beji ein Verbrecher ist. Ich kenne schließlich meine Pappenheimer. Palzki, bringen Sie den Kerl nach Schifferstadt, aber diesmal, ohne zu trödeln.« Dann wandte er sich an Michael Landgraf. »Sie sehen, ich bin ein erfolgreicher Chef. Also passen Sie auf, sonst sind Sie beim nächsten Mal dran.«

KPD wandte sich wieder direkt an mich. »Sobald Sie ihn abgeliefert haben, rufen Sie alle Pressevertreter der Region an und sagen ihnen, dass ich in drei Stunden eine Pressekonferenz gebe. Die Liste mit den Telefonnummern liegt griffbereit auf meinem Schreibtisch. Und wenn Sie das erledigt haben, machen Sie sich an die Arbeit und schreiben Sie die Protokolle. Für die Pressekonferenz brauche ich Sie nicht, da würden Sie mit Ihren unqualifizierten Kommentaren nur stören.« Wenig später war der Spuk vorbei.

Von der Bühne aus sah ich unseren Chef direkt in die Arme von Dietmar Becker und Alexander Schärf laufen. Das kann ja heiter werden, dachte ich verzweifelt.

Nach zwei weiteren Frustbieren, Jutta hatte sich bereit erklärt, die Heimfahrt zu übernehmen, machten wir uns auf den Weg nach Schifferstadt. Die Befreiung und den Abtransport des Täters hatten wir an das Polizeipräsidium Ludwigshafen delegiert. Wozu hatte man schließlich Kollegen? Die konnten sich gerne mit unserem Chef um die Lorbeeren der Aufklärung streiten.

Während es im Sozialraum unserer Dienststelle von Pressevertretern nur so wimmelte, saß ich bei Kaffee und Keksen in Juttas Büro. Jürgen hatte unsere Abwesenheit genutzt, um ein genaues Bewegungsprofil von Monji für die letzten Tage zu erstellen. »Er hat tatsächlich die ganze Zeit sein Handy angelassen«, berichtete Jürgen fassungslos. »Und nicht nur das, er hat dann auch noch einige Zeit an den Tatorten verbracht. Zwar im Hintergrund, aber trotzdem nicht ganz risikolos. Hier, schaut mal.«

Unser Jungkollege gab uns eine Handvoll Fotos. Das erste Bild zeigte unseren Polizeitransporter in Venningen, wie wir gerade KPD in den Wagen hievten. Im Hintergrund war deutlich Monji zu erkennen, der die Szene beobachtete. »Das muss von dir sein, Gerhard.«

Ein weiteres Foto, das offensichtlich aus dem Fundus des Polizeipräsidiums stammte, zeigte Monji, wie er auf der Straße an einer Polizeisperre stand und in Richtung des Wochenendhauses blickte, in dem kurz zuvor Ralf Frohnhäuser ermordet worden war. »Es gibt sogar ein Foto von Bockenheim«, fügte Jürgen hinzu. »Aber es ist unscharf.«

»Das sollte trotzdem reichen«, sagte ich mit einem Seufzer der Erleichterung. »Wie man sich doch in manchen Menschen täuschen kann.«

Jutta versuchte abzulenken. »Wer weiß, was KPD gerade der Presse erzählt. Bestimmt eine unglaubliche Geschichte, wie immer. Diefenbach bekommt wieder die Lorbeeren und einen neuen Orden.«

Jürgen lachte. »Vielleicht nicht. Fake News können auch andere. Im aktuellen Fall sind andere diesmal schneller als KPD.« Im Hintergrund ratterte ein Drucker. Er stand auf und reichte uns den Ausdruck.

Wie ich mit dem Krimiautor Dietmar Becker dem Serienmörder auf die Spur kam – die ganze Wahrheit. Ein aktueller Bericht von Alexander Schärf.

Ich konnte den Artikel nicht lesen. Gleichzeitig lachen und den Mund voller Kekse haben, das war keine gute Kombination. Zum zweiten Mal innerhalb kürzester Zeit verdankte ich meinen Kollegen mein Leben. Zufrieden, trotz knallrotem Rücken, fuhr ich nach Hause. Nebensächlichkeiten wie Protokoll, Parcours, Brennerei konnten mir heute gestohlen bleiben. Ich lachte sogar, als ich die Wohnung betrat.

»Papa, vergiss nicht, dass du morgen früh einen Termin bei meiner Lehrerin hast. Ich habe leider vergessen, es dir früher zu sagen.«

ENDE

DANKSCHÄÄ!

Bereits zum 25. Mal darf ich im *Gmeiner*-Verlag einen Roman aus der Kommissar-Palzki-Reihe veröffentlichen. Eine beachtliche Zahl, vor allem, wenn man bedenkt, dass noch einige andere Werke im selben Verlag erschienen sind.

Ich weiß noch, wie ich nach dem Erscheinen des Debütromans *Ernteopfer* im Jahr 2008 träumerisch in die Zukunft blickte und von einem dritten oder gar vierten Krimi fantasierte. Längst hat die Realität die Fiktion eingeholt, längst hat das *Palzkiversum* von mir Besitz ergriffen. Egal wo ich bin, egal was ich sehe, egal was ich sage, immer treibt mich der Gedanke um, wie ich das gerade Erlebte in eine vermutlich fiktive Palzki-Handlung einbauen kann. Dank Ihnen komme ich immer wieder auf neue Ideen, seien sie skurril oder halbwegs realistisch. Vielen Dank dafür!

Wer sich für die Pfälzischen Mundartwettbewerbe interessiert oder sogar daran teilnehmen möchte, findet hier die gewünschten Informationen:

https://de.wikipedia.org/wiki/Pf%C3%A4lzische_Mundartwettbewerbe

Da es bis zur Drucklegung dieses Tatsachenromans keine Internetseite zum *Babbel-Doch!-Festival* gab, kann ich an dieser Stelle leider nur an eine Internetrecherche in eigener Regie verweisen. Aber UFFBASSE, nicht immer stimmt alles, was man im Netz so liest …

Mit dem Bierbrauen im *Palzkiversum* habe ich mich bereits im Band *Räuberbier* ausführlich beschäftigt. Gleiches gilt für das zweite flüssige Kulturgut der Pfalz, den Wein (unbedingt lesen: *Weinrausch* sowie *Pfalz Wein Mord*).

Um mein Wissen für den aktuellen Roman zu erweitern, habe ich die Schwiegereltern unseres Sohnes Rouven um Hilfe gebeten. Sigrid und Volker Spiegel sind mit ihren Brennereien nicht nur an der Weinstraße bekannt. Aufgewachsen in den beiden Pfälzer Winzerdynastien Spiegel und Bangerth, machten sie sich nach der Jahrtausendwende mit einem Genussshop in Kempten selbstständig. Parallel dazu betrieben Sigrid und Volker ihre beiden Brennereien, um immer neue Likör- und Brandkreationen zu erfinden. Darunter waren auch so abstruse Ideen wie ein Spargel- oder Tabaklikör, dessen Produktion mangels Nachfrage nie richtig in Schwung kam …

Nach 20 Jahren in Kempten haben sie sich entschlossen, zu ihren Wurzeln zurückzukehren und sich ihren in Venningen stationierten Brennereien zu widmen.

Die Brennereien samt Verkaufsladen sind im Roman authentisch beschrieben, natürlich mit Ausnahme der obligatorischen Leiche (Stand November 2024). Außerdem verkaufen die beiden den Vor- beziehungsweise Nachlauf nicht an Doktor Metzger. Nicht, dass sie Ärger mit dem Hauptzollamt bekommen …

Wer sich über die verschiedenen Arten von Brennereien informieren möchte (sehr interessant!), findet hier alles ausführlich und gut beschrieben:

https://de.wikipedia.org/wiki/Verschlussbrennerei
https://de.wikipedia.org/wiki/Abfindungsbrennerei

Vielen Dank, Sigrid und Volker, dass ihr diesen Spaß mitgemacht habt. Sogar eure Tochter Cathrin und unser gemeinsamer Enkel Felix konnten so im Roman erwähnt werden.

Der Internetauftritt mit Onlineshop befindet sich zum Zeitpunkt der Manuskripterstellung leider noch im Rohbau, aber ich hoffe, dass Rouven diese Baustelle bis zum Frühjahr 2025 erfolgreich abschließen kann:

https://brennerei-spiegel.de/

Bis zum Juni 2025 soll auch die neue Markenreihe *XTremeBrand by VS-Spiegel* lieferbar sein. Freuen Sie sich über eine Brandsinfonie des *Palzkiversums*. Geplant sind die Brände *Reiner Palzki*, *Stefanie Palzki* (garantiert vegetarisch), *KPD*, *Doktor Metzger* sowie *Frau Ackermann*.

Monji El Beji schrieb mir: »Solange ich denken kann, haben mich Kunst und besonders die Musik begeistert. Was ich aber in den letzten Jahren zu dieser Leidenschaft noch zusätzlich erleben durfte, erfreut mich ungemein. Ich hätte nicht gedacht, dass ich mich mal vor einer Kino-Kamera wiederfinden könnte. Und jetzt sogar in einem waschechten Krimi aufzutauchen, das hätte ich mir im Lebtag nicht vorstellen können! Dafür möchte ich mich ganz herzlich bei Harald Schneider bedanken.«

Monji El Beji ist Diplom-Sozialpädagoge, ausgebildeter Jugend- und Heimerzieher und Erziehungsleiter in einer stationären Jugendhilfeeinrichtung in Speyer. Er ist in Ludwigshafen geboren und in Ludwigshafen-Oggersheim aufgewachsen, lebt aber seit über 20 Jahren in Fußgönheim.

Musikalisch gefördert wurde er schon früh im Schul- und Kirchenchor. Richtig angefangen hat er mit der Musik aber erst als Heranwachsender. Da kam er mit dem Gitarren- und Bassspiel in Kontakt, sein Schwerpunkt liegt jedoch seit jeher auf dem Gesang.

Mit englischsprachigen Liedern konnte er sich nicht so recht anfreunden, sodass er sich seiner Muttersprache Deutsch zuwandte, aber schnell beim Pfälzer Dialekt landete. Sein Motto: »Ich singe, wie ich babbel.« Mit großem Erfolg singt er in gleich zwei Bands: *Fine R.I.P.* und *Woifeschdkänisch*. Zwei sehr unterschiedliche Stile. Einmal ist er sehr rockig unterwegs, quasi das »Dubbeglas der Rockmusik«, wie er selbst sagt. Auf der anderen Seite gibt es Pfälzer Schlager und Stimmungsmusik. In beiden Bands singt er konsequent im Pfälzer Dialekt.

Häufig, aber nicht ausschließlich, werden bekannte Hits gecovert. Natürlich mit pfälzischen Texten.

Mit beiden Bands hat Monji schon viel erreicht. Sei es im Vorprogramm von Roger Chapmann oder *Genesis*-Sänger Ray Wilson oder mit *Fine R.I.P.* seit vielen Jahren auf dem Worschtmarkt in *Därkem* im Festzelt, wo er und seine Band seit 2022 auch als »Woifeschdkänisch« beim *Literarischen Frühschoppen* spielen dürfen.

Als Hauptdarsteller im zweiten Teil des Dokumentarfilms *Hiwwe wie driwwe* konnte er neue Erfahrungen als Schauspieler sammeln. Für diesen Film hat Monji mit seinen Musikerkollegen einen Soundtrack komponiert. Bei der Preisverleihung in Bockenheim sorgte der »Woifeschdkänisch« für eine sympathische, stimmungsvolle Party.

Und als Höhepunkt ist natürlich das *Babbel-Doch!-Festival* in Fußgönheim zu nennen, das pünktlich zum Erscheinen des Romans vom 13.06. bis 15.06.2025 in die zweite Runde geht.

www.palzrock.de
www.woifeschdkaenisch.de

Und nun die wahrscheinlich einzig wahre Wahrheit über Ute Zimmermann. Ute ist eine absolute Kennerin der Vielfalt der Pfälzer Dialekte und hat mir sehr geholfen, die »richtige« Aussprache der Dialekt sprechenden Personen in diesem Krimi zu finden. In den Vorgängerbänden waren immer nur recht kurze Dialektszenen enthalten, die ich als gebürtiger Pfälzer frei von der Leber weg geschrieben habe. (Alla Hopp, was soll do groß schiefgehe?) Ute hat mir einige Feinheiten gezeigt, unter anderem, dass ich trotz der nicht dudenkonformen Mundartschreibweise darauf achten soll, dass jeder Sprecher einen eigenen Duktus erhält.

Und wer nicht weiß, was Duktus ist, schaut im Internet nach und freut sich, dass er bei Kommissar Palzki mal wieder was gelernt hat …

Von Jule Köhlerwald und ihr stammt auch die Idee mit der Entenfamilie, die regelmäßig ihren Gartenteich besucht. Und jetzt Ute über Ute Zimmermann:

Meine fiktive Ermordung entspricht insofern der Wahrheit, als dass ich tatsächlich einige Jahre zuvor geboren wurde. Und dieser Umstand ist nun mal unumgänglich die Grundvoraussetzung, um ermordet zu werden.

Fast wahr ist außerdem, dass ich zusammen mit Reiner Palzki in der Grundschule war, denn sein Schöpfer Harald Schneider war damals mein Klassenkamerad.

Tatsächlich bin ich Jurymitglied des altehrwürdigen Mundartdichterwettstreits in Bockenheim an der Weinstraße, und das seit 1997. Seit 2007 schreibe ich die Mundartglosse »Guck mol do« in der *Rheinpfalz* in vorderpfälzischem Dialekt.

Wahr oder nicht wahr? Vielleicht gar nicht so entscheidend, wenn Fiktion nichts anderes ist als die fantasievolle Schwester der Realität …

http://bosenergruppe.saar.de/mitglieder_einzeln.php?mitglied=zimmermann-ute

http://www.manfred-pohlmann.de/weissgerber.html

*

Uli Valnion – Sänger/Liedermacher

Maler, Tapezierer, Lagerarbeiter, Taxifahrer, Brauereiarbeiter, Laborgehilfe, Gitarrenlehrer, persönlicher Referent eines MdB, Volkstanzleiter, Gabelstaplerfahrer, Singgruppenleiter, Lkw-Fahrer, pädagogischer Mitarbeiter, Pressearbeiter im Ministerinnenbüro, Kriegsdienstverweigerer, Hausmeister, Sanitäter, Pressesprecher eines großen rheinlandpfälzischen Museums, Schauspieler (Gilgamesch-Epos), Sänger, Liedermacher.

So vielfältig wie seine beruflichen Tätigkeiten ist sein Liederangebot:

Demokratische Volkslieder, Arbeiterlieder, Folksongs, Lieder gegen Rechts, Liebeslieder, Oldies, Kinderlieder, Friedenslieder, Lieder der 48er-Revolution, eigene Lieder, auch in Mundart (Pfälzisch).

Besonders erwähnenswert, neben vielen schönen Auftritten, Erfahrungen und Begegnungen bei der Musik, ist die Begegnung mit Pete Seeger, der ihn in Cold Spring/USA zu sich auf die Bühne holte, gemeinsam sangen sie das Lied »My Rainbow Race«. Neben einem gemeinsamen Auftritt mit Colin Wilkie in Krefeld konnte er bei

Filmarbeiten auf dem Hambacher Schloss mit der Enkelin von Woody Guthrie, Sarah Lee Guthrie, sowie Johnny Irion, Enkel von John Steinbeck, das Lied »This land is your land« singen.

2017 wurde er von der *Beethoven Academy Bonn* eingeladen, um an der Veranstaltung zum 190. Todestag von Ludwig van Beethoven teilzunehmen und dafür ein Lied zu schreiben. Seit 2017 kooperiert er mit verschiedenen Schulen gegen Rassismus und für Demokratie.

Außerdem ist er Mitglied der Mundartjury Dannstadt-Schauernheim. Im März 2024 wurde Uli Valnion die Verdienstmedaille des Landes Rheinland-Pfalz für seine langjährigen Verdienste um das Demokratische Liedgut verliehen. *SWR 2* und die *Landesschau Rheinland-Pfalz* sendeten hierzu ausführliche Porträts.

Im gleichen Jahr wurde der Liedermacher von seiner Wohngemeinde Mutterstadt ebenfalls für diese langjährigen Verdienste geehrt.

Die Idee mit Lola, der Katze von Rosalie, stammt von Uli. Als Running Gag konnte ich das an mehreren Stellen humorvoll einbauen.

Zu erreichen ist er unter Ugitar@t-online.de

Ralf Frohnhäuser lernte ich bei einer Jurysitzung des *Mundartwettbewerbs Dannstadter Höhe* kennen und schätzen. Ich finde es klasse, dass er als Schulleiter die Chuzpe hat (falls Sie diesen Begriff nicht kennen, schauen Sie selbst nach und erweitern Sie damit Ihren Wortschatz), Kommissar Palzki in *seiner* Schule ermitteln zu lassen, obwohl ich ihn über Palzkis Schülertrauma ausführlich aufgeklärt hatte. Auf die Frage, wie ich ihn, natürlich ausschließlich fiktiv, ermorden dürfte, schickte er mir gemeinsam mit seiner Frau Christina einen ganzen Katalog mit potenziellen Todesarten, eine kurioser als die andere. Es war nicht leicht, eine Auswahl zu treffen, doch Ralf mehrfach zu ermorden, wäre doch ein bisschen zu viel des Guten gewesen. Aufgrund der mörderischen Fantasie des Ehepaars Frohnhäuser würde es mich nicht wundern, wenn von den beiden demnächst eine eigene Krimireihe erscheint. Vielen Dank, dass ihr den Spaß mitgemacht habt!

Ralf Frohnhäuser ist gebürtiger Ludwigshafener. Er wohnt in Hochdorf-Assenheim und ist Rektor der Grundschule Am Neuberg in Rödersheim-Gronau. Die Mundart unterstützt er durch sein Engagement als Jurymitglied des *Mundartwettbewerbs Dannstadter Höhe*. In seiner Freizeit musiziert er gerne mit seiner Frau oder schwingt das Tanzbein mit ihr. Das Schachspiel ist ein weiteres Hobby, dem er sich gerne zeitintensiv widmet. Stolz ist er, dass viele Schülerinnen und Schüler an seiner *Schach-AG* teilnehmen und die Grundschule Am Neuberg das Qualitätssiegel *Deutsche Schachschule* in Bronze führen darf.

Christina Frohnhäuser verschlug es der Liebe wegen aus dem wunderschönen Westerwald in die ebenso schöne und deutlich wärmere Pfalz. Sie arbeitet als Leitung der Verwaltung in der Musikschule Leiningerland in Grünstadt. Ihre Leidenschaft für die Musik kann sie dadurch nicht nur in der Freizeit, sondern auch im Beruf ausleben. Wenn sie die Zeit dafür findet, schließt sie die Tür zur Sommerseifenküche und siedet Seife für ihre Familie. Mit den Duftexperimenten müssen die Frohnis zurechtkommen.

Michael Landgraf ist Schriftsteller, Pfalz- und Mundartexperte. Seit 2015 ist er Jury-Mitglied und seit 2018 Moderator und Jury-Sprecher des *Mundartfestivals Dannstadter Höhe*. 2024 war er beim ersten *Babbel-Doch!-Festival* Moderator. 2024 erschien sein Band »Pfälzisch« in der ersten Dialektreihe des *DUDEN*-Verlags. Auf dieser Basis überprüfte er die Pfälzisch-Schreibweise im vorliegenden Buch. In den Palzki-Bänden 22 und 24 war er bereits als Leiter des Pfälzischen *Erlebnis-Bibelmuseums* sowie als Bruderschaftsmeister der *Weinbruderschaft der Pfalz* als Realperson im Fokus der Ermittlungen von Kommissar Palzki. Er ist ausgebildeter Theologe und Historiker und arbeitet als Leiter des *Religionspädagogischen Zentrums* Neustadt. Das alles ist nur ein kleiner Ausschnitt seines Schaffens. Ich kannte Michael Landgraf lose als Schriftstellerkollegen seit ein paar Jahren. Als solcher hat er bereits über 130 Bücher verfasst und ist der meist übersetzte Autor in Rheinland-Pfalz. Als Vorsitzender des *Schriftstellerverbandes Rheinland-Pfalz* und seit 2022 als Generalsekretär der Schriftstellervereinigung *PEN-Zentrum Deutschland* sowie als Deutscher Kulturrat setzt er sich für die Literatur im Land ein.

Es lohnt sich, den folgenden Link nachzuverfolgen: https://www.michael-landgraf.de/

Heike Benß ist in Bockenheim aufgewachsen und eine überzeugte Bockenheimerin. Mit der Martinskirche verbindet sie einiges, denn in der Kirche wurde sie getauft und konfirmiert. Dort richtet der *Förderkreis Mundart Bockenheim* jedes Jahr die Verleihung des *Preises der Emichsburg* aus, eine Auszeichnung für Verdienste um die Mundart und die regionale Kultur. Die Gemeinde Bockenheim richtet zudem seit 82 Jahren den *Pfälzischen Mundartdichterwettstreit* aus. Heike Benß ist als Gemeindesekretärin angestellt, daher lag es nahe, dass sie auch die Geschäftsführung des *Förderkreises Mundart Bockenheim* übernimmt. So kann sie die Arbeit für den Dichterwettstreit und die Arbeit im Förderkreis Mundart sehr gut unter einen Hut bekommen.

Neben der Organisation der Mundarttage, der Preisverleihung und des Mundartdichterwettstreites – übrigens der älteste in der Pfalz – hat sie auch seit sechs Jahren die Aufgabe, den *Murmeltiertag* zu organisieren. Das Bockenheimer Murmeltier »Bockrem Bert« wohnt in seiner Lodsch Nr. 19 in der Nähe des Kneipp-Beckens am Bockenheimer See. Am 2. Februar wird es feierlich geweckt, um das Wetter für die nächsten sechs Wochen vorauszusagen.

Heike Benß lernte 2023 Monji kennen, da er mit seiner Band die musikalische Umrahmung der pfälzisch-pennsylvanischen Wettervorhersage gestaltete. Als sie erfuhr, dass sie, natürlich nur fiktiv und in diesem Roman, ermordet wird, war sie anfänglich schon ein wenig entsetzt. Hier ein Originalzitat von Heike Benß: »Gibt es unsere Veranstaltungen doch schon seit Jahrzehnten und sein *Mundart-Festival Babbel-Doch!* ist noch ganz jung – aber ich gönne ihm natürlich den Erfolg, schließlich sind bei seiner Veranstaltung auch Jurymitglieder von unserem Wettstreit mit am Start. Wir machen trotzdem weiter mit unseren Mundarttagen, Dichterwettstreit und all unseren Veranstaltungen rund um die Mundart.«

Mein besonderer Dank gilt wieder einmal dem unerschütterlichen Günter Wallmen aus Speyer. Ohne seinen Sachverstand, gepaart mit seiner grenzenlosen Fantasie über medizinische Grenzerfahrungen, hätte ich den Notarzt Doktor Matthias Metzger wohl längst in den Ruhestand geschickt. Doch seit dem ersten Auftritt des im wirklichen Leben in Speyer praktizierenden Oberarztes und Unfallchirurgen Günter Wallmen im Band *Hambacher Frühling* hat sich um das Ärzte-Duo eine informelle Fangemeinde gebildet. Diese Entwicklung wäre nicht möglich gewesen, wenn Günter mich nicht für jeden Band aufs Neue mit passenden absonderlichen medizinischen Konzepten versorgen würde, die wir von den beiden (möglicherweise) fiktiven Ärzten ausleben lassen.

Der letzte Band *Pfalz Wein Mord* hat in der medizinischen Fachwelt und bei Ihnen, liebe Leserinnen und Leser, für Furore gesorgt. Verantwortlich dafür war das im Krimi behandelte medizinische Hauptthema Dialyse, das wir den beiden Ärzten in einem aberwitzigen Zusammenhang mit dem schnellen Alkoholabbau zugeordnet haben. Ich habe noch nie so viele Rückmeldungen zu einem einzigen Aspekt (Dialyse) erhalten, was ausschließlich auf die medizinisch korrekten Erläuterungen und Empfehlungen von Günter Wallmen im Anhang des Buches zurückzuführen ist.

Günter und ich sind mit dem aktuellen Thema Herzgesundheit persönlich vorbelastet. Innerhalb weniger Monate mussten wir uns beide unabhängig voneinander einer offenen Herzoperation (Bypass) unterziehen, die unsere Lebenserwartung (und auch Lebensqualität) immens erhöhte.

Unser momentanes Lebensziel: bei bester Gesundheit 100 Jahre alt werden. Dann sehen wir weiter. Bleiben Sie resilient!

Steffen Boiselle ist ein weiterer Stammgast der *Palzki-Reihe*. Zeitungsleser kennen seine wöchentlichen Cartoons in der *Rheinpfalz am Sonntag*. In seinem Verlag finden Sie alles rund um den *100 % PÄLZER!*, reinschauen lohnt sich. Falls Sie vorhaben, demnächst (wieder mal) zu heiraten: Als Hochzeitszeichner ist Steffen viel gefragt.

https://www.agiro.de/
https://steffenboiselle.de

Larissa J. Schneider, Jahrgang 1994, lebt in der Pfalz und strickt seit ihrer Kindergartenzeit. Erste fertige Strick- und Häkelprodukte entstanden während der Grundschulzeit. Durch immer kreativere und innovativere Arbeiten entwickelte sie realitätsnahe Häkelwelten, die sich durch besondere Detailtreue auszeichnen. Ein wichtiges Alleinstellungsmerkmal ist der Einfallsreichtum bei der Entwicklung neuer, fantasievoller Ideen.

Um die kreativen Kreativwelten allen Häkelbegeisterten zugänglich zu machen, entstand ihr erstes Buch *Einsatz für die Häkelnadel* mit leicht verständlichen Anleitungen und vielen erklärenden Fotos.

Der zweite Band *Kalorienfreies Fast Food häkeln* steht kurz vor der Fertigstellung.

Autorenhomepage: https://www.nonstop-kreativ.de
Einsatz für die Häkelnadel: ISBN: 978-3-7583-0658-7

Falls Ihnen der vorliegende Roman gefallen hat, finden Sie auf der Internetseite des *Palzkiversums* viele weitere

Informationen und einige Ratekrimis mit unserem Kommissar. Außerdem können Sie sich kostenlos und unverbindlich zu einem Newsletter anmelden. Unter allen Abonnenten verlose ich regelmäßig Echtrollen in einem Palzki-Roman. Mehrere Dutzend Leser wurden mit ihrem Auftritt bereits literarisch unsterblich.

https://www.palzki.de

BALD NOCH EINE LEICHE?

Als mich Harald ermunterte, einen kleinen Anhang zum Thema Mundart und Dialekt zu schreiben, war ich zunächst skeptisch. War hier der richtige Platz dafür? Harald lächelte nur – er wusste, er hatte schon gewonnen:

Zu sehr interessiert mich das Thema – zu gerne notiere ich mir Gedanken dazu, setze mich mit Fragen zur Materie auseinander. Und dann ist da ja noch etwas viel Wesentlicheres, nämlich die Leserschaft von Harald Schneiders Krimis und die treuen Fans von Reiner Palzki. Ich kenne einige sehr liebenswerte Exemplare davon und weiß daher, dass sie alle miteinander in der einen oder anderen Form Mundart schätzen und leben. Sie singen pfälzische Lieder, zitieren pfälzische Sprüche, lesen und verfassen Gedichte und Geschichten in Mundart, Glossen und Kolumnen, und das Beste daran:

Viele verstehen sie nicht nur, sondern sprechen sie selbst noch aktiv und mit Leidenschaft, un dess so rischdisch aus'm Bauch raus un uhne lang ze iwwerlesche.

Kurzum – ich kam zum Schluss, dass es EISCHNDLISCH gar keinen besseren Platz für ein paar mundartliche Gedanken geben kann!

Leider aber ist die Mundart auch ein absehbares Opfer!

Die Mundart stirbt gewissermaßen aus. Tatsächlich sprechen immer weniger Menschen durchgängig Mundart, und zudem wird es häufig versäumt, sie dem Nachwuchs mit auf den Weg zu geben. Der sich sehr hartnäckig haltende Irrglaube, dass Mundartsprechende dümmer seien und Dialektbeherrschung dem Erlernen der Hochsprache entgegensteht, sorgt beständig für ein schlechtes Image. Das ist kurios, da längst wissenschaftlich bewiesen ist, dass diese Annahme nicht nur falsch, sondern sogar das Gegenteil der Fall ist:

Wer mit mundartlichen und hochdeutschen Sprachstrukturen von Kind an gleichermaßen konfrontiert wird und ganz natürlich mit ihnen aufwächst, entwickelt deutlich höhere sprachliche Kompetenzen. Sie stellen zudem ein wertvolles und nahezu beiläufiges Gehirntraining dar. Dieser positive Einfluss zeigt sich auch darin, dass Kinder, die Mundart sprechen, den Unterschied zwischen geschriebener und gesprochener Sprache wesentlich leichter begreifen. Zudem entwickelt sich eine stabile Grundlage für das Erlernen (weiterer) Fremdsprachen.

Kurzum: Dialekte machen klug!

Wer sind nun die Täter? Wer sind die Verantwortlichen? Kommissar Palzki ist ihnen auf der Spur und weiß ganz genau, dass er mit KPD, wenn dieser die Dialektsprechenden um sich herum nicht versteht und beleidigt von sich gibt: »Mundart zur Belustigung der Gäste ist von mir aus in Ordnung, aber nicht im normalen Sprachgebrauch«, schon einen Hauptverdächtigen in dieser Sache vor sich hat.

Die Mundart als Trägersprache für die Doofheit und Begrenztheit der Mitmenschen zu benutzen, ist dabei absolut legitim und gerade durch den oft derben Sprachschatz sehr überzeugend und lebendig. Das Problem liegt in der fast vollkommenen Ausschließlichkeit der Art der Verwendung und es ergeben sich folgende Fragen:

Wo und in welcher quantitativen Verbreitung sind die inhaltlich anspruchsvollen Texte in Dialekt veröffentlicht? Warum spricht im politischen Kabarett und der Comedy der Dumme Mundart und die intellektuelle Substanz Hochsprache? Warum finden sich im Mundarttheater in der Regel nur leichte bis federleichte Komödien und so weiter?

Wir selbst haben da alle recht viel KPD in uns, und Palzki wird bei seiner Spurensuche uns alle, die wir nur zu gern unseren eigenen Dialekt verleugnen und uns seiner bisweilen sogar schämen, zum Verhör auf das Revier bitten müssen.

Palzki wird bei seinen Ermittlungen allerdings auch herausfinden, dass es im weiten Feld der Kultur mindestens einen Bereich gibt, der dieser Belustigungsschiene in der Vergangenheit durch mundartliche Stärke und starke Inhalte noch lange Zeit die Stirn bieten konnte. Das mundartliche Chanson zum Beispiel vereinte musikalische Qualität mit anspruchsvollen und manchmal melancholischen Klängen. Es war die Bühne für gehobenen Witz und Charme, eingängig und einzigartig. Wir erinnern uns an den Griff zum Lautstärkeregler am Radio, wenn ein solches Lied gespielt wurde. Und an die Hoch-Zeit der deutschsprachigen Liedermacher und an deren große Festivals rund um die 80er-Jahre. Damals wurden auch die Mundartwettbewerbe noch von den Rundfunkanstalten übertragen – der *Saarländische Rundfunk* zum Beispiel war steter Gast beim *Bockenheimer Mundart-Wettbewerb* und sendete diese Quintessenz an aktueller Mundartlyrik zu festen Zeiten in seinem Programm. Der *Südwestrundfunk* zeichnete über Jahre professionelles Mundarttheater auf und sendete diese Aufführungen in seinem dritten

Programm. Das alles ist Vergangenheit – die großen Sendeplätze für Mundart, die Lieder, die Theaterstücke sind hinterrücks am Redaktionsschreibtisch gemeuchelt worden. Selbst regionale Sender senden keine regionale Mundart! Damit kommen die öffentlich-rechtlichen Rundfunk- und Fernsehanstalten ihrem Bildungsauftrag (nicht nur) im Bereich der Sprachvielfalt bei weitem nicht nach. Sie sind die Hauptverantwortlichen am Desaster, über das sie gerne berichten. Ich habe mehrstündige Rundfunksendungen verfolgt, in denen kein einziges Wort Mundart gesprochen, kein Beitrag mundartlicher Beispiele eingespielt, kein einziges mundartliches Lied gespielt wurde. Man berichtet über das Verschwinden der Mundart und beteiligt sich gleichzeitig aktiv daran.

Wir werden den Dialog mit den Verantwortlichen erneut aufnehmen und sie dazu bewegen müssen, Mundart im Bereich Kunst und Kultur wieder zu dem Platz zu verhelfen, der ihr gebührt.

Unser Pfälzisch und alle anderen Mundarten haben so viel Schönes zu bieten, sie sind eine attraktive Bereicherung für unser zwischenmenschliches Leben. Die überwiegend vorherrschende sprachliche Monotonie der Medien ist Gift für unsere sprachliche Vielfalt und befeuert in hohem Maße ihr Ende. Nicht nur der Laborbericht der kriminaltechnischen Untersuchung, kurz KTU, stützt diese Annahme.

Palzki, der sich ohne seine pfälzischen Sprachkenntnisse mit einem wichtigen Verdächtigen erst gar nicht hätte unterhalten können, ist alarmiert und befindet sich gerade auf dem Weg zur zuständigen Staatsanwaltschaft. Bis die Behörden – zum Beispiel mit der Einführung einer medialen Mundartquote – reagieren, sind wir alle selbst gefordert:

Sprechen wir unsere Mundart – mit unseren Kindern, unseren Freunden, beim Einkaufen, im Urlaub – und setzen wir sie selbstbewusst ein. Stehen wir frei von Scham zu ihrer Schönheit und Einzigartigkeit. Beteiligen wir uns mit selbst erlebten oder fiktiven Texten an den Mundartwettbewerben – uffgschriwwe wie em de Schnawwel gewachse is – und besuchen wir die Festivals. Hören wir die Lieder, lesen und lauschen den mundartlichen Geschichten anderer.

Mundart ist ein Fall für uns alle, nicht nur für Reiner Palzki. Weil – jetzert lebt se noch!

Ute Zimmermann

HERZENSWORTE

(von Günter Wallmen)

Herzliche Grüße von Prof. Dr. med. Metzger und Dr. med. (caim) Günter Wallmen.

Warum nun Herz?

Fakten

Das Herz schlägt etwa 60- bis 80-mal pro Minute, mehr als 100.000-mal am Tag und 42 Millionen-mal im Jahr. Bitte rechnen Sie selbst, vor allem, wenn Sie über 55 Jahre alt sind!

Hochrisiko erhöhter Blutdruck

Mittlerweile ist es so, dass jeder dritte Erwachsene einen zu hohen Blutdruck hat. Bei den über 60-Jährigen jeder zweite. Bei Kindern und Jugendlichen sind es circa 400.000 in Deutschland.

Wie dem auch sei, ich bin Chirurg und Unfallchirurg der alten Schule.

Ich werde keine Tipps für gesunde Lebensführung geben. Dafür haben Sie die Werbung im Fernsehen, das Internet oder vielleicht eine Zeitung von der Apotheke. Oder, im besten Fall, einen Menschen, der Sie ein bisschen anschubst.

Mein erstes Erlebnis mit einem Herzinfarkt hatte ich

am 01.05.1970. Mein Großvater Otto, der unter anderem sehr gut kochen konnte, hatte an diesem Feiertag einen Rehbraten für die große versammelte Familie zubereitet. Er war ein erfahrener Arzt und Chirurg, wie auch mein Urgroßvater – ich befinde mich also in einer guten Tradition.

Ich war damals neun Jahre alt und saß ihm schräg gegenüber. Wie heute kann ich mich lebhaft an diesen Moment erinnern, als er zu den Preiselbeeren greifen wollte, in dieser Bewegung innehielt und dann von seinem Stuhl glitt.

War nun halt blöd, dass der einzige Arzt, der hätte helfen können, der Betroffene selbst war. 1970 gab es noch kein Notarztsystem. Kein Arzt wie heute, der innerhalb weniger Minuten vor Ort ist. Das hatte sich erst über zehn Jahre später etabliert.

Irgendwann kamen Sanitäter, die ihn ohne weitere Maßnahmen – wie damals üblich – ins Krankenhaus brachten. Später kam die Nachricht, dass er verstoben war. Er ist 67 Jahre alt geworden. Vielleicht wäre das heutzutage anders ausgegangen.

Alla hopp, die Medizin hat sich in den letzten 50 Jahren deutlich weiterentwickelt.

Nur wenige Staaten auf der Welt haben, wie wir im zentralen Europa, ein ganz tolles funktionierendes Rettungswesen mit Notarzt und gut ausgebildeten Kräften. Achten Sie auf folgende Symptome, die einen Herzinfarkt begleiten können:

Schmerzen in der Brust, hinter dem Brustbein, im Rücken, zum Beispiel zwischen den Schulterblättern, im Oberbauch, wie Magenschmerzen, auch Arm, Hals oder Oberbauch.

Falls Ihnen oder einer anderen Person solches geschehen sollte, rufen Sie mit Verdacht auf einen Herzinfarkt die

112

Falls es nicht ganz so schlimm ist, können Sie gern einen Termin vereinbaren unter

DocWallmen@t-online.de

Notarztmobil des Prof. Dr. Metzger und Dr. (caim) Wallmen.

Wir haben alles bereit. Herzkatheter günstig!

Achten Sie auf den Blutdruck und unregelmäßigen Herzschlag.

Kommen Sie einfach mal zu uns – regelmäßig untersuchen lassen – vor allen Dingen die schlampigen Männer, die immer meinen, sie bräuchten dies nicht.

Die Damen sind diesbezüglich meist gewissenhafter. Früh erkannt, ist viel zu vermeiden. Achten Sie auf Ihr Herz, Sie haben nur eines.

Nochmals herzliche Grüße

Euer Dirndlnotarzt aus Speyer

Günter Wallmen

Quelle: Herz heute, Deutsche Herzstiftung e.V. www.Herzstiftung.de

BONUS RATEKRIMI 1 – PALZKI UND DER FALSCHE GEISTLICHE

Es hätte so ein schöner Tag werden können.

Der dunkle Dezember drückte mir jedes Jahr aufs Gemüt. Mir ging es wie allen anderen Vollzeitbeschäftigten: Morgens musste ich im Dunkeln ins Büro fahren, und nach Feierabend war es längst wieder dunkel. Auch tagsüber waren die meisten Dezembertage grau und trist: Ein wolkenverhangener Himmel ließ keinen Sonnenstrahl durch. Und das flackernde Neonlicht in den Büros tat sein Übriges.

Doch gestern hatte ich wettermäßig eine ausgesprochene Glückssträhne: Normalerweise fanden die Außendiensttermine für uns ermittelnde Kriminalbeamte nur in den engen Grenzen unseres Zuständigkeitsbereiches statt. Nur selten musste ich auf größere Fahrt gehen, aber gestern war so ein Tag. Mein Chef KPD, wie wir den Dienststellenleiter Klaus P. Diefenbach wegen seiner Initialen nannten, schickte mich in einer ganz besonderen Mission nach Sinsheim. Über diesen vertraulichen Auftrag hatten wir Stillschweigen vereinbart.

Die Fahrt auf der A6 nach Sinsheim war einfach herrlich. Auf der morgendlichen Hinfahrt Richtung Osten brannte die tief stehende Sonne so heftig durch die Frontscheibe, dass ich sogar meine Sonnenbrille aus dem Handschuhfach holen musste. Auf der Rückfahrt in die Vorderpfalz das gleiche Spiel: Wieder schien mir die Sonne ins

Gesicht und ich fühlte mich pudelwohl. Zumindest bis zur Ausfahrt Wiesloch, denn dort war die Autobahn wegen eines Unfalls komplett gesperrt. Also fuhr ich gestern Nachmittag durch die Dörfer zurück nach Hause. Während mich mein Navi durch Baden-Württemberg lotste, hatte ich ein seltsames Erlebnis.

Als ich in eines der Dörfer einfuhr, fiel mir der in der Sonne golden glänzende Hahn auf einem Kirchturm auf. Neben dem Kirchenportal hing ein riesiges Transparent, das auf den örtlichen Adventsbasar aufmerksam machte. Da ich sehr langsam fuhr, bemerkte ich einen Mann, der genau in diesem Moment mit einem Tablett voller silberner Gegenstände aus der Kirche schlich. Als Kriminalbeamter sensibilisiert, hielt ich sofort an und lief direkt auf die Person zu. Da diese ganz normale Zivilkleidung trug, konnte ich sie zu diesem Zeitpunkt noch nicht als Pfarrer identifizieren.

»Guten Tag«, sagte ich zu dem Mann. »Arbeiten Sie hier?« Im ersten Moment hatte ich den Eindruck, er wolle mich ignorieren und einfach an mir vorbeigehen, doch dann überlegte er es sich anders und blieb stehen. »Mein Name ist Gregor Meier, ich bin der Priester dieser Gemeinde. Kann ich Ihnen helfen?« Ich nickte eifrig. »Was haben Sie da auf dem Tablett? Gehört das nicht zum Kircheninventar?«, fragte ich neugierig. Der Geistliche zuckte kurz zusammen, hatte sich aber schnell wieder im Griff. »Sie haben völlig recht. Das sind silberne Abendmahlskelche, die ich vor dem nächsten Gottesdienst reinigen möchte. Stimmt damit etwas nicht?« Ich schüttelte den Kopf. »Es kam mir nur im ersten Moment komisch vor, als ich Sie damit aus der Kirche kommen sah. Ich bin Polizist und fremd hier.« Der Priester lachte kurz auf.

»Kein Problem, ich hoffe, ich habe Ihnen alles erklärt. Ich wünsche Ihnen einen schönen Tag.« Er wollte gehen, aber inzwischen war mir eine Besonderheit aufgefallen. »Ich glaube, ich rufe besser einen Kollegen von der hiesigen Polizei an. Ich bin mir inzwischen sicher, dass Sie nichts mit dieser Kirchengemeinde zu tun haben. Ich nehme an, Sie wollen das Silber stehlen.«

Frage: Was war Kommissar Palzki aufgefallen?

Antwort: Siehe unter www.palzki.de

BONUS RATEKRIMI 2 – PALZKI UND DER MARTINSUMZUG

Es hätte so ein schöner Tag werden können.

Der November gehört nicht gerade zu meinen Lieblingsmonaten. Kurz zuvor wurde die Sommerzeit zu Grabe getragen, und von nun an komme ich, wie Millionen andere Bürger auch, nach getaner Arbeit erst im Dunkeln nach Hause. Zu allem Überfluss hat meine Schwiegermutter zu Beginn dieses ungeliebten Monats auch noch Geburtstag. Da wir uns nicht besonders grün sind, ist der Anstandsbesuch für mich wirklich kein Vergnügen. Für uns Polizisten beginnt zudem eine arbeitsintensive Zeit. An Halloween, das streng genommen noch zum Vormonat zählte, hatten wir Beamten Urlaubssperre. Jedes Jahr galt es, übermütige Jugendliche, die zu Sachbeschädigungen neigten, im Zaum zu halten. Wenige Tage später, am Martinstag, hatten meine Kollegen und ich ebenfalls alle Hände voll zu tun, denn zahlreiche Straßen und Wege mussten abgesperrt und gesichert werden, damit die vielen Umzüge mit Pferd, Reiter und großer Kinderschar gefahrlos stattfinden konnten.

Viel schlimmer fand ich jedoch die Horden zwielichtiger erwachsener Gestalten, die regelmäßig zu Beginn der dunklen Jahreszeit aus ihrem Sommerschlaf erwachten und für einen sprunghaften Anstieg der Wohnungseinbrüche sorgten. Nicht selten waren organisierte Banden am Werk, denen wir Beamten nur hin und wieder durch langwierige und sehr aufwendige Ermittlungen auf die Spur kamen. Doch ein bestimmter Einzeltäter passte nicht in dieses Schema: Genauer gesagt handelte es sich nicht um einen Täter, sondern um einen Verdächtigen, denn Beweise für seine Schuld gab es nicht. Wir hatten den Verdacht, dass er jedes Jahr während der Martinsumzüge in Einfamilienhäuser eindrang, deren Bewohner mit ihren Kindern zu dieser Zeit unterwegs waren. Vor drei Jahren wurde er zum ersten Mal vorläufig festgenommen, aber aus Mangel an Beweisen mussten wir ihn wieder laufen lassen. Die Ironie der Geschichte: Er hieß Martin Sand.

Grundsätzlich stellte er sich immer als Sand, Martin vor, und da er wie Til Schweiger nuschelte, verstand man immer Sankt Martin. Bei der ersten Festnahme dachten die Kollegen noch an einen schlechten Scherz, doch die Ausweiskontrolle bestätigte den ungewöhnlichen Namen. In diesem Jahr wurde Martin Sand bereits seit über einer Woche observiert. Hinweise, dass er wieder zuschlagen würde, gab es mehr als genug. Er erkundigte sich in Schulen und bei der Stadtverwaltung nach den geplanten Umzügen und den genauen Routen. Besonders perfide fand ich, dass er sich vor einem örtlichen Spielzeuggeschäft auf die Lauer legte und Eltern mit ihren Kindern verfolgte, die gerade eine Laterne oder zumindest einen Laternenstab gekauft hatten. Klar, dass wir die Häuser dieser Leute in diesem Jahr besonders gut bewachten. Das Glück war uns hold. Denn während des Umzugs wurde er am anderen Ende der Stadt von mir und zwei weiteren Kollegen auf frischer Tat ertappt, als er gerade eine teure Computeranlage aus einem Haus schleppte und in seinen Transporter verladen wollte. Doch Martin Sand war kein Mann, der schnell aufgab. »Was wollen Sie von mir?«, fragte er scheinheilig.

»Aber Herr Sand, Martin«, antwortete ich nicht ohne Ironie. »Wir haben Sie bei einem Einbruch ertappt. Oder haben wir das falsch verstanden?«

Der Verdächtige nickte. »Aber natürlich. Ich habe nichts Falsches getan. In dem Haus wohnen Bekannte von mir. Sie haben mich gebeten, die defekte Computeranlage abzuholen, um sie zu reparieren. Ich bin ja gelernter Elektroniker.«

»Sehr merkwürdig«, sagte ich, »dass Sie den Computer ausgerechnet dann abholen, wenn niemand zu Hause ist.«

»Es ging leider nicht anders«, antwortete Sand. »Meine Bekannten sind mit ihren Kindern beim Martinsumzug, und ich habe später keine Zeit.« Martin Sand war um keine Antwort verlegen. »Was ist denn mit dem Computer los?«, wollte ich wissen. Sand zuckte mit den Schultern. »Das weiß ich noch nicht. Gestern gab es durch einen Blitzeinschlag eine kurze Überspannung mit weit mehr als den erlaubten 230 Watt. Mit viel Glück sind nur die Sicherungen im Gerät geschmolzen.« Das klang plausibel, aber ich gab mich noch nicht zufrieden. »Können Sie das nicht vor Ort reparieren? Sicherungen kann sogar ich wechseln.« Martin Sand lachte. »Bei Ihnen zu Hause im Sicherungskasten sicher, das glaube ich Ihnen gerne. Aber bei einer Computeranlage ist das viel komplizierter.« »Ich glaube Ihnen kein Wort, Herr Sand«, schloss ich. »Wir nehmen Sie mit aufs Revier. Sobald Ihre angeblichen Bekannten zu Hause sind, werden wir die ganze Wahrheit erfahren. Aber ich weiß jetzt schon, dass Ihre Geschichte nicht stimmen kann. Sie haben einen großen Fehler gemacht.«

Frage: Was war Kommissar Palzki aufgefallen?

Antwort: Siehe unter www.palzki.de

Weitere Titel finden Sie auf den folgenden Seiten und im Internet:

WWW.GMEINER-VERLAG.DE

Hauptkommissar Palzki ermittelt:

1. Fall: Ernteopfer
ISBN 978-3-89977-748-2

2. Fall: Schwarzkittel
ISBN 978-3-89977-804-5

3. Fall: Erfindergeist
ISBN 978-3-8392-1009-3

4. Fall: Wassergeld
ISBN 978-3-8392-1062-8

5. Fall: Räuberbier
ISBN 978-3-8392-1129-8

6. Fall: Blutbahn
ISBN 978-3-8392-1240-0

7. Fall: Pilgerspuren
ISBN 978-3-8392-1318-6

8. Fall: Künstlerpech
ISBN 978-3-8392-1384-1

9. Fall: Ahnenfluch
ISBN 978-3-8392-1437-4

10. Fall: Tote Beete
ISBN 978-3-8392-1538-8

11. Fall: Weinrausch
ISBN 978-3-8392-1686-6

12. Fall: Sagenreich
ISBN 978-3-8392-1743-6

13. Fall: Mordsgrumbeere
ISBN 978-3-8392-1925-6

14. Fall: Parkverbot
ISBN 978-3-8392-2049-8

15. Fall: Hambacher Frühling
ISBN 978-3-8392-2215-7

16. Fall: Pfälzer Eisfeuer
ISBN 978-3-8392-2328-4

17. Fall: Ein Mörder aus Kurpfalz
ISBN 978-3-8392-2419-9

18. Fall: Festakt
ISBN 978-3-8392-2571-4

19. Fall: Pfälzer Bausünden
ISBN 978-3-8392-2747-3

20. Fall: Das letzte Mahl
ISBN 978-3-8392-2803-6

21. Fall: Ordentlich gemordet
ISBN 978-3-8392-0068-1

22. Fall: Der Bibel-Code
ISBN 978-3-8392-0243-2

23. Fall: Rheingewinn
ISBN 978-3-8392-0502-0

24. Fall: Pfalz Wein Mord
ISBN 978-3-8392-0721-5

25. Fall: Totgebabbelt
ISBN 978-3-8392-0913-4

Weitere Bücher von **Harald Schneider** finden Sie unter www.gmeiner-verlag.de

Helge Weichmann
Schandweihe
Kriminalroman
416 Seiten, 12,5 x 20,5 cm,
Broschur
ISBN 978-3-8392-2751-0

Ein blutiger Mord erschüttert Mainz, gleichzeitig vernichtet ein Feuer die Notensammlung des Domchors. Die Historikerin Tinne und der Reporter Elvis kommen einer alten Partitur auf die Spur, die der Legende zufolge das größte Geheimnis des Mainzer Doms hüten soll. Welche Rolle spielt dabei die Sage der Lore Lay, der Zauberin vom Rhein? Tinne und Elvis müssen all ihr Können aufbieten, um das Puzzle zusammenzufügen. Denn es gibt mächtige Gegner, die das Rätsel des Doms um jeden Preis schützen wollen.

GMEINER SPANNUNG

WWW.GMEINER-VERLAG.DE
Wir machen's spannend